LES ASSASSINS DE L'AUBE

DE MICHEL BUSSI
AUX PRESSES DE LA CITÉ

Nymphéas noirs, 2011. Prix Polar Michel Lebrun 2011, Grand Prix Gustave Flaubert 2011, Prix Polar méditerranéen 2011, Prix des lecteurs du festival Polar de Cognac 2011, Prix Goutte de Sang d'encre de Vienne 2011, Prix Segalen des lycéens 2017

Un avion sans elle, 2012. Prix Maison de la Presse 2012, Prix du Roman populaire 2012, Prix du Polar francophone 2012, Prix du meilleur polar traduit, Oslo, Norvège, 2016

Ne lâche pas ma main, 2013

N'oublier jamais, 2014. Prix du talent littéraire normand 2016

Gravé dans le sable (nouvelle édition d'*Omaha Crimes*, Prix Sang d'encre de Vienne 2007, Prix littéraire du premier roman policier de Lens 2008, Prix des lecteurs Ancres noires du Havre 2008), 2014

Maman a tort, 2015

Le temps est assassin, 2016

On la trouvait plutôt jolie, 2017

Sang famille (nouvelle édition), 2018

J'ai dû rêver trop fort, 2019

Tout ce qui est sur terre doit périr – La Dernière Licorne, 2019

Au soleil redouté, 2020

Rien ne t'efface, 2021

Code 612. Qui a tué le Petit Prince ?, 2021

Nouvelle Babel, 2022

Trois vies par semaine, 2023

Mon cœur a déménagé, 2024

Les Assassins de l'aube, 2024

Michel Bussi

LES ASSASSINS DE L'AUBE

Roman

Les Presses de la Cité

Sur la vente de ce livre, 10 % des droits d'auteur seront reversés au Secours populaire pour aider à son action humanitaire.

Le Secours populaire français est une association de solidarité dont l'objet est de lutter contre la pauvreté et l'exclusion, en France et dans le monde.

92, avenue de France – 75013 Paris
ISBN 978-2-258-21259-6
Dépôt légal : mai 2025

Michel Bussi

À quarante ans, en 2006, géographe universitaire de renom, Michel Bussi publie son premier roman, *Code Lupin*. Mais c'est *Nymphéas noirs*, polar le plus primé en 2011, devenu aujourd'hui un classique, qui le fait remarquer par un large public.

Il atteint en quelques années le podium des auteurs de polar préférés des Français, un genre qu'il a su revisiter à sa façon avec toujours la promesse d'un twist renversant.

Consacré par le prix Maison de la Presse pour *Un avion sans elle* en 2012, il a reçu depuis de nombreuses récompenses. Tous ses romans ont paru en version poche aux éditions Pocket, trois d'entre eux ont été adaptés avec succès à la télévision, la plupart sont adaptés ou en cours d'adaptation en bandes dessinées, et ses droits cédés dans trente-huit pays.

Si le romancier se distingue par son art du twist, il pose aussi sur la société un regard juste, personnel, profond. Grâce à son œil expert et son ouverture sur le monde, il offre avec ses romans une immersion unique dans des paysages et des contextes sociaux variés (de sa Normandie natale aux îles Marquises, La Réunion ou encore le Mali). Et, sur des enjeux contemporains, les migrants dans *On la trouvait plutôt jolie* ou la réalité des enfants en foyer d'accueil dans *Mon cœur a déménagé*, Michel Bussi incite à une réflexion foncièrement humaniste.

Retrouvez toute l'actualité de l'auteur sur son site
www.michel-bussi.fr
et sur sa page Facebook, son compte X et Instagram

La Guadeloupe

Il n'est pas question de livrer le monde aux assassins d'aube
la vie-mort
la mort-vie
les souffleteurs de crépuscule
les routes pendent à leur cou d'écorcheurs
comme des chaussures trop neuves
il ne peut s'agir de déroute
seuls les panneaux ont été de nuit escamotés
pour le reste
des chevaux qui n'ont laissé sur le sol
que leurs empreintes furieuses
des mufles braqués de sang lapé
le dégainement des couteaux de justice
et des cornes inspirées
des oiseaux vampires tout bec allumé
se jouant des apparences
mais aussi des seins qui allaitent des rivières
et les calebasses douces au creux des mains d'offrande
une nouvelle bonté ne cesse de croître à l'horizon.

Aimé CÉSAIRE, « Nouvelle bonté »,
Moi, laminaire…, Le Seuil, 1982

DIMANCHE 7 AVRIL 2024

LE BÉTONNEUR DE L'AUBE

1

Grand Cul-de-sac marin, 6 h 30

Jacob Santamaria barbote comme un bébé potelé. Un bel enfant de soixante ans et de plus de cent kilos. Il a toujours aimé l'eau. L'eau rend plus légers ceux qui ne le sont pas. L'eau protège du regard des autres. Jusqu'au cou.

Même quand l'océan est si peu profond.

Le Grand Cul-de-sac marin, c'est maximum cinq mètres de fond, le plus souvent un mètre ou deux. Presque un lagon.

Jacob soulève son masque et plante ses pieds dans le sable. Il prend le temps d'admirer l'océan transparent à perte de vue et la ligne bleu horizon que quelques arbres découpent en pointillé. Les palétuviers semblent marcher sur l'eau. Il leur suffit d'un banc de sable pour pousser et former des îlets aux noms de rêve : îlet Mangue à Laurette, Petite Biche, Crabière, Blanc… sans compter tous ceux, trop jeunes, que nul n'a encore baptisés. Quelques vagues suffisent pour que le sable affleure. Un ou deux mois suffisent pour que les racines-échasses poussent et fixent une nouvelle oasis.

Jacob se retourne. Face à lui, plein sud, s'étend la mangrove, de Baie-Mahault jusqu'à Petit-Canal. La plus grande des Petites Antilles. Une forêt sur pilotis ! Un labyrinthe inextricable d'arbres en équilibre au-dessus de la mer. Un paradis pour les crabes, une nurserie pour les oiseaux.

Jacob contemple, presque incrédule, la beauté sauvage du paysage. Il a beau chercher, il ne distingue pas le moindre toit, pas le moindre ponton... rien !

Un rêve, un véritable éden inviolé !

Jacob frissonne. Les balistes prennent ses palmes jaunes pour des coraux et se faufilent entre ses mollets.

Oui, Jacob rêve. Il observe la mangrove pour l'imprimer aussi fort qu'il le peut dans son esprit, puis il ferme les yeux. Alors, petit à petit, sur l'écran noir de ses paupières fermées, le rêve devient réalité.

Posée sur un banc de sable, adossée à un palétuvier, il imagine sur chaque îlet une paillote. En bois de padouk. Avec une grande baie vitrée et un jacuzzi pour les plus luxueux.

En versant quelques tonnes de sable supplémentaires dans la mer, et en y plantant quelques milliers de palétuviers, il pourrait facilement tripler le nombre d'îlets.

Quant à la mangrove face à lui, il l'a déjà défrichée dans sa tête, pour pouvoir y bâtir le Grand Cul-de-sac marin Resort Club... le plus grand complexe hôtelier des Antilles, des centaines de chambres au cœur de la jungle aquatique, trois piscines, et une ronde de kiosques les pieds dans l'eau pour y déguster des langoustes grillées...

Jacob ouvre doucement les yeux. La mangrove est toujours là, puissante et résistante, presque méprisante. Elle se sait protégée par un empilement insensé de dispositifs. Réserve naturelle, Parc national, sanctuaire inscrit à l'Unesco, zone humide d'importance internationale.

Et après ? Qui peut lui interdire de rêver ?

Il y a cinquante ans, sans que personne ne proteste, on a construit l'aéroport de la Guadeloupe sur la mangrove ! Les tentacules de Pointe-à-Pitre la grignotent, lotissement après lotissement, sans que personne ne s'en émeuve. D'autres îles des Caraïbes ne se sont pas embarrassées de ces fausses pudeurs écolos, Sainte-Lucie, Aruba, la Barbade, et ça n'empêche pas les touristes de s'y entasser.

Jacob ne peut se retenir de sourire. Il s'était pourtant juré de ne jamais retourner en Guadeloupe. Il s'était promis de construire partout des paillotes sur pilotis, même à Cuba ou à Haïti, mais jamais ici !

Qui peut dire jamais en affaires ?

Janet n'est plus qu'un lointain souvenir. Un beau et triste regret.

Il écarquille les yeux et tente d'apercevoir son yacht au large, au-delà de la barrière de corail. Quand on vieillit et que la vie vous a souri, les regrets ne sont que de jolis tableaux accrochés sur des murs dorés. Damienne et Allan l'attendent sur le pont du *Karukera*. Damienne ne nage plus depuis des années… La dernière fois qu'elle s'est baignée en mer des Caraïbes, on y trouvait encore des lamantins.

Jacob baisse à nouveau son masque, souffle dans son tuba. Il a le temps, tout son temps. Il n'a acheté son yacht que pour cela. Jeter l'ancre dans les plus beaux mouillages de l'Atlantique sans que Damienne n'ait besoin de lever ses fesses de son transat.

Il nage. Il n'a jamais vu autant de poissons l'accompagner, pas même à Poponi Beach ou Harbour Island. Un poisson-perroquet bleu fluo se laisse approcher aussi facilement qu'un chien apprivoisé. Ils n'attendent que ça, pense Jacob. Être observés, admirés, photographiés. Sinon pourquoi Dieu les aurait-il autant coloriés ? Jacob a toujours été persuadé que la preuve du divin se trouve dans les merveilles de la nature. Respecter le sacré, c'est permettre à des hommes et des femmes de les contempler. Comment qualifier de sanctuaire un endroit dont l'être humain serait chassé ?

Une ombre lui vole un instant le soleil. Il lève les yeux. Une barque, au-dessus de sa tête. Un Zodiac équipé d'un petit moteur. Sans doute un pêcheur… Jacob se reprend à rêver. Les touristes peuvent cohabiter pacifiquement avec les poissons. Ils nagent avec une GoPro, pas avec un harpon. Ils se contentent de la daurade ou du thon qu'on sert dans leur assiette, élevés loin du sanctuaire.

Loin du Grand Cul-de-sac marin Resort Club.

Il repense à ce type qui lui a assuré qu'il y avait une faille dans le système de protection de la mangrove, qu'en insistant sur le respect des normes environnementales, les emplois créés, la concurrence avec les îles voisines qui n'ont pas autant de scrupules, certains élus seraient prêts à se laisser tenter. Il a eu du mal à le croire, mais…

Jacob a repéré le pêcheur ! Il serpente quelques mètres devant lui, fusil harpon à la main, lui adresse un petit signe du bras, puis s'éloigne. Jacob nage à présent dans un aquarium. Poissons-anges, chirurgiens, sergents-majors… Des dizaines de poissons aussi multicolores que minuscules. Qu'est-ce que ce pêcheur espère bien harponner ? Une brochette de poissons-clowns ? Croit-il tomber nez à nez avec un marlin ou un mérou par si peu de fond ?

Jacob sent soudain une présence dans son dos. Il se retourne aussi vite qu'il le peut mais, étrangement, il a déjà compris.

Le mérou, c'est lui.

Le pêcheur est à trois mètres. Jacob ne distingue qu'un corps fin moulé dans une combinaison néoprène, une bouche déformée mordant un tuba, deux yeux flous derrière un masque de verre.

Deux yeux déformés par la colère.

Deux yeux qu'il n'a jamais vus. À moins que…

La douleur lui déchire le poumon. Il n'a pas vu la flèche partir. Il ne comprend qu'en voyant le canon vide. Le lagon devient rose. Ses mains tremblent et tâtonnent, se referment sur le harpon. Un instant, il se demande s'il doit ou non l'arracher, un instant de trop, il n'en a déjà plus la force, il sent son corps s'échouer, deux mètres plus bas, son tuba s'emplir d'eau sans qu'il n'ait la force de la recracher.

Son cœur repose sur le sable. Les grains forment une fleur rouge, aussitôt soufflée. Son sang s'échappe. De l'eau salée le remplace, empoisonne ses veines, ronge sa gorge.

Jacob ne voudrait plus penser qu'au passé, qu'à ce qu'il y a de plus beau, qu'à ce qu'il veut emporter. La seule fois qu'il a aimé ?

Il ne voudrait penser qu'à Janet, se persuader qu'il va la retrouver. Il cherche son visage, quelque part dans ses pensées noyées, mais seul celui de sa femme apparaît. Incrusté dans les derniers lambeaux de sa lucidité. Impossible à chasser.

Damienne refuse de laisser une autre qu'elle lui dire adieu.

Faut-il qu'il meure pour comprendre qu'il était… amoureux ?

Lentement, il ferme les yeux.

La route s'arrête

Cul-de-sac

Marin.

2

Ravine du Bois-Malher, Bouillante, 8 heures

À travers les carreaux poussiéreux de la case, la mer des Caraïbes paraît sale. Presque aussi grise que la Manche, pense Valéric. Cette mer dont il a dû se contenter pendant vingt ans, face au commissariat de police de Dieppe. Une mer dans laquelle personne ne se baigne, sauf les surfeurs par grand vent et les goélands par tous les temps. Tout l'inverse de Bouillante.

Valéric ouvre la fenêtre. Il est à peine 8 heures du matin et une dizaine de kayaks jaunes sont déjà alignés sur le sable noir de la plage de Malendure, pressés de ramer avant la foule jusqu'aux îlets Pigeon et la réserve Cousteau. À peine une demi-heure de pagaie.

C'est d'ici, continue de penser Valéric, que maman, toute sa vie, a regardé le ballet des barques en plastique. Sans comprendre l'intérêt d'aller déranger les tortues. De sa case, sur les hauteurs de Bouillante, au bout de la ravine du Bois-Malher, elle disposait d'une des plus jolies vues sur la côte ouest de Basse-Terre, de Pointe-Noire jusqu'à Vieux-Habitants. À l'inverse, si les rameurs se retournaient et levaient les yeux vers les hauteurs de l'île, en direction de sa ravine, ils ne découvriraient qu'une rangée de cases en tôles défigurant le paysage de carte postale. Bouillante est la commune la plus pauvre de Guadeloupe. Qu'elle soit la capitale antillaise de la plongée n'y change rien. On ne vient ici que pour les fonds marins. Pas pour y habiter. Sauf si on y est né...

Valéric y est né, il y a quarante-quatre ans.

Maman aussi, vingt-quatre ans avant lui.

Elle y restera, pour l'éternité.

De la fenêtre de la case, en se penchant vers le nord, Valéric peut apercevoir le cimetière. Identique à tous ceux de Guadeloupe : des tombes monumentales accrochées à la pente, recouvertes de faïence en damier, le blanc du deuil africain croisé avec le noir du deuil européen. Il distingue le caveau de sa mère, devine le bouquet d'hibiscus qu'il vient d'y déposer.

Valéric est revenu trop tard. Quand il est entré dans cette chambre blanche du centre hospitalier Maurice-Selbonne, maman ne reconnaissait déjà plus personne. Ne prononçait plus le moindre mot. Cancer du larynx, ont précisé les médecins. Elle ne lutte plus, ce n'est plus qu'une question de jours, peut-être d'heures.

Sept, exactement.

Le temps pour Valéric de lui parler, mais maman a-t-elle écouté ?

Le temps de lui demander pardon, mais c'était un mensonge de plus.

Valéric n'a jamais regretté sa décision, c'est le pardon de sa mère qu'il attendait, un simple geste, une simple phrase, *Tu as eu raison, mon fils. Je l'ai compris après toutes ces années.*

Valéric déambule dans la case. Il dresse l'inventaire des fauteuils en rotin fatigués, des coussins de madras empilés sur le canapé, des paniers en feuilles de palmier pendus devant l'entrée. Que va-t-il faire de tout ça ? Tout est à sa place, ordonné. Maman n'a jamais rien laissé traîner, encore moins le jour de son dernier départ. Il observe avec un ridicule sentiment de culpabilité sa valise ouverte sur le canapé, ses habits éparpillés, son assiette et ses couverts d'hier soir oubliés sur la table. Il a l'impression de profaner un lieu sacré.

Rien n'a changé en vingt ans. Tout a changé.

Un moulin à café est posé sur le meuble de télé, là où ses trophées d'athlétisme étaient exposés. Il n'y a plus qu'un rectangle clair sur le papier peint, là où son diplôme de l'École nationale supérieure de la police était cloué. Le portrait de Valéric a même disparu du cadre sur le buffet.

Papa et maman posent seuls devant la cascade du Trou à Diable.

Dans son souvenir, ils allaient s'y baigner chaque dimanche. Ils étaient trois sur la photo. Il avait douze ans, il souriait entre son père et sa mère, ses cheveux et ses yeux clairs contrastaient avec ceux, noir ébène, de ses parents. Un miracle, un chabin, un trésor à protéger.

Valéric se penche. Les deux prénoms de ses parents sont encore lisibles sur le cadre de bois.

Valérie et Éric.

Maman tenait à cette tradition créole : composer le prénom de l'enfant avec ceux de ses deux parents, surtout un enfant unique, un enfant de l'amour. Valéric saisit le cadre, étudie la photo, avant de la reposer comme si elle l'avait brûlé.

Aucun doute ! Le cliché a été découpé, puis recollé. Son visage a été déchiré, effacé.

Dix-neuf ans d'absence, sept mille kilomètres de distance n'ont rien changé...

Maman ne lui a jamais pardonné !

Machinalement, il porte son assiette et son verre jusqu'à l'évier. Il contourne la poubelle, il a commencé à y jeter les bouteilles de rhum à moitié vides. Il en aura pour des semaines, des mois, à faire le tri dans son ancienne vie. Il a un instant hésité à se servir un shot, avant de tout balancer. Tout ? Maman a sans doute une réserve cachée. Les médecins du centre hospitalier ont été formels, l'alcool l'a détruite. Année après année.

Comment aurait-elle pu lui pardonner ?

Le téléphone de Valéric vibre dans sa poche. Il ne décroche pas tout de suite et s'attarde sur le fond d'écran de son portable, Rose et Gabin posent devant les falaises de Normandie. Ses deux grands, dix-huit et vingt ans, ne sont jamais venus en Guadeloupe. N'ont jamais rencontré leur grand-mère. De leurs origines créoles, il ne leur reste que des cheveux un peu plus crépus que la moyenne et une peau à peine plus foncée.

— Commandant Kancel ?

Valéric reconnaît la voix de Chévi Dijoux, le brigadier de garde.

— On a un big problème, commandant. Une disparition inquiétante. Quelque part entre la mangrove et le Grand Cul-de-sac marin.

— Un touriste égaré ? Ce ne serait pas le premier et…

— C'est sa femme qui a signalé la disparition, coupe Chévi. Une certaine Damienne Santamaria. Apparemment, le disparu, son mari, est l'une des plus grosses fortunes des Antilles.

Valéric fouille dans sa mémoire. Santamaria ? Le nom ne lui dit rien. Mais les Petites Antilles sont une aire protégée pour millionnaires discrets.

— Qu'est-ce qu'elle t'a dit d'autre ?

— Rien…

— Comment ça, rien ?

— Elle ne m'a pas appelé.

— Pardon ?

— Elle a directement appelé le préfet ! Faut croire qu'elle a son numéro personnel. C'est la sous-direction à la sécurité qui m'a alerté.

Valéric a compris, cette fois. Mieux vaut grimper tout en haut si on veut secouer le cocotier ! Amiel et Jolène, ses deux adjoints, ont posé leur journée. Mais où qu'ils soient en ce joli dimanche d'avril, ils vont devoir rappliquer avant le début d'après-midi.

3

Port de Petit-Canal, 11 h 30

— Dégage, Évariste !

Le food truck est garé au bout du port de Petit-Canal, devant la plage microscopique, le seul endroit du village sur des kilomètres où l'on peut poser sa serviette. La mangrove occupe tout le reste de l'espace, au nord comme au sud. Sur le quai, la patronne du Palai'tuvier prépare avec une méticulosité de chef étoilé un bokit poulet pour son unique client : un métro en pantalon de toile et chemise de lin. Sans doute un fonctionnaire du ministère des Outre-mer chargé de l'application des normes européennes dans les territoires ultramarins.

— Dégage, Évariste ! répète la marchande de bokits.

Le vieux Créole s'approche pourtant, en titubant. Yeux noirs légèrement plissés, peau brune en cuir parcheminé, longue barbe poivrée. Il porte sur les épaules une couverture de laine et sur le visage les marques d'un métissage intercontinental sophistiqué.

— T'es plus chiant qu'un pélican ! soupire la cuisinière.

Elle se retourne et jette une seconde boule de farine dans la bassine d'huile bouillante.

Au bout de la jetée, au pied du phare jaune et blanc, deux pêcheurs ramassent leur filet. Un chauve à lunettes d'écaille et une gamine tatouée, ses cheveux courts relevés en épines de corossol et cinq anneaux en piercing dans le nez. Une apprentie accompagnée par son tuteur ? Ils observent la scène et ne résistent pas à l'envie d'y participer.

— Aussi chiant qu'un pélican, répète le pêcheur aux lunettes d'écaille. Et aussi affamé qu'un grand gosier !

Il regarde avec inquiétude le vieux Créole slalomer entre le food truck et le bord de la digue. Un pas de plus et il tombe dans l'eau…

Évariste s'arrête soudain. La couverture glisse de ses épaules. Ses mains se mettent à trembler. Il écarquille les yeux et lève un regard halluciné vers les rares nuages du ciel, comme si des anges allaient descendre en rappel.

— Ça ne va pas ? s'inquiète le fonctionnaire.

— Vous bilez pas, assure l'ébouillanteuse de bokits. C'est pas la première fois qu'il nous fait son cinéma !

Elle retourne à sa friture. Le pêcheur enroule avec minutie son filet. Les yeux d'Évariste continuent de se dilater, à croire qu'ils vont basculer hors de leurs orbites. Ses lèvres s'ouvrent et se ferment sans qu'il ne paraisse les contrôler.

— *Je… je vois un mort…*

La cuisinière hausse les épaules. Le pêcheur s'est tourné vers son apprentie. Le fonctionnaire, à l'inverse, observe avec fascination la transe du Créole.

— Le regardez pas comme ça ! s'agace la patronne du food truck. Le public, ça l'encourage ! Ou donnez-lui 10 euros et ça le calmera.

Évariste ne se calme pas. Un filet de salive inonde sa barbe. Ses dix orteils commencent eux aussi à danser.

— *Un mort*, lâche-t-il en bavant. *Un mort tout près.*

Pour la première fois, la jeune pêcheuse lâche ses filets et redresse la tête.

— On devrait peut-être l'écouter ? Mes parents l'ont déjà consulté. D'après eux, c'est un vrai quimboiseur et…

— Conneries ! assure le prof de pêche. C'est juste un alcoolique qui fait son cirque chaque fois qu'il croise un gogo à fric.

Le gogo à fric ne semble pas spécialement apprécier. Il s'est approché d'Évariste, à une distance assez raisonnable pour éviter les postillons du possédé sur sa chemise de lin.

— Monsieur, vous m'entendez ?

— *Un corps… Du sang… Un masque… je vois un masque !*

Tous se tournent vers la plage de poche.

Rien ! Aucun corps ! Aucun nageur piégé ramené par les courants. La cuisinière a pêché une boule de farine dans son bain de friture.

— Je te file ton bokit et tu dégages, Évariste.

— *Je vois… une flamme…*

— Tu vas surtout voir mon pied dans ton cul si tu continues !

Le pêcheur chauve éclate de rire. L'apprentie aux piercings tortille son filet.

— On devrait peut-être appeler la police ? Et s'il a vraiment vu un cadavre ?

— Impossible, assure le pêcheur. Quand je suis arrivé, il cuvait déjà son rhum sur la plage. Il n'a rien vu à part les crabes qui le prennent pour un rocher !

— Monsieur, insiste le fonctionnaire. Quelle sorte de flamme ?

Les yeux noirs d'Évariste fixent toujours le ciel, illuminés d'une terrifiante intensité. Il paraît téléporté dans une autre réalité.

— *Je vois du sang… beaucoup de sang… sur des marches.*

La vendeuse de bokits s'inquiète.

— Si quelqu'un s'amuse à me saloper mon ponton, je vais le…

— Les Marches des esclaves ! s'écrie soudain la pêcheuse aux piercings.

Elle scrute, dans le prolongement de la digue, les premières maisons de Petit-Canal. Sans ajouter un mot, elle lâche le filet et commence à courir le long du quai, en direction du long escalier qui mène au village. Le fonctionnaire du ministère des Outre-mer, sans réfléchir, sprinte derrière elle. L'apprentie dépasse un étrange monument, un tambour surmonté d'une flamme, sans ralentir. Le pêcheur et la cuisinière, résignés, se décident à abandonner leur poste et à leur emboîter le pas.

Seul Évariste n'a pas bougé. Il s'est assis devant le food truck, dos voûté, menton posé sur les genoux, sa longue barbe flottant sur ses jambes.

La jeune pêcheuse a déjà gravi trois marches. Elle lit les lettres noires clouées sur les piliers de béton.

Yorubas

Ibos

Encore une dizaine de marches.

Ouolofs

Peuls

Elle aperçoit les premières gouttes de sang sur le ciment.

Une marche supplémentaire.

Bamilékés

Elle lève les yeux, distingue une masse noire quelques mètres au-dessus d'elle. Elle doit aller voir ! Elle doit… Une main l'arrête, crispée sur son épaule. Le fonctionnaire l'a rattrapée et la retient.

— Non, petite. Ne regarde pas.

Elle se dégage, fascinée, et franchit les cinq dernières marches en deux enjambées.

Kongos

Un corps gît en haut de l'escalier. Un Antillais, nu. Elle doit monter une nouvelle marche pour distinguer le maillot de bain disparu sous les plis de son ventre, puis son torse gras inondé de sang séché. Une flèche en pleine poitrine, tel un drapeau planté.

Un cétacé harponné, pense-t-elle. *Une baleine échouée.*

Le métro se tient à côté d'elle, il a sorti son portable et appelle la police.

Elle entend derrière elle les pas lourds de la patronne du food truck, ceux fatigués du pêcheur.

Qui a pu faire ça ?

Tuer ce type qui porte encore son masque de plongée sur les yeux.

Le tuer ici. Dans ce lieu !

Ce *lieu de mémoire*, comme disent ses professeurs d'histoire.

Pourquoi ?

Elle repère une petite feuille de papier, coincée dans le maillot de bain de l'homme assassiné. Elle se penche déjà pour l'attraper. Le fonctionnaire, une nouvelle fois, la retient.

— Ne touche à rien !

4

Marina du Gosier, 12 h 20

Jolène Dos Santos sent son téléphone vibrer dans la poche de son jean.

— Excuse-moi, Joshua…

La capitaine de police se tortille pour sortir le portable. Un iPhone 13 Pro extraplat, le seul qu'elle peut glisser dans sa poche quand elle enfile son pantalon stretch kaki clair. Son préféré.

Elle jette un bref regard au port du Gosier. Les bars rivalisent d'originalité. Ambiance noir pirate, bleu lagon ou vert cocotier. Des dizaines de clients sont attablés aux terrasses. Peu de familles, presque uniquement des amoureux, presque toujours blancs, bronzés, souriants, heureux. Avril est la saison idéale, entre la fin de la saison sèche et le début de l'hiver.

La policière observe le nom qui s'affiche sur l'écran.

Valéric.

Son boss a besoin d'elle. Elle peine à masquer son excitation.

— Un problème ? demande Joshua en suçotant la paille plongée dans son daïquiri.

— Non.

Jolène est sincère. Elle lit le bref message du commandant.

Disparition inquiétante.
Un type qui pèse quelques millions de dollars.
La préfecture et la DZPJ[1] sont en alerte.
Besoin de toi pour monter au front, immédiatement.

Face à elle, Joshua mordille sa paille. Il finit par ouvrir les lèvres et lui adresse un sourire niais, mais n'ose rien ajouter, encore moins la questionner.

Erreur de casting ! pense Jolène.

Ça lui arrive pourtant rarement de se planter sur Tinder. Elle sait ce qu'elle veut et ce qu'elle cherche. Des types sympas, sûrs d'eux, qui savent boire, danser et draguer. De jolis Blacks aux bras musclés qui ne cherchent pas trop à s'accrocher à la peau mate d'une fliquette presque trentenaire, bretonne ou portugaise selon les circonstances, partie profiter du soleil sous les tropiques.

Tout l'inverse de Joshua ! Elle a décroché le plus gringalet de tous les Antillais. Une boule de cheveux frisés posée sur un manche à balai. Un corps de bilboquet ! Un geek qui cache son squelette maigrelet sous un pull de laine, par vingt-cinq degrés ! Timide et hébété comme s'il n'avait pas croisé une fille depuis un an. Non pas que Jolène se trouve séduisante, loin de là. Elle n'aime pas ses cheveux bruns trop lisses qu'elle se sent obligée de garder trop longs, son menton trop pointu, ses épaules trop basses, ses hanches trop larges, elle pourrait faire ainsi l'inventaire de ses défauts pendant une nuit solitaire entière… C'est sûrement pour cela qu'elle cherche des mecs parfaits, qui la rassurent avec hypocrisie, le temps d'une nuit.

Désolée, Joshua, tu n'appartiens pas à cette catégorie !

Et merci, Valéric ! Tempo synchro.

— C'est mon chef, explique Jolène en se levant. Je dois y aller. Urgence absolue. Je ne peux rien te dire de plus. Écoute

1. Direction zonale de la police judiciaire.

mon conseil, la prochaine fois que tu rencontres une femme flic sur Tinder, dislike-la direct !

Joshua tète sa paille et avale de travers. Les bars du port du Gosier n'ont pourtant pas la réputation de surdoser le rhum dans leur daïquiri. Il tousse dans son coude de laine, mains moites et tempes en sueur.

— Je comprends… Tu… Tu me recontactes dès que tu as un moment ? Moi, je bouge pas. Je serai derrière mon écran.

Jolène se tortille pour ranger l'iPhone Pro dans sa poche, et le regrette aussitôt. Hanches trop larges ou pas, ça pourrait bien exciter ce puceau ! Ce *no life* n'a donc rien écouté ?

T'as pas compris Joshua ? Bannis-moi !

— OK, lance-t-elle sans se retourner. Dès que j'ai un moment.

5

Beaumanoir, les Grands Fonds, 12 h 22

Amiel Ouassou laisse le téléphone vibrer dans la poche de son short.

Pas maintenant ! Qui que tu sois, ne m'appelle surtout pas maintenant !

Le capitaine de police regarde autour de la table, comme pris en faute, persuadé que tout le monde entend son portable insister.

Hors de question qu'il décroche !

Andréa vient d'apporter le colombo de cabri. Elle marmonne entre ses dents une action de grâce que toute la sainte famille répète, même Raphaël. Amiel était prévenu en acceptant l'invitation à déjeuner de son amoureux. La famille de Raph appartient aux derniers Blancs-Matignon, ces planteurs de canne à sucre ruinés, réfugiés pendant la Révolution dans cette région des Grands Fonds, un labyrinthe en 3D de collines et de vallées. Sans argent, sans terre, il ne leur reste que la foi… et la méfiance envers la majorité noire qui les méprise.

Amiel ne les méprise pas, mais la famille de Raph se méfie tout de même…

Même s'il est venu avec un bouquet d'orchidées pour Andréa, une bouteille de rhum blanc cœur de chauffe pour le père de Raph ; même si son métier les rassure, capitaine de police à la DZPJ des Abymes, pas le genre à voler sur les marchés ; même si Raph l'a présenté comme un ami, un bon ami…

Rien de plus. Les parents de Raph ont-ils un doute ? Raph lui a promis de leur parler, de leur dire la vérité. Avant de se mettre à table, avant de commencer le repas.

Raph n'a rien dit. Il s'est même écarté, gêné, quand Amiel, sous la table, a posé une main sur sa cuisse.

Le téléphone vibre toujours dans sa poche.

Amiel connaît la consigne. Être joignable, toujours, tout le temps. Y compris un dimanche. Y compris chez ses beaux-parents… Y compris le jour où leur fils unique, Raphaël Duplessis, jeune et brillant lieutenant des sapeurs-pompiers en charge de la caserne de Port-Louis, a décidé de leur présenter son petit ami, un grand policier noir avec qui il vit depuis dix-huit mois.

Les vibrations du portable continuent d'électriser sa jambe.

Tant pis !

L'urgence, si c'en est une, attendra.

Pas lui !

Amiel en a assez de la clandestinité. Il l'a compris, Raphaël ne dira rien. Ils en ont parlé pendant des nuits entières, pour rien. Raph n'aura pas le courage de faire pleurer sa mère. Pas le courage d'affronter son père. Pas le courage de révéler son homosexualité aux habitants du village de Beaumanoir où il a grandi.

Elle n'est pas considérée comme un crime ici. Juste une infamie, au mieux une maladie.

— Alors ainsi, demande Andréa, vous travaillez dans la police ? Vous devez avoir un sacré travail avec ces bandes de voyous qui traînent dans les rues sans travailler et qui…

Andréa s'est brusquement arrêtée de parler. Elle doit croire à une hallucination. Elle ferme les yeux, puis les ouvre, mais non !

Ce n'est pas une illusion.

La main de cet Amiel, ce soi-disant capitaine de police, est posée… sur celle de son fils !

Raphaël a aussitôt essayé de la retirer, mais Amiel l'a emprisonnée, quelques instants, quelques instants suffisants. Juste le temps que ses parents aient la confirmation de ce qu'ils devaient redouter depuis des années.

N'est-ce pas ce qu'on avait convenu, Raph ? Dire la vérité, crever l'abcès ?

Raph ne dit rien pourtant.

Amiel comprend.

Devant sa maison, dans son quartier des Grands Fonds, Raphaël a honte.

Honte de leur amour. Honte de lui.

La famille de Raphaël a déjà fait l'effort de tolérer un Noir à sa table. Mais un pédé ?

Amiel comprend qu'il n'est déjà plus qu'un étranger. Que pèse leur amour, dix-huit mois de passion et de promesses, face à de tels préjugés ?

Le capitaine de police pose sa serviette, se lève, sort le téléphone de sa poche, lit.

Disparition inquiétante.
Un type qui pèse quelques millions de dollars.
La préfecture et la DZPJ sont en alerte.
Besoin de toi pour monter au front, immédiatement.

— C'est mon chef, explique Amiel. Une urgence. Je suis désolé, Andréa, je ne vais pas pouvoir rester déjeuner.

La Blanche-Matignon le poignarde de son regard triomphant.

C'est ça, casse-toi ! Laisse notre fils tranquille, il t'oubliera.

Raphaël n'a pas eu un regard pour lui.

Raphaël a choisi.

Il ne se lèvera pas, il ne le suivra pas.

Andréa a raison, il l'oubliera.

Amiel s'éloigne déjà, téléphone collé à l'oreille.

— Valéric ? Oui, c'est moi. Je suis là dans un quart d'heure.

6

Marches des esclaves, Petit-Canal, 13 h 16

— T'as les yeux rouges, demande Jolène. T'as pleuré ?

— Laisse tomber, répond Amiel en gravissant les premières marches de l'escalier de pierre.

Yorubas

Ibos

Ouolofs

— Ça ne s'est pas bien passé avec ta belle-famille ?

— Laisse tomber, je te dis.

Jolène brûle d'envie d'insister, mais le regard du commandant Kancel l'en dissuade. Valéric se tient trois marches plus haut, son chapeau de paille, un fédora, vissé sur la tête.

Peuls

Bamilékés

Une dizaine de policiers, derrière des rubalises fluo, quadrillent la scène de crime. La moitié du village de Petit-Canal a été isolée. Un long périmètre interdit au public, du phare du port jusqu'au clocher de l'église. Les riverains ont été priés d'attendre en dehors, alors que les premiers témoins étaient regroupés devant l'école : deux pêcheurs, une commerçante locale et un inspecteur européen chargé de la politique commune de la pêche.

Kongos

Les deux capitaines de police s'arrêtent à mi-escalier.

— Explique-moi, demande Jolène.
— T'expliquer quoi ?
— Tout ça !

Elle désigne d'un regard curieux les noms gravés sur les marches, la sculpture en forme de djembé au pied de l'escalier, la colonne grecque brisée qui le surplombe. Le capitaine Amiel Ouassou prend conscience de l'ignorance de sa collègue. Ce site de Petit-Canal est l'un des plus connus de Grande-Terre, mais Jolène n'est arrivée en Guadeloupe qu'il y a quinze mois, et, pour s'intégrer, la policière a préféré s'intéresser au patrimoine vivant des habitants, de jour comme de nuit, plutôt qu'au patrimoine historique. Lui, à l'inverse, n'a jamais quitté la cité Mortenol Sud de Pointe-à-Pitre.

— Tout ça, Jo, ce sont des symboles. Les premiers esclaves ont débarqué ici, à Petit-Canal. Puis tous ceux qui ont suivi, pendant plus de deux cents ans. Chaque habitant de la Guadeloupe possède un ancêtre qui a gravi un jour cet escalier. Un ancêtre africain appartenant à l'une de ces ethnies, peule, ibo ou kongo... Le tambour en bas de l'escalier, c'est le monument de la flamme éternelle à l'esclave inconnu. On raconte que les fouets remis par les maîtres, lors de l'abolition de l'esclavage, ont été enterrés en dessous... Et cette colonne près de l'église, c'est le Tronc des âmes, le plus vieux monument de Guadeloupe, un mémorial sur lequel ne sont gravés qu'un mot et une date : LIBERTÉ – 1848.

Jolène s'appuie contre un pilier de l'escalier. Ces monuments n'ont rien d'impressionnant, quelques marches de pierre entretenues avec du mauvais ciment, entourées de fleurs rares et de pelouses brûlées par le soleil. Elle imagine que la plupart des visiteurs doivent passer devant sans les remarquer. Pourtant, une fois leur signification révélée, le poids de ces symboles lui écrase le cœur, comme si elle entendait le cliquetis des chaînes, le claquement des fouets, les cris des négriers, et même le martèlement des pieds nus des esclaves ayant survécu à l'enfer sur mer, gravissant les cinquante-quatre marches vers l'enfer sur terre.

— Difficile de croire qu'on puisse se faire harponner ici par hasard, murmure la capitaine. Et ces autres ruines, à côté de l'église, dévorées par ce figuier ?

— …

Jolène attendra sa réponse. Valéric, descendu à leur rencontre, leur tend deux paires de gants en latex et un petit carton ensanglanté.

— Lisez ça. C'était coincé dans l'élastique du maillot de Jacob Santamaria. Pour qu'on ne puisse pas le manquer.

Anatole Cegnevane Né en 1625, à Tivaouane au Sénégal Mort en 1663, prison de Petit-Canal, Guadeloupe

7

Petit-Canal, 14 h 03

Valéric, Jolène et Amiel sont assis sur un muret, à une dizaine de mètres des Marches des esclaves, à l'ombre d'un figuier géant. Les racines de l'arbre ont poussé sur les ruines d'un vaste bâtiment, emprisonnent les murs encore debout, pénètrent à travers chaque porte, chaque fenêtre, tels des serpents patients. Encore quelques siècles et elles auront avalé toutes les pierres.

Devant eux, les techniciens de la DZPJ continuent de passer au crible la scène de crime. Le cadavre a été embarqué à la morgue de Pointe-à-Pitre, mais cela n'empêche pas les badauds de s'agglutiner derrière la rubalise et de mitrailler la scène avec leur téléphone portable. Jolène a vérifié sur son iPhone Pro, les photos du corps harponné de Jacob Santamaria sont déjà devenues virales. Plus d'une centaine de partages et des dizaines de milliers de vues.

Le commandant Kancel emprunte le portable de son adjointe. Il fait défiler, consterné, les clichés du cadavre rouge et noir sur fond de mer turquoise.

— Lecocu va en avaler sa cravate.

Amiel sursaute.

— Qui ça ?

— Valentin Lecocu. Le nouveau sous-préfet à la sécurité. Il fait partie des rares hauts fonctionnaires en service extraordinaire, nommé directement par le ministère pour assurer l'ordre dans l'île. Toutes les infos doivent lui être remontées en priorité. Le dossier est ultrasensible. Jacob Santamaria était l'une des grosses fortunes des Antilles, à la tête d'une chaîne d'hôtels de luxe, Caye Paradise. Il a fondé sa boîte à Antigua il y a trente ans. Depuis, ses *resorts* ont poussé partout, dans une quinzaine d'îles. Partout dans les Caraïbes… sauf en Guadeloupe !

Jolène allume une cigarette et observe le Grand Cul-de-sac marin, au-delà des escaliers, du port et de la mangrove.

— Qu'est-ce qu'il fichait ici alors ?

— Mystère… On va y aller en douceur ! Santamaria, par sa nationalité antiguaise, était citoyen du Commonwealth, donc sous la protection de la Couronne d'Angleterre. Mais avec ses centaines de cabanes sur pilotis dans les lagons de Saint-Barth, de Saint-Martin ou de la Martinique, il devait aussi connaître le 06 du ministre français des Outre-mer, la couleur du maillot de bain de sa femme et ses rhums arrangés préférés en fin de soirée… Ça ne va pas, Amiel ?

— On est vraiment obligés de débriefer ici ?

Le capitaine Ouassou surveille avec inquiétude les branches tentaculaires et les lianes qui pendent autour de lui.

— Oui. Enfin non. Pourquoi ?

Valéric apprécie l'ombre du figuier, la tranquillité du lieu, la proximité avec les techniciens qui ramassent les graviers ensanglantés de l'escalier à l'aide d'une pince à épiler.

— On est assis dans l'ancienne prison des esclaves, explique Amiel. Sous le figuier maudit !

Jolène ouvre des yeux ahuris.

— Selon la légende, poursuit le policier, les esclaves qui ont été réquisitionnés pour la construire ont semé des graines de figuier, afin que l'arbre se venge et finisse par détruire la prison.

— Bien joué ! applaudit Jolène.

Elle détaille les ruines du regard, impressionnée. Les racines et les branches ont crevé les charpentes, fissuré les voûtes, brisé les grilles. Le commandant Kancel, moins sensible que la capitaine aux légendes locales, n'a pas bougé.

— Si vous le permettez, on va encore braver la malédiction quelques minutes. On a presque terminé. La veuve de Santamaria nous attend, c'est elle qui a signalé la disparition de son mari. Elle a amarré son yacht dans la marina de Saint-François. D'après les premiers constats du légiste, Jacob a été harponné en pleine mer, vraisemblablement quelque part dans le Grand Cul-de-sac marin. Le meurtrier a donc amené ensuite le corps ici. Il a pris beaucoup de risques pour organiser sa mise en scène…

— Je vais peut-être dire une bêtise, glisse Jolène en tirant sur sa cigarette, mais notre Jacob n'a pas vraiment la couleur d'un béké. Il y a plus de chances que son ancêtre ait grimpé ces marches de l'enfer avec des fers aux pieds plutôt qu'avec un fouet. Cet Anatole Cegnevane, ce serait son ancêtre ?

— Ça m'étonnerait, réagit Amiel. Cette carte de visite n'a aucun sens. En 1660, les esclaves n'avaient pas de nom de famille. Il faudra attendre deux cents ans pour que l'état civil français leur reconnaisse une identité. Et impossible qu'Anatole soit mort en 1663 à la prison de Petit-Canal, elle n'a été construite qu'au XIXe siècle…

— T'es sûr ? On dirait qu'elle a mille ans !

Valéric enfonce son chapeau sur ses cheveux clairs et sort de l'ombre des ruines pour affronter le plein soleil.

— Parfait. Ça vous fera des tas de sujets de conversation avec Damienne Santamaria. Elle dispose peut-être de l'arbre généalogique de son mari…

— En espérant qu'il soit moins maudit !

Jolène, fière de sa blague, pose sa main sur le tronc du figuier. Amiel sourit.

— Tu ne viens pas avec nous, Valéric ?

— Pas le temps. Dans la série des contes et légendes locales, les témoins qui ont trouvé le cadavre de Santamaria affirment que l'emplacement du corps leur a été indiqué par un quimboiseur !

Les yeux de la capitaine Dos Santos pétillent de curiosité.

— Un quoi ?

— Un sorcier antillais, explique encore Amiel. Un voyant. Un type qui voit l'avenir, la mort, l'au-delà, ce genre de choses. C'est quoi ce délire, Valéric ?

— Aucune idée. On a coffré le quimboiseur, un certain Évariste Pigeon, il m'attend au frais à la DZPJ. Je vais le cuisiner en évitant de trop le faire mijoter. On doit faire vite, les enfants. Le sous-préfet m'envoie un texto tous les quarts d'heure. Tenez, d'ailleurs...

Le commandant tourne son téléphone vers ses deux adjoints.

Des nouvelles, Kancel ? Tenez-moi au courant, minute par minute s'il le faut !

Je vous laisse six heures pour coffrer ce harponneur !

Le procureur de la République tient à pouvoir annoncer que le meurtrier est hors d'état de nuire, dès ce soir, au journal télévisé de La Première.

V.L.

8

Préfecture de Pointe-à-Pitre, 14 h 30

— Valentin ? Quelle surprise ! Tout va bien, mon surdoué ? Tu te la coules toujours aussi douce sur ton île ?

Le sous-préfet à la sécurité répond par un sourire crispé. S'il a appelé d'urgence en visioconférence Gildas Rousseau, son camarade de l'ENA, promotion Zola 2008-2010, ce n'est pas pour subir ses blagues de carabin. Derrière Gildas, Valentin distingue le décor paradisiaque d'un lagon turquoise cerné par des palmiers.

— Ça me fait plaisir d'avoir de tes nouvelles ! continue Gildas avec le même entrain. T'es un sacré petit veinard. Quand je pense qu'avant d'être muté, j'ai occupé ton poste à Pointe-à-Pitre pendant cinq ans et que je me suis cogné les Gilets jaunes, puis les antivax, un bordel continu pendant tout un quinquennat ! Et que toi tu arrives comme une fleur pour t'asseoir dans mon fauteuil : plus de pandémie, plus de voitures brûlées, tu n'as plus qu'à faire valser tes mocassins et écarter les doigts de pied pour les faire bronzer. Putain, tu ne vas pas le croire, mais qu'est-ce que cette île de fous me manque ! Tiens, la preuve, rien que ce fond d'écran…

Gildas se penche et la moitié de son visage disparaît, juste avant que le lagon et les palmiers s'évanouissent eux aussi, et que son véritable bureau le remplace : des murs de lambris, une cheminée allumée, et une grande fenêtre donnant sur des centaines d'autres chalets, tous colorés, perdus dans un océan blanc, entre ciel bas et collines enneigées.

— Je reconnais qu'ici, poursuit Gildas, les phoques et les lièvres arctiques ne bloquent pas les ronds-points. Mais qu'est-ce qu'on s'emmerde à la préfecture de Saint-Pierre-et-Miquelon !

— Justement, tente de placer Valentin, je voulais te demander…

Gildas paraît ne pas l'avoir entendu.

— T'es bien installé ? Anne-Sophie s'adapte ? Tes gosses sont pas trop chamboulés ?

— Ça va, abrège le sous-préfet. On a trouvé une location à Saint-Félix, le secteur craint un peu mais Marceau et Toscane vont au collège de la Persévérance. Anne-So a du temps pour s'occuper de Prune, elle passe son temps dans la piscine, elle saura nager avant de savoir marcher.

Gildas a attrapé un mug fumant hors de l'écran. Thé, café, ou soupe de hareng ?

— Tu vois, je te l'ai toujours dit, Valentin, t'as toujours eu une chance de Lecocu. Elle est pas belle, la vie ?

— Gil, j'ai un souci…

Le sous-préfet de Saint-Pierre-et-Miquelon sort une flasque de bourbon et en ajoute une rasade dans sa tasse.

— Allons, mon Valentin. T'as toujours été le meilleur ! Lycée Henri IV, Sciences Po, ENA… À chaque fois major de promotion. À chaque problème une solution. À toi seul, t'as un QI supérieur à celui de dix Créoles !

— J'ai un meurtre sur les bras, Gil !

— Un seul ? T'as vraiment une chance de…

— Écoute-moi !

Valentin a haussé la voix.

— J'ai sur les bras un crime rituel.

— Quel genre ?

— Genre grosse colère contre l'esclavagisme.

Gildas vide son mug et, pour la première fois, paraît sérieux.

— Explosif, ça... Méfie-toi de tous les trucs en *isme* sur ton île. Racisme, néocolonialisme, communautarisme, syndicalisme... Faut les manipuler avec plus de précautions qu'une couvée d'œufs de tortue. Qui dirige la DZPJ maintenant ?

— Valéric Kancel...

— Connais pas.

— Normal, c'est un nouveau lui aussi. Un Guadeloupéen revenu à Gwada depuis quelques mois. Il a été pendant une vingtaine d'années en poste en Normandie. Un divorce en métropole, une maman gravement malade ici, il a fait le choix de finir sa carrière au soleil.

— Blanc, black ou mulâtre ?

— Euh...

— Eh, oh, mon Valentin, si tu veux comprendre quelque chose à cette île, oublie tout ce que t'as appris rue Saint-Guillaume et rue Sainte-Marguerite. En métropole, la couleur de peau, c'est tabou. Chez toi, ça explique tout ! Alors, ton commandant ?

— Noir... Enfin, noir bizarre. Des traits, euh, africains, sans aucun doute, des cheveux crépus aussi, mais presque blonds. Une peau claire. Des yeux bleus.

— Un chabin ?

— Un... ?

— Un chabin... Le trésor rare d'un couple de métis. Un miracle de la génétique. Des petits chouchous qui rougissent et craignent le soleil, surprotégés par leur maman. On les aime plutôt bien sur l'île. Ils sont réputés plus sensibles, plus intuitifs... et surtout plus dangereux, capables de crises aussi soudaines qu'imprévisibles.

— Attends, Gil, tu ne vas pas me dire que tu crois à tout ça ?

— Je t'instruis, c'est tout. Un chabin à la tête de la police de La Pointe, ça peut être le meilleur comme le pire. Ménage-le, ton Valéric !

Valentin Lecocu s'étouffe.

— Je l'ai surtout secoué ! Le proc veut un coupable avant ce soir. Le préfet et le ministre des DOM s'alignent sur le même planning. Alors tu vois, que notre chabin attrape des coups de soleil, c'est pas vraiment ma… Eh, Gildas, t'es toujours là ?

Le sous-préfet de Saint-Pierre-et-Miquelon ne le regarde plus. Valentin remarque qu'il pianote sur son téléphone. Après quelques secondes, Gildas relève la tête.

— Putain, ton meurtre a déjà fait le tour du monde ! Un type harponné sur les Marches des esclaves. T'as pas affaire à un impulsif, mon Valentin, t'as affaire à un malin qui a préparé son coup. Je crois que le préfet, le proc et le ministre peuvent commencer à déplier leur lit de camp. Et toi aussi, mon grand.

Derrière Gildas, le bureau de Saint-Pierre-et-Miquelon disparaît soudain pour laisser place à un fabuleux paysage de désert rougi par un coucher de soleil. Valentin laisse filer un discret soupir d'agacement.

— Une dernière chose, Gil. T'as passé cinq ans ici. Tu y crois, toi, à la sorcellerie ? Le vaudou, les fakirs, les gadèzafés, les quimboiseurs ?

— Sincèrement ?

— Je préférerais…

— Sincèrement, non ! Mais, un dernier conseil, fais toujours croire à ceux qui y croient que tu les crois.

— Merci, glisse Valentin avant de raccrocher.

Le soleil rouge, le sable et Gildas disparaissent.

Fais toujours croire à ceux qui y croient que tu les crois, répète le sous-préfet à la sécurité de la Guadeloupe dans sa tête. Y a qu'un énarque pour formuler un conseil pareil.

9

Grande-Terre, 14 h 34

Amiel et Jolène roulent sur la nationale 6. Un paysage plat et monotone, alternance de savane et de champs de canne. Ils ont eu la confirmation de la préfecture, le *Karukera* a obtenu l'autorisation de s'amarrer dans la marina Saint-François. Ils y seront dans trente minutes, peut-être moins si Jolène continue de conduire le Dacia Duster avec la maîtrise d'un pilote de rallye. Sans copilote ! Amiel semble se désintéresser du trajet. Depuis leur départ de Petit-Canal, le capitaine a déjà consulté une dizaine de fois son téléphone. Jolène lui jette un regard de biais, sans ralentir.

— Des soucis ? Tu ne m'as pas dit. Il s'est passé comment, ton coming out chez ta belle-famille ?

Amiel glisse le portable entre ses cuisses.

— Une cata !

Il ne connaît Jolène que depuis un an, mais ils sont très vite devenus complices. Peut-être qu'il se sent à l'aise avec cette fille mi-bretonne, mi-portugaise d'après ce qu'elle lui a raconté, un métissage bizarre à la fois salé et épicé, tout l'inverse d'une bimbo-métro-peroxydée. Peut-être parce qu'il déteste cette île autant que Jolène l'adore. Peut-être parce qu'il est né ici et a dû affronter tous les préjugés, alors que Jolène peut se contenter d'en savourer les délices. Peut-être parce que Jolène s'émerveille de tout ici, les colibris, les arbres du voyageur, les fruits exotiques, s'enivrer d'alcool, s'amuser des mots créoles… Alors que lui n'en peut plus de l'absence de saisons, comme une routine figée pour l'éternité. Peut-être surtout parce que Jolène l'a trouvé moins macho que les autres, plus sexy, plus raffiné, et qu'elle l'a dragué… avant de comprendre qu'ils likaient les mêmes mecs sur Tinder.

Amiel est l'un des rares policiers de la DZPJ à savoir que Jolène a demandé sa mutation aux Antilles après un divorce compliqué, et à connaître le véritable prénom de sa collègue : Marjolaine. Le seul à la surnommer parfois Marge, alors qu'elle impose Jolène à tous les autres.

Jolène avec un E, précise-t-elle, *comme la chanson de Dolly Parton.*

Qui connaît encore cette chanson de Dolly Parton ?

Pour l'instant, c'est Kalash qui braille à la radio.

— Désolée, Amiel. T'attends que ton amoureux te rappelle ?

— Ouais… Si sa maman ne lui a pas confisqué son téléphone. T'en fais pas, j'ai l'habitude. Pour être flic et gay à Gwada, faut une carapace plus dure que celle des tortues de Malendure.

Ils traversent le pont du Moule et passent sur l'Autre Bord, sans ralentir.

— Et toi, Marge, ton rencard ?

— Gentil, galant, réservé, attentionné. Tout ce que je déteste !

— Pour une fois que tu ne tombes pas sur un chasseur de gazelles.

Une dizaine de minutes plus tard, ils pénètrent dans Saint-François. Jolène ralentit enfin. Ils longent l'enfilade de mâts côté mer et de cocotiers côté quai. À l'exception des arbres, tout est blanc dans la marina. Le pont des bateaux et les murs de la capitainerie, les coques et les toits, les appartements et les gens. Dans le port, les voiliers sont alignés autour des pontons avec la même régularité que des feuilles de palmier autour d'une tige.

Jolène s'avance le plus loin possible sur la jetée et se gare face au *Karukera*. Impossible de le manquer, c'est le plus gros yacht amarré. Une pyramide de bois laqué aux formes aussi épurées qu'une formule 1. Elle bloque les roues de la Dacia d'un coup rageur de frein à main.

— Je t'invite en croisière pour te changer les idées ?

Amiel sourit.

— C'est vrai, t'es une Bretonne ! Tu sais naviguer ?

— Évidemment ! J'ai grandi à Port Manec'h, la plus belle plage de Bretagne, face aux Glénan, le temple mondial de la voile.

Amiel réalise qu'il n'a jamais mis les pieds sur un voilier. Sa seule expérience de nautisme se résume à une heure de pédalo dans la mangrove quand il avait dix ans. Pendant qu'il lève les yeux vers l'impressionnant bateau de la veuve de Jacob Santamaria, Jolène consulte son portable.

— Merde !

— Un problème ?

— Non, rien. Rien de grave…

Un cyclone baptisé Joshua s'est pourtant formé dans le cerveau de la capitaine. Elle vient de recevoir un texto du geek à col roulé.

Rappelle-moi dès que tu peux. J'ai vraiment envie de te revoir. Josh.

Comment ce type a-t-il eu son 06 ? Jolène prend toujours garde de ne donner ni son adresse mail ni son numéro personnel. Elle ne communique qu'à travers les réseaux sociaux. Ce Joshua s'est présenté comme un petit génie de l'informatique. A-t-il voulu l'épater en craquant son profil ? A-t-elle affaire à un dragueur ou à un cinglé ?

Un cinglé, se surprend à espérer Jolène. Est-elle à ce point moche qu'un geek gaulé comme un bilboquet puisse croire avoir une chance avec elle ?

— Tu viens ?

Amiel a ouvert la portière passager.

La réponse attendra.

10

Direction zonale de la police judiciaire,
Les Abymes, 15 heures

Le hall d'accueil et les couloirs de la DZPJ sont plus encombrés que les urgences après le passage d'un cyclone. Des policiers vont et viennent, pressés, sans s'arrêter, slalomant entre les visiteurs qui patientent devant l'unique guichet.

Le commandant Valéric Kancel fend lui aussi la foule quotidienne venue répondre à une convocation, déposer une main courante ou témoigner… Il a réduit au maximum les effectifs chargés de la gestion des affaires courantes, pour placer le plus de policiers possible sur l'affaire Santamaria. Priorité absolue ! Ordre impératif du sous-préfet à la sécurité.

Valéric s'engouffre dans le couloir de son bureau. Il manque de peu d'entrer en collision avec un gosse de quatorze ans.

— Qu'est-ce qu'il fiche ici ?

Les agents Musard et Levif accourent et saisissent le garçon par les épaules.

— Jayden Tourmant. Un gamin qui prend les touristes pour des poulets à plumer. Bonneteau dans les rues du centre-ville, vente de camelote sous le manteau, pickpocket sur la marina. Il pousse la provoc jusqu'à agir devant notre nez, sur le parking du Ô Marché An Nou.

Le commandant croise un instant le regard frondeur de l'adolescent. On lui donnerait à peine douze ans. Une bouille ronde, des cheveux ras, un iguane tatoué sur le bras.

— Vous le virez, il y a plus urgent. On a un assassin qui tue les touristes, on s'occupera plus tard de ceux qui les plument.

Musard et Levif haussent les épaules. Le jeune Jayden les toise, triomphant, puis se retourne vers Valéric.

— Merci, commandant !

— Dégage.

Valéric continue de marcher sans se retourner jusqu'à son bureau où le brigadier Dijoux l'attend.

— Bonjour, commandant.

Dijoux tend à Valéric une feuille de papier.

— La note que tu m'as demandée. J'ai collecté tout ce que j'ai pu trouver sur cet Évariste Pigeon.

Chévi Dijoux est un policier discret et efficace, le plus ancien de la brigade. Souvent, le commandant se dit que Dijoux serait bien plus compétent que lui. Valéric ne reconnaît plus rien de la Guadeloupe depuis qu'il y a remis les pieds pour diriger la DZPJ. Mais Dijoux a eu la sagesse suprême de ne jamais passer les concours internes… et de respecter avec constance les ordres de la dizaine de chefs qu'il a vus défiler en une trentaine d'années.

Chévi Dijoux est doué. Sa note est claire et détaillée. Valéric s'assoit sur le bureau pour la lire en diagonale.

L'Œil noir, c'est ainsi qu'est surnommé Évariste Pigeon. Un sans domicile fixe, comme on dirait en métropole, mais ça n'a pas beaucoup de sens ici. Sous les tropiques, pas besoin de cartons ou d'une planque sous un pont pour dormir à la belle étoile. Évariste Pigeon squatte les plages, les carbets[1], dort sous les raisiniers, se nourrit des fruits qu'il trouve, ne

1. Abris de bois sur les plages.

se donne même pas la peine de pêcher. Selon Dijoux, en une dizaine d'années d'errance sur l'île, Évariste n'a pas passé plus de dix nuits en prison. À chaque fois après des plaintes de touristes ou de riverains pour ivresse sur la voie publique. Rien de grave. Aucun comportement agressif. Aucune femme ou aucun gosse ne s'est jamais senti menacé, bien au contraire…

Évariste est autant moqué que protégé. Il est l'un des plus anciens quimboiseurs de Guadeloupe ! Pas le plus consulté, mais l'un des plus respectés. Il y a de la concurrence sur l'île, dans le secteur des croyances et de la magie noire, mais Évariste s'est trouvé une double spécialité. La première est ce qu'il appelle le gadèzafé métissé. Il revendique des origines autant africaines qu'indiennes, remontant à un aïeul venu de Patna pendant l'immigration indienne du XIXe siècle… Son art lui viendrait autant des sorciers du Congo que des fakirs du Bengale. La seconde, encore plus astucieuse, est qu'il ne demande aucun argent, aucun cadeau contre ses prédictions, pas même un poulet boucané ou un panier de ouassous. Il prétend que les quimboiseurs professionnels n'osent plus annoncer les mauvaises nouvelles de peur de perdre leur clientèle !

Lui s'est spécialisé dans les pires. Les tromperies, la maladie, les deuils…

C'est pourquoi on le surnomme ainsi, l'Œil noir, l'Œil du diable, *Ti-bo Lanmò*, le Baiser de la mort…

Le commandant relit la dernière ligne, *l'Œil noir, l'Œil du diable, Ti-bo Lanmò*. Il ne peut retenir un sourire, avant de lever les yeux vers le brigadier Dijoux.

— Bon boulot, Chévi. Sacré client, apparemment. Souhaite-moi bonne chance, je vais aller embrasser la mort.

11

http://www.akansyel.fr

Pouvez-vous imaginer ?
par Marie-Douce Lénervé

Ce matin, vers midi, le corps d'un homme a été retrouvé à Petit-Canal, sur les plus hautes Marches des esclaves. Assassiné. Vraisemblablement laissé là, à dessein, par son assassin.

Qui ? Quand ? Pourquoi ?

Nous n'en savons rien, mais la photo de cet homme a déjà fait le tour de la Guadeloupe, des Caraïbes, et même du monde.

Vous qui, par millions, regarderez cette image, à Pointe-à-Pitre, à Fort-de-France, à Cayenne ou même en France, ne vous attardez pas sur ce corps… mais observez cet escalier.

Pouvez-vous imaginer que, en 1635, les premiers esclaves, accompagnant les premiers colons, ont gravi ce site ?

Pouvez-vous imaginer que chaque année, dès 1672, quand Colbert fonda pour le roi de France les premières sucreries, des milliers d'hommes, de femmes et d'enfants furent arrachés à leur terre africaine pour être débarqués ici, fers aux pieds ?

Pouvez-vous imaginer à quel point ce commerce fut prospère, et l'augmentation de la traite négrière exponentielle, jusqu'à atteindre plus de 600 habitations[1] et plus de 130 000 esclaves, c'est-à-dire 90 % de la population de l'île ?

1. Grandes exploitations agricoles, principalement des plantations sucrières.

Pouvez-vous imaginer que, pendant deux siècles, des centaines de milliers d'esclaves ont grimpé cet escalier pour y être vendus comme du bétail devant l'église ?

Je suis, telle que vous tous, la descendante de l'un d'eux, de l'une d'elles.

La descendante de colons qui n'ont jamais voulu coloniser cette île.

La descendante de paysans qui n'ont jamais possédé la moindre terre.

La descendante de planteurs qui n'ont jamais pu semer leurs racines.

La descendante d'affranchis qui n'ont jamais été libres.

La descendante d'esclaves qui ont monté ces marches de Petit-Canal parce qu'on leur a menti.

Et qui depuis, depuis ce jour, depuis toujours, se méfient.

12

Marina de Saint-François, 15 h 03

Les capitaines Dos Santos et Ouassou sont assis sur le luxueux pont du *Karukera*, Jolène sur un banc de bois exotique et Amiel en équilibre sur le bastingage. Damienne Santamaria leur fait face. La veuve de Jacob Santamaria est une femme forte. Une de ces femmes que les années ont épaissie et endurcie. À sa façon de jouer avec son regard brun maquillé au khôl, de croiser ses jambes sur son fauteuil en osier, d'enrubanner son cou flétri d'un collier de perles noires, on devine qu'elle a dû être élégante, attirante, peut-être même fragile et naïve. Avant que la balance de sa vie ne s'alourdisse, année après année, sous le poids des responsabilités.

Damienne Santamaria est l'unique héritière de Caye Paradise. La mort de son mari lui rapporte une petite centaine de millions de dollars. Un mobile qui vaut son poids en perles naturelles.

— N'ayez aucun doute sur un point, capitaine, un point important.

Damienne ne s'adresse qu'à Amiel, comme si Jolène était incapable de comprendre ce genre de sentiments.

— Mon mari m'aimait ! Et je l'aimais ! Nous étions mariés depuis près de quarante ans. Nous avons élevé ensemble six enfants, les trois nôtres, deux neveux infortunés et un jeune

Barbudien que nous avons adopté. Ils sont actionnaires à parts égales de l'entreprise. Maintenant que Jacob est parti, je ne me sens aucunement plus riche que ce matin. Plutôt moins. Tellement moins. Ne perdez pas votre temps à chercher, dans le cercle que nous formions autour de lui, qui a pu le tuer.

Derrière Damienne, Allan Osbourn se tient aussi droit qu'un mât. Elle l'a présenté comme le directeur adjoint de Caye Paradise. Un homme de confiance. Celui qui fait tourner la boutique. Il était présent sur le yacht quand Jacob a décidé de mettre le cap vers la Guadeloupe, puis le Grand Cul-de-sac marin, avant de jeter l'ancre au large de la barrière de corail et de les laisser pour aller nager.

Amiel continue de mener l'entretien, Jolène de hocher la tête et de prendre des notes.

— Non, capitaine, mon mari n'avait aucun ennemi. Pour faire des affaires, on n'est pas obligé d'être un requin. Mon mari distribuait du rêve. Oui, du rêve. Croyez-moi si vous le voulez, mais ce qui le rendait fier, ce ne sont pas les dollars accumulés à l'Antigua Caribbean Bank, c'est de savoir que toute leur vie, des jeunes mariés se souviendraient de leur semaine à s'aimer dans son *resort* de la Barbade, ou que des jeunes retraités vivraient dans leur paillote du lagon de Saint-Barth la plus belle semaine de leur existence. Mon mari, son moteur, c'était le bonheur.

L'abbé Pierre des Caraïbes ! pense Jolène en échangeant un regard complice avec Amiel. Les politesses ont assez duré. La capitaine jette un bref coup d'œil aux cordes enroulées, aux transats inoccupés, aux peignoirs de bain accrochés, avant de s'adresser à la veuve amoureuse.

— Nous savons, madame Santamaria, que votre mari avait investi partout entre la Floride et le Venezuela. Partout… sauf en Guadeloupe. Cette île où il a été assassiné. Pourquoi ?

Damienne Santamaria se redresse et toise Jolène de tout le poids de son mépris.

— Pourquoi a-t-il été assassiné ? Je pense que c'est à vous de…

— Non, madame. Pourquoi n'a-t-il jamais investi en Guadeloupe ? C'est l'une des îles les plus proches d'Antigua. Un potentiel naturel incomparable. Des investisseurs français se seraient empressés de l'accompagner…

Damienne hausse les épaules.

— Pourquoi, mademoiselle ? Je vais être franche… Parce que mon mari ne voulait pas travailler avec les Guadeloupéens ! Les Antiguais oui, les Dominiquais aussi, les Barbadiens, les Saint-Luciens, les Grenadiens et même les Cubains, OK. Mais pas les Guadeloupéens ! Mon mari affirmait, et je le crois, qu'ils sont incapables d'obéir aux ordres d'un patron. D'un grand patron, s'entend. D'un patron tel que mon mari. Qu'obéir, pour eux, c'était redevenir esclave, même payés, même sans coups de fouet.

— Toutes les îles des Caraïbes sont peuplées d'anciens esclaves, glisse Jolène.

— Évidemment, réplique Damienne sans dissimuler son agacement. Mais presque toutes ont obtenu leur indépendance. Elles sont peut-être restées pauvres, mais elles ont coupé le cordon. Elles ont gagné leur liberté ! La Guadeloupe n'a jamais osé, elle ne s'est jamais affranchie, et les Guadeloupéens se sentent toujours exploités. Mon mari n'a jamais voulu rentrer dans le jeu du management local ! Serrer toutes les mains le matin, tutoyer ses employés, manger avec eux, leur donner des surnoms, se moquer et accepter les moqueries, faire semblant d'être leur égal, d'être l'un d'eux. Mon mari n'était pas l'égal de ses employés, comprenez-vous ? Mais il ne les a jamais traités comme des esclaves !

Amiel trépigne d'envie de lui répondre, d'engager un long débat, ou juste de jeter Damienne par-dessus bord…

— Bien, conclut pourtant le capitaine avec calme. Je crois que nous avons compris le sens général, mais… si votre mari détestait tant notre île, pourquoi naviguait-il au large du Grand Cul-de-sac marin ?

Damienne sourit devant la colère contenue du policier.

— Ne soyez pas vexé, jeune homme. Et délestez-vous de votre fierté mal placée. Votre lagon n'a rien de plus, ni de moins, que les autres. Les poissons n'y sont pas plus multicolores qu'ailleurs. Et contrairement aux hommes, ils se foutent de leur couleur.

Jolène et Amiel échangent un nouveau regard complice. Ils ne tireront rien de plus d'elle, pour l'instant du moins. Amiel sort une feuille de sa poche.

— Ce nom, Anatole Cegnevane, vous dit-il quelque chose ?

— Non… Rien.

— Vous n'avez aucune idée de qui aurait pu avoir un intérêt à assassiner votre mari ?

Damienne semble soudain rattrapée par le chagrin. Son agressivité n'était-elle qu'une armure ? Sa carapace de tortue de Malendure ?

— Vous… vous savez ce que je crois ?

Jolène et Amiel se penchent vers la veuve noire, espérant une première révélation.

— C'est un accident, capitaine. Cela arrive, des accidents de pêche au harpon. Plusieurs fois par an, autant que des accidents de chasse. Jacob s'est trouvé au mauvais endroit, au mauvais moment, le pêcheur a paniqué et… et…

Elle s'arrête. Croit-elle seulement à sa version ? Pourquoi un pêcheur imprudent se serait-il embarrassé à porter un corps de plus de cent kilos en haut d'un escalier ? À glisser une carte de visite dans sa poche ?

Jolène et Amiel se lèvent avant que Damienne, aussi endurcie et épaissie qu'elle soit, ne fonde en larmes devant eux.

13

Direction zonale de la police judiciaire,
Les Abymes, 15 h 13

Évariste Pigeon ne se retourne pas quand le commandant Kancel entre dans la salle d'interrogatoire de la DZPJ. Le quimboiseur attend sur une chaise, regard tourné vers la fenêtre.

— Bonjour, Valéric.

Ce charlatan a-t-il aperçu son reflet dans la vitre ? Et comment connaît-il son prénom ?

— Je vous présente toutes mes condoléances pour votre maman, poursuit le quimboiseur. J'ai su le mal qui la rongeait. Bien avant les médecins. Bien avant elle. J'ai prié pour que le mal attende. Vous attende, commandant. Mais vous avez trop traîné. Vous auriez dû revenir bien plus tôt, il ne faut pas lutter contre les signes. Il faut les accepter. Il faut leur obéir.

Ce type s'est renseigné, pense aussitôt Valéric. Pas besoin d'un œil noir pour être au courant du cancer, de l'hospitalisation et du décès de ma mère. Il lui a suffi d'écouter la radio ou lire les journaux.

Le commandant s'assoit face au quimboiseur, sans prononcer le moindre mot, et accepte le défi de ses yeux sombres, noyés dans ses sourcils broussailleux, rongés par des bourrelets de peau, troublés par un léger strabisme. On pourrait effectivement admettre qu'il possède une origine lointaine plus indienne qu'africaine.

— Allons droit au but, monsieur Pigeon, j'ai peu de temps. Alors je n'aurai qu'une question. Qui a déposé le corps de Jacob Santamaria sur les Marches des esclaves ?

Le regard d'Évariste se réduit à deux longs trous noirs. Un éclat d'étoile brille au fond de ses yeux, en contraste avec sa peau terne et fatiguée.

— Je n'en ai pas la moindre idée, commandant. Je peux simplement vous décrire ce que j'ai vu. Le corps d'un homme. Un masque de plongée. Un harpon. Du sang. Une flamme. Puis ces marches. Ce ne sont que des images, commandant, je ne les maîtrise pas. Elles me viennent sans que je ne les convoque. Quand la mort est proche et que…

Valéric se lève d'un bond et renonce déjà au vouvoiement.

— Te fous pas de moi ! Tes antennes qui captent l'au-delà, ça ne marche pas avec moi. On va s'en tenir aux faits, d'accord ? Les médecins légistes sont formels, d'après les analyses du sang sur les marches, le corps de Santamaria a été déposé dans l'escalier des esclaves entre 11 heures et 11 h 30. Luc Horn, le pêcheur qui remontait ses filets, et Odette Rosier, la patronne du Palai'tuvier, affirment que tu étais déjà sur la plage de Petit-Canal à 8 heures, et que tu n'en as pas bougé. J'ai vérifié, de la plage, du phare ou du bout de la jetée, il est impossible de voir le haut de l'escalier. Il n'y a donc qu'une possibilité : tu étais au courant du lieu et de l'heure à laquelle le meurtrier allait le déposer !

Évariste ferme les yeux. Il parle sans les rouvrir, comme s'il était capable de voir à travers ses paupières.

— Vous avez raison, commandant, tenons-nous-en aux faits, rien qu'eux. J'ai vu ce corps, j'ai vu les marches, j'ai senti la mort comme à chaque fois qu'elle s'approche. Je n'ai fait que mon devoir. Partager ces visions, crier, avertir du danger.

Le quimboiseur ouvre les paupières.

— Vous auriez préféré que je me taise ? Vous êtes resté trop longtemps en France, commandant. Là-bas on cache la mort. On la fuit. On fait semblant de croire qu'elle n'existe pas… mais on ne s'en débarrasse pas pour autant.

Valéric, malgré lui, détourne le regard. Ce type serait capable d'hypnotiser un aveugle.

— Écoute-moi bien, Évariste, tu sais ce qui va t'arriver ? Ça va commencer par une mise en examen, quarante-huit heures au centre pénitentiaire de Baie-Mahault. Et si cette petite cure entre quatre murs ne te suffit pas, on prolongera la prescription. Crois-moi, le juge Koury n'hésitera pas. Il leur faut un coupable, et pour l'instant, ils n'ont que toi !

Toc, toc, toc.

La tête de Chévi Dijoux passe par l'entrebâillement de la porte avant même que Valéric ne l'autorise à entrer.

— Chef… on a… euh… enfin… il y a quelqu'un pour toi.

— Il attendra. Je suis occupé. Tu ne vois pas que j'interroge un témoin ?

— Justement…

— Justement quoi ?

— Il exige d'y assister !

— À l'interrogatoire ? Bon Dieu, de quel droit ?

— Il… enfin elle… prétend être son avocate.

Manquait plus que ça !

Valéric se dirige vers la porte.

Depuis quand les SDF s'offrent-ils un avocat ?

Il fait signe à Chévi Dijoux de surveiller le quimboiseur pendant qu'il file vers l'accueil du commissariat. Il repère aussitôt l'avocate. Une Créole miniature. Moins d'un mètre cinquante, pas de taille, pas de seins, pas de hanches. Une morphologie d'adolescente, corrigée par un tailleur strict, des lunettes en fil d'acier et des cheveux épais retenus en un chignon haut. Au milieu de ses copines de lycée, imagine

Valéric, formées comme des déesses dès la puberté, la gamine a dû en baver.

Elle s'avance vers lui à petits pas déterminés, au rythme précipité d'un jouet mécanique dont on a trop remonté la clé.

— Commandant Kancel ? Maître Célanie Le Cram. J'exige d'assister à l'interrogatoire de mon client.

Avant qu'il ne lui demande, elle lui tend une liasse de documents. Il les feuillette distraitement, habitué. Il n'en est pas moins impressionné. Célanie Le Cram paraît avoir quatorze ans, mais en a plus du double. Avocate assermentée depuis cinq ans à JISTIS-971, le cabinet le plus réputé de Pointe-à-Pitre. Compétente, bien entourée et déterminée. Difficile de tomber plus mal ! Comment Évariste a-t-il pu s'offrir une telle pointure ?

La situation semble amuser maître Le Cram. Du haut de son mètre cinquante, elle se redresse en petite souris savourant l'inquiétude de l'éléphant.

— Vous vous demandez sans doute comment Évariste Pigeon peut se payer les services du cabinet d'avocats le plus cher des Caraïbes ?

Si en plus, cette furie montée sur ressorts est capable de lire dans les pensées.

— …

— C'est simple. Cela ne lui coûtera pas un centime. J'assurerai sa défense à titre gracieux.

— Je m'en réjouis pour lui, maître, mais…

— Autant que vous le sachiez, commandant, puisque vous l'apprendrez.

Devant le regard déterminé de l'avocate, Valéric sent qu'il ne va pas aimer la suite ; et toute l'administration judiciaire, du procureur de la République au ministre, encore moins que lui.

— Je suis sa petite-fille !

14

Marina de Saint-François, 15 h 44

Allan Osbourn, le directeur adjoint de Caye Paradise, les a raccompagnés jusqu'au quai. Avec une galanterie professionnelle, il aide Jolène à descendre de la passerelle. Amiel le retient alors qu'il s'apprête à rejoindre le pont du *Karukera*.

— Un instant, monsieur Osbourn. Je vais être franc. Je suis persuadé que Damienne Santamaria est sincère. Mais peut-être n'était-elle pas au courant de… disons… l'ensemble du carnet de commandes de son mari. De ses dossiers sensibles… de ses projets confidentiels… Mais vous…

Osbourn dévisage Amiel avec mépris.

— Je n'ai rien à ajouter à ce qu'elle a dit.

Le dédain de l'adjoint motive Amiel à pousser l'investigation plus loin.

— Allons. Jacob Santamaria détestait cette île et il a été assassiné dans le Grand Cul-de-sac marin ! Un homme comme lui avait forcément une idée derrière la tête.

Osbourn fait l'effort de réfléchir, pas de répondre.

— Monsieur, insiste Amiel. Nous ne sommes pas ennemis. Nous avons le même objectif, n'est-ce pas ? Retrouver l'assassin de Jacob Santamaria ?

Allan Osbourn sautille d'une jambe sur l'autre, gêné, paraît hésiter, mais finit par déclarer :

— Désolé, je ne suis au courant de rien.

16 h 08

Jolène fait clignoter les phares du Duster garé au bord du quai.

— Osbourn a menti, lance Amiel, debout à côté d'elle. Il sait pourquoi Jacob naviguait en Guadeloupe ! Et sa veuve sûrement aussi.

Jolène a sorti une cigarette et survole du regard l'enfilade de bars, l'affluence aux terrasses de la marina, le piétinement des touristes qui passent et s'attardent devant les bateaux les plus classe.

— Je confirme. Comment t'as deviné ?

— Disons que la tirade de Damienne sur les Guadeloupéens m'a semblé un peu... surjouée. J'ai juste envoyé un appât à son bras droit.

Jolène dévisage son collègue avec tendresse. Le rapport d'amour et de haine qu'il entretient avec son île la bouleverse.

— Je vais mettre mon nez dans leurs petites affaires, dit-elle. Ça me rappellera mes années de stage à la brigade financière.

— Merci, Marge ! Moi, je vais aller interroger cet Anatole Cegnevane !

— Anatole ? Il n'est pas officiellement mort en 1663 ?

— Si ! Mais j'ai ma petite idée pour le ressusciter !

15

Direction zonale de la police judiciaire, 15 h 51

La terrasse de la DZPJ se résume à un carré de teck de dix mètres sur dix, fermé de chaque côté par une rambarde de fer et surplombant la périphérie nord de Pointe-à-Pitre, avec vue imprenable sur les hôpitaux, les centres commerciaux et l'aéroport. Les flics du commissariat l'ont surnommé « le ring », il n'a jamais aussi bien porté son nom. Un soleil rasant éclaire la scène, aussi aveuglant qu'un spot surpuissant. Le match, à huis clos, peut commencer.

— J'exige que mon client, Évariste Pigeon, soit immédiatement libéré.

Maître Célanie Le Cram rend presque quarante centimètres à son adversaire, sans doute autant de kilos, mais paraît plus vive, plus mobile. Le commandant Valéric Kancel lui oppose une apparente sérénité. Fédora de paille enfoncé sur ses cheveux blonds, rebord en visière pour assombrir ses yeux clairs. Il ne peut pas perdre un combat si inégal.

— C'est impossible, maître, et vous le savez bien.

— Impossible, commandant ? J'ai pris connaissance des pièces du dossier. Il n'y a rien ! Mon client est un simple témoin.

— Certes… à condition de croire à ses délires visionnaires. Il y a peu de chances que le juge Koury y accorde beaucoup de crédit. Soyons clairs, Célanie…

— Maître Le Cram !

— Soyons clairs, maître Le Cram, votre grand-père…

— Mon client !

— Votre client ne pouvait pas savoir que le corps de Jacob Santamaria était allongé en haut de l'escalier. Si on recoupe les analyses des légistes et les déclarations des témoins, c'est une certitude. Donc…

— Donc, le coupe l'avocate, mon client est innocent ! Quatre témoins et vos experts le confirment. Il est même le seul individu de toute la Guadeloupe à ne pas avoir pu déposer ce corps !

Le commandant Kancel encaisse. Son adversaire vient de marquer un point. Pas un uppercut, mais un coup bien placé qui a touché sa cible.

— Ne jouez pas avec les faits, maître. Son témoignage prouve qu'il est, a minima, complice du meurtrier.

Le poids mouche continue de tourner autour du poids lourd, sans paraître se fatiguer.

— Complice ? Vraiment ? Alors pourquoi mon client se serait-il amusé à crier sur le port de Petit-Canal qu'il savait où était ce corps ?

Nouvelle touche comptabilisée !

— Aucune idée, maître. Mais ce n'est pas la question…

— Si ! Votre raisonnement ne repose que sur des suppositions.

Les coups pleuvent, mais le combat reste inégal. Le commandant Kancel finit par se lasser.

— Nous allons arrêter de jouer, maître. Je ne crois pas à ces histoires de prédictions, de visions post mortem, de l'odeur de la mort qui flotterait dans l'air et que votre grand-père serait capable de renifler. Je ne le crois pas et aucun juge ne le croira ! Alors votre grand-père va devoir adopter une autre ligne de défense.

Célanie s'est elle aussi arrêtée de tourner. Elle se recule suffisamment pour attraper le regard de Valéric sans se tordre le cou.

— Écoutez-moi bien, commandant. Je sais que mon grand-père a une fâcheuse tendance à s'attirer des ennuis avec ses prophéties. Personne n'aime connaître l'heure de sa mort, ou apprendre qu'elle rôde un peu trop près. Mais ça ne fait pas de lui un coupable ! Ce n'est pas parce que vous annoncez à un type qu'il va se prendre un pot de fleurs sur la tête que vous êtes responsable de son accident. Ne confondez pas menace et prévention. On n'empêche pas les crimes et les guerres en enfermant les Cassandre en prison !

Le soleil de fin d'après-midi allonge leurs ombres. Elles se croisent, s'étirent jusqu'à la rambarde de fer, sautent dans le vide. Valéric sourit et lève les mains en signe de reddition.

— Bravo, maître ! Formidable plaidoirie ! Mais vous savez comme moi que la décision est entre les mains du juge d'instruction. Elle ne fait aucun doute. Votre client sera mis en examen, placé en détention provisoire et transféré dès ce soir au centre pénitentiaire de Baie-Mahault. Le ministre lui-même exige d'être tenu au courant toutes les heures. Le juge Koury ne relâchera pas votre grand-père tant qu'il s'en tiendra à sa version de quimboiseur connecté à l'au-delà.

Le poids mouche tente de porter un dernier coup.

— Je vais vous fournir un certificat médical. Mon grand-père est un vieil homme, malade. Fragile.

— Faites, maître. Mais pour avoir passé une heure en tête à tête avec lui, je ne crois pas qu'une bonne douche, un repas chaud et un vrai lit aggraveront son état de santé.

— Ne soyez pas méprisant, commandant ! Soyez moins arrogant. Et plus prudent.

— Prudent ?

— Simple avertissement, ou simple conseil si vous préférez. N'allez pas croire que je vous menace alors qu'il ne s'agit que de vous protéger.

— …

— Je vais être claire. J'ai étudié le droit pendant quatre ans à Paris-II Assas, j'ai suivi une formation d'avocate au Studio Legale Accinni de Milan, j'ai passé six mois de stage au cabinet Vandenberg de Philadelphie. Le cabinet JISTIS-971 qui m'emploie traite de fraude fiscale, de malversations commerciales, de violences conjugales, uniquement des affaires sérieuses basées sur des faits avérés, prouvés, rationnels. Et pourtant…

— Pourtant ?

— Je n'ai jamais cessé d'y croire…

— D'y croire ?

— À l'œil noir !

16

Parc national de la Guadeloupe, 17 h 29

Audrey se baigne sous la cascade. Elle a abandonné son maillot sur un rocher. Le bas et le haut. Elle savoure les éclats brutaux de l'eau glacée sur sa peau.

Elle en rêvait. Depuis si longtemps. Martyriser son corps pendant dix heures de marche, les épaules lacérées par le poids de son sac à dos, les pieds comprimés par l'étau de ses chaussures de rando. Puis les libérer ! S'offrir à la nature. Nue. Sauvage. Pure. Sans aucun voyeur pour contrarier son bonheur.

Audrey ignore l'endroit précis où elle a planté sa tente. Quelque part au cœur du Parc national de la Guadeloupe, sur les flancs de la Soufrière. Elle a visité les Bains jaunes, suivi comme les autres marcheurs la trace du pas du Roy, traversé la Savane à Mulets en direction de la première chute du Carbet… Et à hauteur du col de l'Échelle, elle a brusquement bifurqué.

Fabien a d'abord tiqué. Quitter le sentier ? Sans plan ? Sans raison ? Sans réseau ? Pour se perdre dans cette jungle tropicale ? Audrey s'en serait presque amusée. Qu'est-ce que Fabien croyait ? Qu'ils cherchaient un gîte de montagne à partager avec un troupeau de vieux randonneurs ? Qu'elle trimbalait une tente Quechua sur son dos pour la planter dans un camping municipal ? *L'aventure, Fabien, l'aventure !*

— Tu viens me rejoindre ?

Audrey en rajoute. Elle recule sous la cascade, se campe sur ses deux jambes pour défier la puissance du débit, casse la nuque pour faire jaillir ses seins, laisse son visage s'inonder, son ventre perler, son sexe ruisseler. À quarante ans, Audrey se sait encore séduisante. Une poitrine pleine, des cuisses fermes, une taille un peu large mais pas de ventre, c'est son combat, quotidien, gagné chaque matin, vingt minutes à sculpter ses abdos en écoutant la radio.

Elle ne se bat pas pour plaire aux hommes, ce n'est qu'un avantage collatéral, mais pour se sentir bien dans son corps. Son baromètre, c'est l'intensité de ses efforts ! Elle a pratiqué le ski de randonnée en Slovénie, le trek en Casamance, le marathon à Boston… Plutôt mourir que de découvrir un jour qu'elle ne tient plus la distance, de se contenter des pistes bleues et des randonnées du dimanche.

Fabien approche, méfiant.

— Si quelqu'un nous surprend ?

Audrey soupire. L'eau en chute libre électrise sa peau. Elle se dit qu'elle aurait dû embarquer un compagnon plus casse-cou. Fabien est un collègue de travail, service compta, la quarantaine comme elle, solide, célibataire, rassurant. Le partenaire idéal, s'il n'était pas aussi lent. Il lui a fallu un quart d'heure pour planter une tente 2 secondes, un comble ! Fabien est un aventurier méticuleux, un sportif précautionneux et un amant prudent.

— Personne ne nous surprendra ! Viens !

Audrey en est persuadée. Quels randonneurs pourraient les déranger ? Il fait presque nuit et elle a choisi ce coin de paradis au hasard, en se perdant au milieu des gommiers et des lauriers, puis en tombant sous le charme de cette ravine, de cette cascade et de cet arbre immense, un acomat boucan de plus de trente mètres.

Seuls au monde !

Loin de tout.

Loin de la tour First de La Défense, surtout. De son open space avec vue sur le centre commercial des 4 Temps. Une semaine pour oublier les objectifs mensuels et les bilans trimestriels. Pour se déconnecter du reste et se reconnecter à elle. Faire le plein d'essentiel. Espérer qu'il dure jusqu'à l'année prochaine.

Fabien a fini par poser avec délicatesse, sur une pierre plate à l'abri des éclaboussures, son tee-shirt, son short et son boxer. Ils ont fait l'amour sous la cascade, longtemps.

Fabien n'est pas casse-cou, mais endurant.

Ils ont étalé une serviette et se sont allongés, sous l'acomat boucan, sans se rhabiller. Ils ont partagé la gourde de rhum-passion que Fabien avait préparée.

Fabien n'est pas casse-cou, mais prévoyant.

Elle a eu envie que Fabien lui refasse l'amour après la troisième gorgée.

— J'ai entendu un bruit !

Elle aussi l'a entendu. Le craquement d'une branche. Distinctement.

— Ah ? répond-elle faussement concentrée sur les sons de la forêt. Pas moi !

Au milieu de cette jungle, il doit s'agir d'un animal que leurs ébats ont dérangé. Un pic noir regagnant son nid, un racoon rejoignant son terrier…

Fabien ramasse ses affaires sur le rocher.

— On rentre ?

Un instant, Audrey panique. Ce trouillard de comptable ne va quand même pas lui planter sa soirée étoilée ?

— Où ça ? Au camping de Basse-Terre ? De nuit ?

— Non… Sous la tente.

Il la prend par la main. Elle remarque que les bruissements de la forêt n'ont pas altéré sa virilité. Oreilles, et tout le reste, dressées.

Elle abandonne avec une pointe de regret l'ambiance moite de la jungle, la fraîcheur de la ravine, l'explosion de fougères émeraude que le crépuscule repeint couleur sapin. Une pointe de regret seulement. Fabien est méticuleux, peureux… mais vigoureux.

17 h 40

Je les regarde refermer la fermeture Éclair de la tente.

J'ai fait preuve d'imprudence, j'étais trop près, ils auraient pu me repérer quand j'ai écrasé cette branche morte.

J'ai pourtant été invisible toute la journée. Je les ai vus monter la tente. J'ai vu Audrey se baigner sous la cascade. J'ai même éprouvé du désir. Un désir troublant.

La voir si vivante, aujourd'hui, et savoir que demain elle sera morte.

J'attendrai l'aube pour la tuer.

17

Ravine du Bois-Malher, Bouillante, 19 h 30

Le soleil s'est couché entre les deux îlets Pigeon. Un paysage de rêve, pense Valéric, un paysage pourtant si familier. Ado, il n'en remarquait même plus la beauté. L'odeur des flamboyants monte jusqu'à la fenêtre ouverte de la case. Maintenant que sa mère n'est plus là, qu'il a purgé sa peine d'exil, il aimerait faire découvrir ces images, ces parfums, à Rose et Gabin. Ses enfants lui manquent plus qu'il ne l'aurait cru. Il les a appelés. Aucun n'a répondu. Faut-il mettre un océan entre les gens pour réaliser à quel point ils sont importants ?

Valéric essaye de se concentrer sur la salade de christophine au bout de la table, de ne pas poser les yeux sur ces photos sans son visage, ces étagères sans ses trophées, ces murs sans ses diplômes…

Impossible !

On peut finir par s'habituer à une présence, pas à une absence. Est-ce cela, devenir un fantôme ? Est-ce cela que sa mère est devenue avant lui ? N'aurait-il pas dû dormir dans son bureau de la DZPJ, plutôt que de revenir ici chez lui ? Ici, est-ce encore chez lui ?

Le téléphone vibre. Un instant, il espère que c'est Gabin ou Rose, avant de se rendre compte qu'il est minuit passé en métropole, et de découvrir les visages de Jolène et Amiel s'afficher sur l'écran.

— Au rapport, patron, lance Jolène. Prêts pour une visio, les garçons ?

— Maintenant ? s'étonne le commandant. Vous n'avez rien d'autre à faire de vos soirées ?

— Comme profiter de la vie ? s'amuse Jolène. Avant que le harponneur ne déclenche l'hystérie et que le préfet décrète un nouveau couvre-feu ?

— Depuis hier, annonce Amiel, je suis célibataire.

— Et ton pompier ? s'inquiète Valéric.

— J'attends qu'il m'appelle.

— Veinard ! enchaîne Jolène. Moi j'ai chopé un virus qui m'envoie des émoticônes avec des cœurs tous les quarts d'heure.

Trois solitudes...

Le commandant s'assoit devant sa salade tiède et cale le téléphone contre la bouteille de Gwada Beer. Il croise les informations récoltées ces dernières heures avec ses deux adjoints, avant d'en tirer les premières conclusions.

— Commençons par cet Évariste Pigeon ! C'est un alcoolique notoire qui entourloupe les Créoles crédules. Il n'a pas le profil d'un criminel, ni vraiment celui d'un complice, mais nous pouvons nous appuyer sur une certitude : il savait où le cadavre de Jacob allait être déposé. Mon hypothèse est qu'il a été payé, sans doute par l'assassin, pour faire son cirque.

Jolène a placé son téléphone sur le rebord de la fenêtre de son appartement, pleine vue en fond d'écran sur les terrasses du port du Gosier, la plage de la Datcha et l'îlet.

— Je te suis, patron. Mais dans quel but ?

— Qu'est-ce que j'en sais ? Pour soigner la mise en scène ? Pour que le meurtre fasse le buzz sur les réseaux sociaux et la une des journaux ? Et ça a fonctionné ! Notre quimboiseur va connaître son heure de gloire, surtout depuis qu'il a une avocate surmotivée à son service. Celui qui a payé Évariste savait que sa petite-fille volerait à son secours.

Amiel est assis sur un banc. Derrière lui, on devine les barres aux teintes pastel de la cité Mortenol Sud. Façades lumineuses et peintures claires pour cacher la misère.

— J'ai vérifié. Célanie Le Cram a la réputation d'être une teigneuse ! Le cabinet JISTIS-971 ne tarit pas d'éloges sur elle, même s'ils n'ont pas l'air spécialement ravis qu'elle s'implique dans une telle affaire criminelle. Le Cram ne va pas lâcher son grand-père. Si elle est maligne, elle peut vite le rendre populaire. Désolé de te dire ça, Valéric, mais elle va te faire passer pour un vieux flic qui revient de métropole, aux ordres du préfet, du proc, bref un collaborateur zélé qui ne comprend rien au quimbois et aux autres traditions locales ancestrales.

Jolène allume une cigarette. De la musique s'échappe des terrasses. Elle se laisse bercer par un air de reggae.

No woman no... Cling !

Joshua vient de lui envoyer un nouvel émoticœur. Elle supprime le texto sans même le lire.

— Si ça vous intéresse, les garçons, de mon côté, j'ai fouiné dans les affaires de Jacob Santamaria. J'ai contacté les policiers d'Antigua, ils confirment tous, notre big boss de Caye Paradise n'aimait pas beaucoup les Français, et encore moins les Guadeloupéens. Selon eux, il n'avait jamais mis les pieds sur Gwada...

— Et sa veuve ?

— Aussi curieux que ça puisse paraître, tous ceux qui les connaissaient m'affirment que Damienne et Jacob Santamaria s'aimaient. Un couple marié depuis plus de trente ans, solide, sans faille, un duo redoutable en affaires.

— Pas de maîtresse ?

— Apparemment pas. Jacob souffrait d'une inquiétante hypertension artérielle. Son surpoids, l'alcool, le tabac...

D'après les rumeurs qui courent au siège de l'entreprise, cela faisait des années qu'il était impuissant.

Les trois policiers poursuivent leur discussion un moment avant que Valéric ne propose l'extinction des feux.

— Évariste dort à la prison de Baie-Mahault, je retournerai l'interroger aussitôt que possible. Jolène, tu continues de récupérer tout ce que tu trouves sur Santamaria, sa vie privée, les comptes de sa boîte. Tu sautes dans le premier avion pour Antigua demain matin. Et toi, Amiel, tu te concentres sur ce fantôme, Anatole Cegnevane.

— Je croyais que tu devais le ressusciter ? s'amuse Jolène.

— C'est fait ! J'ai rendez-vous avec lui demain, à l'aube !

LUNDI 8 AVRIL 2024

LE RAVISSEUR
DE L'AUBE

18

Parc national de la Guadeloupe, 6 h 30

Audrey s'est réveillée avec le chant des grives et des moqueurs corossols. Fabien dort encore, elle lui a emprunté son tee-shirt XL et s'éloigne de la tente, pieds nus. Des colibris s'envolent sur son passage. Il fait presque frais, le soleil n'a pas assez de force pour se glisser à travers l'enchevêtrement de fougères et de siguines plus hautes qu'elle. Audrey les écarte pour se frayer un chemin, goûtant le moment, le parfum des langues de feu, l'isolement absolu, la communion avec la nature luxuriante, c'est le mot qu'emploient les guides, *luxuriante*...

Parce qu'elle représente le plus grand des luxes ?

Audrey n'a jamais rêvé de palaces ou de restaurants quatre étoiles. Le peu d'argent qu'elle peut économiser, elle le dépense dans les billets d'avion, Népal, Pérou, Costa Rica, Tanzanie... et ensuite elle se débrouille sur place. Elle quitte au plus vite l'aéroport, les villes, les hommes, en garde un si elle déniche le bon compagnon, et file retrouver sa part d'animalité.

Audrey suit la ravine sur quelques mètres, se laisse charmer par l'eau qui ruisselle, se retient de s'asseoir sur les sièges de mousse, de s'accrocher aux lianes qui pendent au-dessus de la rivière. Pour pouvoir se souvenir de son chemin jusqu'à la tente, elle mémorise des repères, le torrent, ce tronc tordu tel un pont suspendu, les rochers verts, et bien entendu, dépassant des autres arbres, cet acomat géant près de la cascade. Elle s'éloigne lentement. Rien ne presse. Fabien doit dormir comme un bébé. La montagne est à eux. Au-dessus d'elle, les brumes masquent déjà les hauts de la Soufrière, mais Audrey n'a pas renoncé à l'espoir d'en voir le sommet, comme un miracle, un secret uniquement révélé à de rares privilégiés.

Le luxe…

À travers les feuilles de siguines, un flash l'éblouit. Un instant, elle est persuadée de reconnaître l'éclat caractéristique d'un miroir, ou d'un objet métallique… Ici, en pleine nature ?

Elle s'approche, la forêt devient moins dense, le soleil moins filtré. Aux arbres géants succèdent des arbustes, des fougères, une clairière, et soudain… un sentier. Un chemin de terre suffisamment large pour qu'un 4 × 4 puisse y circuler. D'ailleurs, un Tiguan noir est garé à quelques mètres d'elle.

Audrey en pleurerait. On a arraché les pages de son conte de fées ! On a bétonné son rêve ! Elle se croyait loin de toute civilisation après avoir erré des heures au hasard dans la montagne, elle avait savouré toute la nuit l'excitation, presque la peur, de se savoir seule au monde… alors qu'en réalité, elle a planté sa tente à une centaine de mètres d'un chemin où n'importe quel connard en SUV peut s'aventurer.

Audrey serre les poings de déception. Comme cette fois où, après dix heures d'ascension dans les Pyrénées par la face nord de la Núria, elle s'était retrouvée au milieu de troupeaux de touristes montant eux aussi jusqu'au sommet, côté sud, par le train à crémaillère. Elle n'a plus qu'une envie, rejoindre Fabien, le tirer de la tente, la replier, et continuer de marcher, vers la ligne de crête, là où aucun véhicule, pas même un quad ou un poney, ne pourra venir profaner leur espace vital.

Elle marche vite, remonte le torrent, reconnaît le tronc tordu, les rochers verts, repère la cime du plus grand arbre.

Fabien va grogner, mettre une heure à plier ses affaires, vouloir déjeuner, allumer le réchaud et prendre un café, s'asseoir et parler. Fabien ne peut pas commencer une journée sans discuter, dresser le bilan de la nuit, rêves, courbatures et piqûres, puis détailler le programme jusqu'au soir, menus des repas et pauses comprises.

Fabien est un compagnon sans surprise.

Audrey est déjà revenue au campement. Elle voit l'acomat boucan, elle entend la cascade, elle aperçoit la tente, ouverte, vide ; elle a été médisante, Fabien est déjà levé.

— Fabien ?

Elle scrute à travers les feuilles, essaye d'apercevoir son compagnon.

— Fabien ?

Elle n'entend qu'un bruit sourd, à peine un grognement, le souffle court d'une bête étouffée.

— Fabien ?

Audrey s'avance vers le bourdonnement, un pas, deux pas, et soudain se fige. Terrifiée.

Fabien est là, devant elle.

Fabien ne dit rien, un bâillon de cuir est enfoncé dans sa bouche.

Fabien ne bouge pas, ses mains, son torse, ses jambes sont liés autour d'un tronc.

Fabien ne sourit pas, une plaie sanglante balafre son front.

Fabien se contente de fixer Audrey de ses yeux déments, hallucinés, puis de les braquer plus loin, au-dessus de son épaule, quelque part dans la jungle qui entoure leur camp.

Elle comprend qu'il cherche à lui parler, sans mots, sans gestes. Elle saisit ce que ses yeux expriment, l'incompréhension, la terreur. Elle entend ce que son regard lui crie :

« Fuis, Audrey ! Laisse-moi ! Sauve-toi ! Surtout ne te retourne pas ! »

Trop tard. Elle a senti une présence dans son dos.

Elle pivote aussi vite qu'elle le peut. Elle ne voit qu'une ombre.

Elle est aussitôt submergée par l'émotion, une peur paralysante, plus intense que tout ce qu'elle a connu, plus forte que les sensations des plus extrêmes des sports extrêmes. Elle plisse les yeux pour distinguer l'ombre, elle s'efforce de ne pas trembler, de ne pas pleurer, de ne rien regretter, de ne penser qu'à cela, ce vertige suprême, cette euphorie qu'elle a poursuivie toute sa vie : une ivresse absolue, une décharge unique d'adrénaline.

Avant de ressentir une intense douleur dans la poitrine.

19

Cabinet JISTIS-971, 129 rue Saint-John-Perse, Pointe-à-Pitre, 7 h 03

— Je peux te parler, Célanie ?

Maître Le Cram vient d'arriver dans les locaux de JISTIS-971. Elle est pressée, elle a à peine le temps de récupérer ses dossiers, mais difficile de refuser d'échanger quelques mots avec Florent Verger, son supérieur hiérarchique direct.

— Oui, mais vite, j'ai rendez-vous dans trente minutes avec mon grand-père au parloir du centre pénitentiaire de Baie-Mahault…

— Justement, c'est ce dont je voulais te parler.

Et voilà que Florent Verger, ce béké pistonné qui n'a jamais gagné un procès de sa vie, n'a jamais retourné un jury, lui débite une véritable plaidoirie. Il admet que Célanie est l'un des meilleurs éléments du cabinet, qu'ils n'ont jamais eu à se plaindre de ses services, bien au contraire, qu'elle est à l'aube d'une carrière brillante, très brillante, alors a-t-elle vraiment besoin de s'engager avec autant d'énergie aux côtés de son grand-père ? Certes, il reconnaît sa capacité de travail, il sait que ça n'empiétera pas sur ses autres dossiers, que Célanie défend Évariste Pigeon bénévolement, mais…

— Mais tu as peur pour la réputation du cabinet, c'est ça ? Le big boss t'a demandé de me parler ?

Verger rougit, il ne tiendrait pas deux minutes devant un procureur de la République un peu agressif.

— Non, Célanie, mais…

— Alors tu vas aller dire au boss qu'ici, la famille, c'est sacré, et que je préférerais lui coller ma démission plutôt que de ne pas défendre mon grand-père. Et que je le défendrai même s'il avait violé des gamines ! Dis-lui aussi qu'il n'a rien à craindre pour la réputation de JISTIS-971, cette affaire va au contraire lui faire une publicité monstre… et gratuite.

Célanie sait que l'argument a frappé. Défendre un SDF sans un sou n'est pas dans les habitudes de la maison, question de prestige auprès de la clientèle, mais combien de procès font la une des journaux ? Ce sera l'occasion de voir s'il tient réellement à elle, la petite avocate surdouée, bardée de diplômes… et beaucoup plus noire que la moyenne.

Florent Verger soupire.

— Si tu le dis…

Il balance avec désinvolture une enveloppe sur le bureau de Célanie.

— D'ailleurs, ton papy a reçu une lettre !

Célanie Le Cram roule des yeux étonnés.

Une lettre ?

Elle se penche et détaille l'enveloppe.

Évariste Pigeon
Aux bons soins de Maître Le Cram
JISTIS-971
129 rue Saint-John-Perse
97110 Pointe-à-Pitre

— Qui l'a apportée ?

— Aucune idée. Je l'ai trouvée dans la boîte, avec le courrier.

20

Mémorial ACTe, Pointe-à-Pitre, 7 h 27

Amiel s'engage à pas pressés dans la passerelle déserte du Mémorial ACTe. Le gardien du musée, un vieil homme au regard fatigué, le suit à distance, pas particulièrement motivé pour le rattraper.

Il n'a pas semblé ravi d'ouvrir la porte du Mémorial au capitaine, à 7 heures du matin, c'est-à-dire deux heures avant l'ouverture officielle. Il n'a pas l'air d'apprécier la police, et encore moins les passe-droits, mais il n'a pas eu le choix. Les consignes sont directement descendues du sous-préfet. Le musée doit dérouler le tapis rouge aux enquêteurs de la DZPJ, quelles que soient leurs demandes.

Amiel ralentit à la sortie de la passerelle et prend le temps d'admirer la structure futuriste du bâtiment : un enchevêtrement de lianes d'acier recouvrant une boîte de granit noire. Selon les architectes, il représente l'allégorie monumentale d'un figuier maudit, gardien éternel de la mémoire.

S'ils le disent… Le capitaine Ouassou, avant d'entrer dans la première salle, lit le prénom de son interlocuteur sur le badge agrafé à sa veste, et tente une conciliation.

— Je m'excuse encore de vous avoir fait lever aussi tôt, Victor. Vous devez avoir d'autres priorités en tant que conservateur et…

— Vous fatiguez pas, le conservateur, il dort ! Je suis juste un employé payé au SMIC à qui on a confié les clés.

— Ah… bafouille Amiel. Désolé. Nous avons un meurtrier dans la nature, une victime assassinée et…

— Je sais. Je suis les actualités ! Un milliardaire harponné. On en aurait pas fait autant pour un jeune de la Cour Zamia qui se serait fait planter. Même chez les macchabées, y a des privilégiés !

Amiel ne commente pas. Il se dit que, pour l'instant, c'est lui le privilégié : il bénéficie d'une visite privée de ce mémorial flambant neuf. Le plus grand musée au monde consacré à l'esclavage.

— Tout droit, indique Victor.

Un lieu de recueillement, d'éducation, d'interprétation. Ils suivent un nouveau couloir, longent un interminable alignement de bustes noirs enchaînés par le cou, traversent des pièces comme on change de continent. La pédagogie, à grand renfort de cartes et de scénographies, rappelle à quel point le commerce d'humains fut une pratique universelle. Victor s'arrête enfin et sort son trousseau.

Espace de recherches généalogiques, lit Amiel. Victor ouvre la porte et tourne les talons.

— C'est là. Je vous laisse.

Le capitaine détaille la salle. Décor minimaliste à l'exception des posters d'arbres généalogiques accrochés aux murs. Une dizaine d'écrans tactiles sont posés sur des bureaux, en libre accès.

— Je crois que je vais avoir besoin d'aide, insiste Amiel avec humilité.

Le gardien paraît enfin touché par la requête du policier.

— Vous voulez savoir si votre PDG poignardé possède un ancêtre esclave ? Vu sa couleur de peau, il y a 99 % de chances que ce soit le cas.

— En vérité, je cherche plutôt l'inverse.

Amiel sort une carte de sa poche.

Anatole Cegnevane Né en 1625, à Tivaouane au Sénégal Mort en 1663, prison de Petit-Canal, Guadeloupe

— Savoir si cet homme a existé.

Victor étudie la carte, sourcils froncés.

— On l'a retrouvée sur les Marches des esclaves, précise Amiel, coincée dans le maillot du corps abandonné.

— Alors vous êtes au bon endroit, capitaine.

Le gardien tire une chaise, redresse la tête et s'affaisse, comme s'il était déjà épuisé par sa journée.

— Asseyez-vous. Je vais vous expliquer. Cette salle est le lieu le plus visité du Mémorial. Grâce au travail d'un amateur de génie, Michel Rogers, les arbres généalogiques de six mille familles de Guadeloupe sont mis ici à disposition du public. Si cela ne suffit pas pour retrouver vos ancêtres, cet espace donne aussi accès aux archives nationales de l'Outre-mer, ou à d'autres sources privées. En résumé, presque n'importe quel Guadeloupéen peut retrouver le nom de son aïeul, du moins à partir de 1848.

Né en 1625 à Tivaouane au Sénégal, mort en 1663 à Petit-Canal, relit Amiel.

— Et avant ?

— Avant 1848, les esclaves ne possédaient qu'un numéro de matricule. Très rarement un prénom. D'où l'importance de cet espace généalogique. En 1848, près de 90 000 esclaves ont été affranchis en Guadeloupe et les autorités locales ont reçu l'ordre de leur trouver un nom de famille. Rendez-vous compte, les employés de l'état civil, dans chaque mairie, en quelques semaines, ont dû inventer des milliers et des milliers de patronymes. C'est ce qui explique l'originalité des noms antillais. Les fonctionnaires des mairies ont fait preuve de plus ou moins d'imagination, de délicatesse... Ils ont utilisé tout ce qui pouvait les inspirer, les objets, les lieux, les particularités physiques, les ressemblances humiliantes, les Tabouret, Marteau, Cocotier, Joyeux, Leborgne, Baudet, Pigeon... parfois déguisés sous forme d'anagrammes, souvent assumés sous forme de moqueries. Vous par exemple, capitaine, quel est votre nom de famille ?

— Ouassou, répond Amiel après une hésitation.

— Comme les gambas des rivières ? Un nom créole, félicitations ! C'est plutôt rare, votre ancêtre est tombé sur un agent de l'état civil intelligent.

Intelligent ? Amiel repense au nombre de fois où ses camarades de classe l'ont traité de crevette. Tout cela parce que l'officier de l'état civil venait peut-être de manger une fricassée d'ouassous.

— Moi, c'est Malbati, précise Victor. Pas besoin de vous expliquer. Allez-y, entrez le nom de votre Anatole Cegnevane, on verra au moins s'il existe.

Amiel est loin d'en être convaincu. À sa grande surprise pourtant, moins d'une seconde après l'avoir tapé, un émoticone souriant s'affiche.

Anatole Cegnevane, né le 8 juin 1823, mort le 29 octobre 1861.

Le capitaine Ouassou tente de réfléchir aussi vite que l'algorithme des recherches généalogiques. Cet Anatole Cegnevane a donc réellement existé ! Pourtant, ses dates de naissance et de mort ont été inventées par le meurtrier. Pour quelle raison ? Pourquoi avoir choisi le nom de cet esclave en particulier ?

— On peut connaître autre chose sur cet Anatole ?

— Oui. La commune où il a été affranchi, et celle où il est mort.

Amiel clique sur *suivant* et apprend qu'Anatole Cegnevane a été affranchi à Petit-Canal en juin 1848, puis est mort à Port-Louis, treize ans plus tard.

Il n'en saura pas plus. Il avait fondé tous ses espoirs sur cette machine à remonter le temps, cette fabuleuse base de données… mais le mystère reste entier. Pour quelle foutue raison le meurtrier leur a-t-il laissé ce nom, *Anatole Cegnevane* ? Le regard du capitaine embrasse la pièce, s'attarde sur les posters d'arbres généalogiques, tous superbement illustrés.

Il peste dans sa tête, à la recherche d'une idée. Comment en découvrir davantage sur un esclave affranchi décédé il y a plus de cent cinquante ans, et que tout le monde a oublié ? Quel secret se cache derrière son identité ? Et pourquoi Raphaël ne l'a-t-il toujours pas rappelé ?

21

Centre pénitentiaire de Baie-Mahault, 7 h 29

Célanie Le Cram a posé la lettre sur la table du parloir, entre Évariste et elle.

— Avant de commencer, il faut que je te demande quelque chose, papy. Quelque chose de très important, le plus important entre un avocat et son client. Pour que je te fasse confiance, je dois savoir si tu as menti aux policiers.

Évariste Pigeon sourit de toutes les dents qui lui restent.

— Tu me dis toute la vérité, papy ?

— Évidemment, ma chérie.

— Tu me le jures ?

— Sur la tête de ta grand-mère.

— Elle est morte depuis trente ans, papy, et tu la détestais.

— Sur la tête de ta mère.

Célanie examine chaque trait de son grand-père.

— C'est elle qui te détestait !

— Non, elle ne me détestait pas, ma chérie. Elle me trouvait juste original… Et prétendait que j'avais une mauvaise influence sur toi.

— Tu n'as jamais eu aucune influence sur moi ! Je n'ai jamais cru à tes grigris, même quand j'avais dix ans. Et je ne te crois pas davantage aujourd'hui, même si je dirai le contraire devant le juge et les policiers. Tu te rends compte que la seule défense possible, c'est de certifier que tu as vraiment l'œil du diable ?

Le regard d'Évariste pétille.

— Ce n'est pas un jeu, papy. Je vais perdre toute crédibilité. Mon chef m'a déjà dans le collimateur. Alors, une dernière fois…

— L'œil du diable, l'œil noir existe, ma chérie, que tu y croies ou non, c'est ainsi.

Célanie soupire, résignée.

— Comme tu veux, papy.

Elle pousse vers lui l'enveloppe.

— Tiens, tu as du courrier.

Évariste a l'air plus étonné de lire son nom sur l'enveloppe que de voir la mort surgir devant ses yeux.

— Une lettre ? Je crois que je n'en ai pas reçu depuis… depuis ma convocation au service militaire. C'est utile, finalement, un domicile fixe. Mais pourquoi l'avoir adressée à toi ?

— Pour qu'elle t'arrive sans que personne ne puisse la lire, je suppose. Tous les courriers des prisonniers sont ouverts par l'administration pénitentiaire, à trois exceptions près : la correspondance avec un aumônier, un travailleur social du ministère de la Justice, ou un avocat. Qu'est-ce que tu attends pour l'ouvrir ?

Les doigts tremblants d'Évariste déchirent l'enveloppe. Il en sort une feuille de la taille d'une carte postale, pliée en quatre, qu'il déplie avec précaution.

— Nom de Dieu ! jure Célanie.

— Merde ! ajoute Évariste.

22

Mémorial ACTe, Pointe-à-Pitre, 7 h 42

Amiel observe toujours les posters d'arbres généalogiques, naïfs, poétiques ou réalistes, accrochés aux murs de l'espace Recherches du Mémorial ACTe.

7 h 43.

Dans sa poche, son téléphone reste muet. Raphaël n'a toujours pas appelé. Amiel n'a eu aucune nouvelle de lui depuis hier midi. Il voulait croire, malgré lui, à la nuit qui porte conseil, aux remords qui accompagnent le réveil, à un message, au moins. À un signe de vie.

Victor Malbati, après avoir attendu patiemment, se dresse sur la pointe des pieds. Il semble habitué à respecter le recueillement des visiteurs explorant leur passé. Amiel rompt le silence dès qu'il commence à s'éloigner.

— Une dernière question à tout hasard. Est-il possible de connaître l'arbre généalogique de cet Anatole Cegnevane ?

— Le plus souvent, répond le gardien du musée, amusé, j'accueille des Guadeloupéens qui veulent retrouver leurs ancêtres. On part du présent et on remonte jusqu'au premier ascendant. C'est assez rare, les morts qui recherchent l'identité de leur descendance.

— Mais techniquement, insiste le policier, c'est possible ?

— Oui… Il suffit de rechercher si cet Anatole Cegnevane a eu des enfants. Puis si ses enfants ont eux-mêmes eu des enfants, et ainsi de suite jusqu'à aujourd'hui.

— Alors allons-y, jubile Amiel. Sortez-moi la liste de ses descendants encore vivants !

Le policier comprend qu'il a été trop rapide, ou trop autoritaire. Pas assez concentré. Victor Malbati regarde sa montre et soupire.

— Tout n'est pas toujours aussi simple, capitaine. Il a fallu des milliers d'heures pour constituer ce fichier. De la patience, de la persévérance. Pensez-vous posséder ces qualités ?

Les précautions du gardien de musée l'exaspèrent.

— Écoutez-moi bien, Victor. J'ai un tueur dehors, toute une brigade de police mobilisée, la moitié de la préfecture suspendue aux avancées d'une enquête qui gravite autour d'un crime rituel lié à l'esclavage, alors…

— Alors, capitaine, ce Mémorial est un lieu sacré ! Il n'a pas vocation à être instrumentalisé, par aucune autorité ! Je vous le répète donc avec tout le respect que nous devons à nos ancêtres, il vous faudra de la patience et de la persévérance. Savez-vous compter ?

Cette fois, Amiel juge préférable de se taire.

— Je vais vous expliquer, poursuit Malbati. Entre la courte vie de cet Anatole Cegnevane et aujourd'hui, il s'est écoulé un peu plus de cent soixante ans. Cela doit représenter environ six, sept ou huit générations. (Il lève les yeux vers les affiches aux murs.) Un arbre, capitaine, c'est exponentiel. Admettons que votre Anatole en soit le tronc et imaginons, hypothèse basse, qu'il ait eu trois enfants. Une génération. Puis que chacun de ses enfants ait eu trois enfants. Neuf descendants à la deuxième génération. Poursuivons le raisonnement, ça en fera vingt-sept à la troisième, quatre-vingt-un à la quatrième, deux cent quarante-trois à la cinquième, et on dépassera les six mille à la huitième… Patience et persévérance, capitaine !

— Le fichier, les six mille descendants, il se présente comment ?

— Comme vous le souhaitez. Par ordre alphabétique, par genre, par date ou lieu de naissance, en fichier Word, Excel ou PDF. Vous pouvez même l'imprimer. Je n'aimerais pas que le préfet puisse penser que nous faisons preuve de mauvaise volonté. Vous voulez un café ?

23

Centre pénitentiaire de Baie-Mahault, 7 h 51

Dès qu'Évariste Pigeon a ouvert l'enveloppe, maître Célanie Le Cram a confié la feuille aux surveillants en faction devant le parloir, en leur ordonnant de prévenir au plus vite le commandant Kancel. Valéric a mis moins de vingt minutes pour se rendre de la DZPJ des Abymes au centre pénitentiaire.

— Désolée, commandant, pour les traces d'ADN, les empreintes digitales et tout le reste, s'excuse Célanie Le Cram. Je crois même que vous trouverez des restes de beignets que mon grand-père a mangés hier soir.

Valéric hoche la tête pour signifier que ce n'est pas grave, du moins pas le plus grave. Il reste concentré sur la lettre, une simple feuille sur laquelle une photographie du corps de Jacob Santamaria a été imprimée. Le cliché est suffisamment large pour qu'on puisse apercevoir l'église de Petit-Canal et y lire l'heure sur l'horloge du clocher.

11 h 28.

Deux minutes avant que les pêcheurs trouvent le cadavre… L'instant précis où Évariste a commencé à avoir ses visions. Une simple phrase sert de légende à la photographie :

Il n'est pas question de livrer le monde
aux bétonneurs d'aube.

— Merci, maître. On va examiner tout cela, mais je crains que l'expéditeur n'ait pris ses précautions avant de jouer avec nous. Tout porte à croire que nous avons affaire à un individu ou un groupe d'individus qui revendiquent la protection de cette île contre, disons, les étrangers, les investisseurs, les pollueurs, et veulent le maximum de publicité autour de l'assassinat de ce roi de l'immobilier.

— Les assassins d'aube, murmure maître Le Cram.

Valéric acquiesce.

— Vous avez compris, vous aussi ? *Les assassins d'aube.* Le tueur cite le premier vers de « Nouvelle bonté », un des poèmes les plus célèbres d'Aimé Césaire.

— Au moins, cela innocente mon grand-père ! Il se moque de la politique, de la protection de l'île, tout autant que d'Aimé Césaire.

— Cela ne l'innocente en rien, et vous le savez bien. C'est à lui que cette lettre a été adressée.

— Et alors ?

Valéric n'a pas le temps de répondre, son téléphone vibre et le nom de Valentin Lecocu s'affiche. Le commandant s'éloigne avant de décrocher.

— Vous êtes au courant, commandant ?

— Au courant de quoi ?

— Le courrier de ce taré ! Il a été envoyé à tous les journaux de l'île, ce matin, avec la photo du cadavre de Santamaria sur les Marches des esclaves et la menace de ce terroriste illuminé contre les « bétonneurs d'aube ». Vous imaginez ? On devait avoir un coupable pour le journal de 20 heures hier soir, et on va se retrouver avec une panique collective, alimentée en continu par toutes les chaînes d'info. J'espère que vous avez une équipe solide, commandant !

En béton ! se retient de répondre Valéric.

24

Mémorial ACTe, Pointe-à-Pitre, 7 h 52

Amiel continue d'activer la molette de la souris et de faire défiler les noms. Le logiciel de recherche généalogique a trouvé très exactement 4 985 descendants directs vivants d'Anatole Cegnevane. Moins que prévu, tente de positiver le capitaine. Victor Malbati lui a apporté un café et se tient debout derrière lui, immobile, surveillant l'écran par-dessus son épaule.

7 h 53.

Amiel a eu besoin de quatre minutes pour lire la liste des 213 descendants dont le nom de famille commence par la lettre *A*, puis de six minutes pour lire celle des *B*. Il se sert de son téléphone comme d'un chronomètre, c'est le prétexte qu'il a trouvé pour le consulter le plus souvent possible.

7 h 58.

Raphaël prend son poste à la caserne de Port-Louis dans deux minutes, Amiel sera ensuite certain de ne plus avoir de nouvelles jusqu'à ce soir.

Doit-il faire le premier pas ? Doit-il appeler Raphaël ?

Au moins envoyer un message pour lui souhaiter une bonne journée ?

Même s'il s'est juré que c'est à Raphaël de s'excuser. Il lui a fait l'affront de le renier devant sa famille. C'est à lui de prouver qu'il est prêt à se battre contre les préjugés ! Que leur amour pèse davantage que sa lâcheté.

C, D, E.

Amiel lit la liste sans conviction, sans savoir ce qu'il cherche en réalité. Le nom de Jacob Santamaria ? Un autre nom, n'importe lequel, qui provoquerait une association d'idées ? Une intuition, un début d'explication ?

Victor n'a pas bougé. Il le surveille tel un prof un jour d'examen. Qu'est-ce qu'il cherche ? Pourquoi est-ce lui, un simple employé, qui lui a ouvert ce musée, et pas un conservateur expérimenté ? S'il travaille au Mémorial, quel rapport entretient-il avec l'esclavage ? Le meurtrier, ou ses complices, en leur laissant ce nom, *Anatole Cegnevane*, devait se douter qu'un enquêteur viendrait ici consulter ce fichier.

F, G, H.

Ça lui a pris dix minutes de plus, il est 8 h 20, Raphaël a déjà laissé son portable au vestiaire pour prendre l'appareil de service. Amiel a de plus en plus envie d'abandonner, de demander à Victor Malbati une copie du fichier. Mirelle, du service informatique, l'épluchera et le croisera avec le Fichier des personnes recherchées.

I, J.

Amiel va de plus en plus vite. Il saute des lignes, survole les noms. Les informaticiens de la DZPJ devront aussi identifier, parmi les descendants de ce Cegnevane, tous ceux qui sont liés aux mouvements indépendantistes, anciens ou actuels. Il n'y a eu aucun attentat meurtrier en Guadeloupe depuis les nuits bleues des années 1980, mais serait-il impossible qu'un groupe terroriste se reforme ? Ne se contente pas d'occuper des ronds-points ? Passe à la vitesse supérieure ! Tue ! Et orchestre savamment sa mise en scène…

K.

La main d'Amiel reste crispée sur la souris, alors que son index se lève, à quelques millimètres de la molette, pour qu'aucune ligne supplémentaire ne défile.

Il vient de reconnaître un nom. *Le dernier auquel il aurait pensé.*

Il se redresse pour que Victor Malbati ne puisse pas le lire par-dessus son épaule.

Les pensées d'Amiel s'affolent. Des chiffres dansent dans sa tête. 4 985 descendants, sur 380 000 Guadeloupéens. Il cherche à évaluer la probabilité que cela puisse être un hasard, une coïncidence.

Sauf que dans une enquête, les coïncidences n'existent jamais.

Il s'approche à nouveau de l'écran, pour être certain de ne pas s'être trompé, et relit le nom qui vient de s'afficher.

Valéric Kancel.

25

Centre pénitentiaire de Baie-Mahault, 8 h 23

Gervais Bienvenu aime les détenus qui ont bon appétit.

Gervais Bienvenu aime les détenus qui sourient, qui ont l'air heureux, ou du moins paraissent reconnaissants des efforts qu'on fait pour eux, et parfois même osent dire merci. Gervais travaille depuis vingt-quatre ans au centre de détention de Baie-Mahault, il en a vu passer, des révoltés et des déprimés. Il a maté les premiers, consolé les seconds, mais il a toujours préféré s'occuper de ceux qui découvrent leur nouvelle vie avec philosophie. Ceux qui ne se plaignent pas.

Cet Évariste Pigeon, par exemple.

Gervais a tout de suite apprécié ce petit vieux à barbe longue. Quand Évariste Pigeon est entré dans la salle du petit déjeuner, il a regardé le café gris, le pain mou, le beurre d'huile avec des yeux d'enfant qu'on amène au KFC pour la première fois. La plupart des prisonniers passent leur repas à gueuler que ce qu'on leur sert est dégueulasse, à abandonner la moitié de ce qu'ils entament sur leur plateau, mais Évariste mange comme quatre.

Hôtel de la Baie-Mahault.

C'est peut-être pour ça qu'Évariste ne dit rien aux flics : pour être hébergé plus longtemps. Gervais s'est mis dans la tête de le protéger, si d'aventure quelques petits voyous voulaient l'emmerder. Des jeunes qui ne croient plus à rien, ni à la Bible, ni au vaudou, qui seraient capables de s'en prendre à un quimboiseur.

Les fous… Même si pour l'instant Évariste semble davantage concentré sur la carafe de lait que sur ses prophéties. Il vient de remplir un quatrième verre et de le vider cul sec, les lèvres blanches, la barbe ourlée de crème.

Les autres se marrent.

— C'est qu'il tète mieux qu'un bébé, le nouveau !

— Eh, le maton, tu veux pas lui donner le sein ?

— Ou le traire. Avec ce qu'il a bu, on pourrait faire…

Vlam !

Évariste vient de laisser tomber la carafe. Elle a explosé sur le sol. Un lac blanc se forme à ses pieds.

— Putain de merde ! s'écrie Gervais.

Les autres détenus applaudissent, c'est la tradition. Évariste paraît ne rien avoir remarqué. Ses mains tremblent. Ses yeux noirs fixent le mur gris face à lui.

— *La mort… je vois la mort.*

Les prisonniers se rassemblent et forment un cercle autour de lui, mais une dizaine de gardiens accourent déjà pour casser la ronde et mettre fin au spectacle.

— *Je vois… Je vois…*

Quatre matons s'apprêtent à embarquer Évariste, technique du hamac, deux s'occupent des bras, deux autres des jambes. Ils s'approchent en patinant sur la mare de lait quand Gervais lève le bras.

— Non ! Ne le touchez pas. Laissez-le parler.

Tous s'arrêtent. Le cercle de curieux se referme.

— *Je vois… une femme.*

Gervais s'avance lentement, il s'arrête à un mètre devant Évariste, regard contre regard, mais le quimboiseur ne semble pas le voir.

— Sois plus précis, Évariste. Que vois-tu d'autre ?

Le quimboiseur est secoué de spasmes, de plus en plus violents. Son œil noir scanne la pièce tel un laser traversant toute matière.

— *La jungle... la jungle partout.*

— Dis-m'en plus. C'est trop vaste, la jungle.

— *Je... je vois la montagne... la montagne, mais pas le sommet.*

— La Soufrière ? C'est ça, Évariste ?

— *J'entends... j'entends une cascade.*

— Décris-la-moi. Quelle hauteur ? Quel débit ?

Le regard du prophète semble toujours traverser les corps, les murs, mais il paraît réagir à la voix de Gervais.

— *Je ne sais pas... je ne la vois pas, je l'entends seulement.*

— Donne-moi autre chose alors. N'importe quoi.

— *Je... je vois un arbre, un très grand arbre, il dépasse tous les autres, un acomat, je crois...*

— D'accord, d'accord, revenons à la femme. Elle est seule ?

— *Je... je ne sais pas.*

— Elle est à poil ? lance soudain l'un des prisonniers, provoquant l'hilarité générale.

Les gardiens évacuent quelques comiques pour accélérer le retour au calme.

— Écoute-moi, Évariste, continue Gervais. Rien que moi. La femme que tu vois, elle... Elle est morte ?

— *Je ne sais pas.*

26

Parc national de la Guadeloupe, 10 heures

Un grain violent tombe sur la Soufrière. Une pluie tropicale, chaude, drue, qui cesse parfois quelques minutes pour reprendre ensuite avec plus d'intensité encore. Une pluie presque permanente sur le volcan, où s'accrochent les nuages poussés par les alizés, en contraste avec le ciel bleu le long du littoral.

Plusieurs groupes de policiers progressent sur les chemins transformés en torrents de boue. Le premier, le long de la ravine Grosse Corde, est emmené par Valéric ; le deuxième remonte le Galion avec Amiel ; un troisième explore la face est de la montagne à partir de la rivière de la Capesterre. Jolène les rejoint dès qu'elle peut. L'urgence est ici sur le terrain, pas sur une île voisine. Valéric a annulé au dernier moment le déplacement de son adjointe à Antigua, en business class, les seules places qui restaient, que le sous-préfet avait accepté de payer.

« On ne prend aucun risque, Kancel, a assuré Valentin Lecocu. Mobilisez autant d'hommes et de femmes qu'il le faut. On doit coincer ce harponneur ! Quoi qu'il en coûte ! Si ce vieux fou de quimboiseur a déliré, vous en serez quittes pour une randonnée en forêt. Mais imaginez qu'on ne fasse rien et qu'un groupe de randonneurs ou de chasseurs tombe sur un cadavre de femme ? Une femme que peut-être nous aurions pu sauver. Je sais qu'aucune disparition inquiétante ne nous a été signalée, mais imaginez qu'on ait affaire à un tueur en série, Kancel ? Ou à une organisation criminelle ? Ces assassins d'aube ? »

Valéric imagine.

Les policiers sur le terrain sont en liaison permanente avec la responsable du service informatique de la DZPJ, Mirelle Fontanel, une lieutenante aussi discrète qu'efficace. Au sec dans son bureau, elle liste toutes les cascades recensées dans le Parc national. Un agent de l'Office national des forêts a été convoqué en urgence aux Abymes pour dresser la localisation de tous les arbres remarquables. En croisant les deux informations, ils ont déjà identifié une dizaine de sites potentiels correspondant aux visions d'Évariste Pigeon. Gervais Bienvenu continue de l'interroger, mais le quimboiseur est redevenu muet. Il prétend que ses visions sont passées, qu'il ne les contrôle pas, qu'elles s'imposent à lui au moment où il s'y attend le moins, quand la mort rôde et frappe…

Le talkie-walkie de Valéric grésille sous sa cape de plastique ruisselante.

— Chef ? C'est Chévi. On est parvenus à la troisième chute du Carbet. On aurait pu y aller en canoë tant ça dégouline dans les ravines. Aucune trace de femme. On peut la rayer de la liste.

Ils ont déjà visité cinq des douze sites retenus. L'expédition prend presque une heure à chaque fois.

Si l'Œil noir s'est foutu de notre gueule, pense Valéric, c'est réussi ! Trente flics cavalant toute la journée sous la pluie tropicale, simplement parce qu'un charlatan notoire a eu une hallucination au petit déjeuner.

— Valéric ? C'est Amiel ! On progresse en direction de la chute du Galion, je suis pile face à un arbre géant, mais on dirait plutôt un gommier qu'un acomat boucan. Et rien qui bouge, pas même un raton laveur ! Avec ce grain, ils sont tous rentrés dans leur terrier.

Valéric continue d'avancer le long de la ravine Grosse Corde, suivi par neuf hommes, tous recouverts d'une cape plastique transparente protégeant leurs armes et leurs talkies-walkies.

— Quand j'étais môme, déclare l'agent Levif, la pluie dans la forêt, j'adorais ça !

— Et moi, nuance Musard, on m'a toujours dit qu'en cas de grain violent, il ne fallait surtout pas marcher dans le lit des torrents.

Valéric est conscient du risque. À n'importe quel moment, ils pourraient être entraînés par une crue ou une coulée de boue. Ses pieds s'enfoncent dans la terre gorgée d'eau jusqu'aux genoux, et le niveau continue de monter. Il a l'impression d'être recouvert d'une cellophane qui colle à ses joues, son cou, ses mains, ses cuisses. Ils sillonnent le Parc national de la Guadeloupe depuis déjà deux heures. Encore une heure, s'encourage Valéric, le temps d'atteindre les cinq dernières cascades. Ensuite, il laisse tomber. La DZPJ n'a toujours reçu aucun signalement de disparition. Si une femme avait été enlevée, ou assassinée, l'alerte aurait été donnée…

Un pas de trop, Valéric plonge dans le torrent jusqu'à la ceinture.

Putain de jungle, putain de nature ! Il a effectué des dizaines de planques et de traques sous la pluie de Normandie, mais rien de comparable à cette douche incessante.

Ils marchent près d'une demi-heure supplémentaire avant que le talkie-walkie du commandant sonne à nouveau.

— Valéric ? C'est toujours Amiel. Je suis à la cascade Parabole. Rappliquez aussi vite que vous pouvez, j'ai trouvé !

Valéric s'arrête en équilibre sur une pierre glissante, au milieu des flots. Il fait basculer sa capuche pour laisser la pluie fouetter son visage.

— Tu as retrouvé la femme ?

— Non… Mais j'ai devant moi le dernier homme à l'avoir vue vivante.

— Passe-le-moi.

— Ça va être difficile. Il est attaché à un arbre, et à moitié noyé.

Parc national de la Guadeloupe, 11 heures

J'ai croisé une patrouille de policiers.

Je roulais, ces idiots n'ont rien vu.

Qu'auraient-ils pu voir, d'ailleurs ?

Les phares d'un véhicule au loin, sous un rideau de pluie ?

Des gerbes d'eau sous mes pneus ? Une ombre derrière le volant ?

Comment auraient-ils pu se douter que j'emportais la fille qu'ils cherchent ?

Audrey restera quelque temps à l'abri, j'ai eu le temps de tout organiser, d'immortaliser la scène. Je reviendrai la chercher plus tard.

Pour que les flics la trouvent, cette fois.

Et si à l'aube, ils n'en sont toujours pas capables…

J'enverrai un courrier pour les aider !

Cascade Parabole, Parc national de la Guadeloupe, 12 heures

Les policiers ont monté à la hâte une tente-marabout, amarrée aux troncs voisins. L'eau continue de dévaler sous leurs pieds, mais le toit de toile leur fournit un fragile abri. Levif a enfoncé une chaise pliante dans la terre pour que l'homme libéré de ses liens puisse s'asseoir. Le brigadier Simon Fiston, le responsable médical de la patrouille, lui a fourni une couverture de survie sèche et l'a forcé à avaler une soupe chaude et des tablettes énergétiques. L'homme, en hypothermie, a passé cinq heures, ligoté au tronc de l'acomat boucan, sous la pluie.

— On va vous évacuer, indique le secouriste. Dans quinze minutes, vous serez à l'abri, au sec, à la brigade de Basse-Terre.

L'homme proteste en claquant des dents.

— Non ! Non ! Il faut m'écouter. Il faut retrouver Audrey.

L'homme s'appelle Fabien Colin. Il essaye de s'expliquer avec des mots précis et saccadés : il résume sa randonnée jusqu'au col de l'Échelle avec Audrey Colombel, sa compagne de voyage. Son envie de s'éloigner, pour une nuit de camping sauvage. Les bruits qu'ils ont entendus, dès hier soir, sans s'inquiéter, du moins pas Audrey. Puis rien. Le matin, Audrey se lève avant lui, marche, avant de revenir le retrouver, une heure plus tard. Il dormait encore quand il a été assommé. Il n'a rien vu, rien entendu. Quand il s'est réveillé, il était attaché au tronc, bâillonné.

— Vous n'avez pas pu voir votre agresseur ? demande Valéric.

Le randonneur secoue doucement la tête.

— Non... Il est resté dans l'ombre des arbres, à attendre qu'Audrey revienne. J'étais... j'étais l'appât.

Fabien Colin paraît frigorifié. Sa couverture glisse de ses épaules et il n'a pas la force de la remonter. Jolène doit l'aider. La capitaine a rejoint ses collègues transis sous la pluie, sèche mais frustrée, leur faisant remarquer qu'à cette heure précise, elle aurait dû boire du champagne en business class sur le Pointe-à-Pitre-Antigua ! Elle confirme le diagnostic du brigadier Fiston, leur témoin ne tiendra pas longtemps ainsi, sous un abri de fortune ouvert aux alizés.

— Quand Audrey est revenue, j'ai essayé de lui faire comprendre… d'un regard… d'un… Mais c'était trop tard. Il était caché, tout près, dans la forêt. Elle ne pouvait pas le voir, pas plus que moi. Mon Dieu, je ne sais pas… je ne sais pas.

— Vous ne savez pas quoi ? demande Jolène en se baissant à sa hauteur.

— Si Audrey est morte. Elle s'est écroulée. Il a tiré son corps à travers les arbres. J'ai attendu, attendu, puis j'ai entendu un bruit de moteur, tout près, avant que la pluie ne se mette à tomber.

Fiston leur fait signe qu'il est temps d'interrompre l'entretien. Les bras et les jambes de Fabien prennent une teinte violacée. Ses lèvres bleuissent davantage à chaque phrase. Ses yeux ont été si fouettés par la pluie qu'ils paraissent pouvoir se détacher aussi facilement que le noyau d'un fruit pourri.

— Reprenez depuis le début, propose pourtant Valéric. Que s'est-il passé quand Audrey est revenue ?

— Elle… elle m'a vu. Elle a compris… elle n'a pas paniqué mais… elle n'a pas eu le temps de fuir. Elle s'est approchée de la forêt et… il… il a tiré.

— Il a tiré ? répète Jolène.

— Avec un pistolet de pêcheur, c'est tout ce que j'ai vu. Il… il l'a harponnée.

Fabien Colin finit par perdre ses dernières forces, et le brigadier Fiston par gagner. Il lui fait avaler un antalgique avant que Musard et Levif l'allongent sur un brancard et l'évacuent dans le fourgon. La cascade Parabole est l'une des plus accessibles du massif de la Soufrière. Un sentier carrossable passe à proximité.

En quelques minutes, les six agents de la police scientifique ont pris possession des lieux. La pluie s'est un peu calmée, mais tous savent que d'ici moins d'une heure, une averse aussi intense retombera.

Cascade Parabole, Parc national de la Guadeloupe, 12 h 30

— Nous savons comment Audrey Colombel a été enlevée, affirme Jolène. Même si la pluie a presque tout effacé, on a repéré des traces de pneus sur le sentier sous la cascade. Chévi Dijoux joue au Mako moulage.

Valéric observe la boue dans laquelle ils pataugent, sans trop d'espoir.

— Musard a prélevé du sang, enchaîne-t-il, un peu partout entre la cascade, le torrent et le sentier. Le sang d'Audrey Colombel, vraisemblablement, mais impossible d'estimer le volume, et donc d'en conclure si la blessure d'Audrey est mortelle. À croire que le tueur a attendu la pluie pour laisser le moins de traces possible derrière lui.

— Le moins possible, répète Amiel. Mais il a peut-être commis une erreur.

Les regards de Valéric et Jolène s'illuminent.

— Levif a fait une découverte. Un détail peut-être décisif. Un cheveu, dans la tente, entre les duvets et le matelas autogonflant. Il ne semble correspondre ni à ceux de Fabien Colin, trop longs, ni à ceux d'Audrey Colombel, trop clairs. Qui d'autre que le tueur aurait pu le perdre ?

Valéric s'adosse au tronc monumental de l'acomat boucan. Enfin une bonne nouvelle ! Un indice solide et concret.

Le procureur et le sous-préfet Lecocu vont apprécier.

27

Quartier Saint-Félix, Le Gosier, 13 heures

— Je suis en galère, Gildas, faut que tu m'aides. Tu sais que j'aime les chiffres, alors je dirais un bon 7 sur 10 sur l'échelle de Richter de mes emmerdes.

Valentin Lecocu a posé son ordinateur portable sur la table de teck, devant la piscine. Il s'est accordé vingt minutes pour rentrer chez lui, manger, embrasser Anne-Sophie et les enfants, avant de retourner à la préfecture. Sa femme a écouté les actualités, l'enlèvement d'une touriste, le déclenchement du plan Épervier, elle ne pensait pas qu'il rentrerait. Anne-So est une perle. Ne t'inquiète pas, mon chéri, je vais te préparer un truc vite fait, dans dix minutes c'est prêt, Marceau et Toscane, venez m'aider à mettre la table, papa est pressé.

Dix minutes, le temps suffisant pour appeler Gildas. Après tout, c'est lui l'ancien sous-préfet guadeloupéen à la sécurité, c'est lui qui lui a recommandé ce poste au soleil, c'est lui le fonctionnaire ultramarin le plus expérimenté.

— Tu as vu ? répond Gildas en désignant derrière lui un étrange paysage de montagnes fumantes. C'est le fond d'écran de la Terre du Milieu ! Mon gosse me l'a installé. Classe, non ? Y a des centaines de thèmes sur l'application, tu veux que…

— Que tu m'écoutes, Gildas ! C'est la tornade ici ! Après le PDG harponné, j'ai une touriste dans la nature. Sans doute enlevée par le tueur qui pratique la pêche au randonneur. L'avis de recherche est lancé partout sur l'île. J'ai plus de cinquante flics, policiers et gendarmes, qui la sillonnent, mais j'ai pour seul indice les traces d'un pneu. Un Goodyear EfficientGrip. Spécialement conçu pour équiper les SUV compacts : Duster, Kona, Tiguan, Kadjar… C'est-à-dire la moitié des véhicules de l'île ! La seule bonne nouvelle est que j'aurai peut-être l'ADN du ravisseur demain matin. Quand je dis « ravisseur », tu as compris, je parle du tueur.

— Du tueur, ou des tueurs ?

Valentin sursaute. Il manque de faire basculer son ordinateur portable dans la piscine.

— Des tueurs ? Pourquoi il y en aurait plusieurs ?

— Je ne sais pas… C'est plutôt rare, les tueurs en série, non ? En dix ans de Guadeloupe, j'ai eu plus souvent affaire à des bandes organisées qu'à des dingos isolés.

Une bande organisée ? Et dire que Valentin appelait Gildas pour être rassuré.

— Il y a pire, Gildas, poursuit le sous-préfet. Le harponneur a laissé un message… juste une phrase : *Il n'est pas question de livrer le monde aux bétonneurs d'aube.*

Gildas siffle entre ses dents.

— Aimé Césaire ! « Nouvelle bonté ». Rien que ça ! *La vie-mort, la mort-vie, les souffleteurs de crépuscule, les routes qui pendent à leur cou d'écorcheurs…*

— Tu connais Aimé Césaire par cœur ?

— Un simple vernis indispensable. Césaire, ici, c'est de Gaulle et Victor Hugo réunis. Un conseil, dès que t'as une minute de libre, lis-le et apprends quatre vers.

Valentin entend qu'on s'agite derrière lui. Marceau et Toscane ont repéré un iguane dans le jardin et tentent de le coincer.

— Chéri, tu voudras du vin ? demande la voix lointaine d'Anne-Sophie.

— Ce soir, pas ce midi.

— Comme tu veux, reprend Gildas. T'es pas obligé de te mettre à la poésie cette nuit. Si ton tueur, ou tes tueurs, cite Césaire, c'est qu'ils veulent faire passer un message politique. Ça bouge ou pas chez toi ?

Marceau et Toscane cavalent dans l'autre sens ; est-ce l'iguane qui les poursuit ?

— Comment ça, « ça bouge » ? Calmez-vous, mes petits choux, papa travaille.

— Eh, t'es assis sur un volcan, mon vieux ! Une étincelle et pschitt, tout s'embrase. Alors ton harponneur et ses messages, c'est jerrycan plus lance-flammes. Je suppose que ton PDG et ta touriste n'avaient jamais mis les pieds à Gwada ?

— A priori, non.

— Des étrangers... Tu connais la chanson !

— Quelle chanson ?

— Chéri, tu en as encore pour longtemps ? C'est prêt !

— *La Gwadloup sé tan nou*, chantonne Gildas, *la Gwadloup sé pa ta yo : yo péké fè sa yo vlé an péyi an nou...*

— Tu me traduis ?

— Va falloir aussi que tu te mettes au créole, mon vieux ! T'as pas encore pris de jolie maîtresse mulâtresse pour te donner des cours du soir ?

— Chéri, dis-moi juste pour combien de temps tu en as.

— Papa, papa, l'iguane est caché sous la Mercedes.

— Je déconne, vieux frère. Ça veut dire : « La Guadeloupe est à nous, la Guadeloupe n'est pas à eux : ils ne feront pas ce qu'ils veulent dans notre pays. » C'est l'hymne du LKP[1] et de tous ceux qui protestent contre la « profitation ». Le « eux » de la chanson, t'as compris, c'est *nous* ! Mais tu ne m'as pas répondu, ça bouge, chez toi ?

1. Liyannaj Kont Pwofitasyon. Collectif guadeloupéen d'une cinquantaine d'associations et de syndicats contre la profitation.

— Pas trop. On filtre les infos autant qu'on le peut. On joue l'union sacrée État-police-justice. On essaye de contrôler les médias officiels à défaut de pouvoir interdire les réseaux sociaux. J'ai surtout un autre souci, Gildas, mon quimboiseur !

— Ton Œil noir ? Souviens-toi… Toujours faire croire à ceux qui y croient que tu les crois.

— Ça ne va pas être difficile ! Le quimboiseur nous a décrit la scène de crime en direct, du fond de sa prison. Un truc de fou !

— Mes petits choux, laissez l'iguane tranquille et venez manger, papa nous rattrapera.

Derrière Gildas, une brume noire recouvre petit à petit la Terre du Milieu. Un Nazgûl traverse le paysage désolé.

— Et tu ne peux pas m'arrêter ce fond d'écran ?

Gildas se penche, sourit et clique. Le paysage ordinaire de Saint-Pierre-et-Miquelon apparaît. Mer gelée, collines givrées et maisons de pêcheurs multicolores recroquevillées les unes contre les autres.

— Je peux te l'avouer, vieux frère. Si tu savais à quel point tu me fais envie avec tes emmerdes en rafales ! Je m'emmerde ici comme un orque mort.

Valentin s'agace pour la première fois.

— *Une* orque. On échange nos places quand tu veux ! Je bosse comme un dingue. Je ne dors plus. Je me fais engueuler par le préfet, le ministre. Je suis harcelé par les journalistes…

— Papa, Marceau a donné un coup de club de golf dans la portière de la Mercedes !

— Tu veux un conseil, vieux frère, c'est ça ?

— Chéri, c'est servi !

— Profite de la piscine, camarade. Profite du soleil. Profite de ta femme et de tes gosses. L'île est cool, alors sois cool. De toute façon, plus tes dossiers seront préparés, documentés, argumentés, plus tu paraîtras compétent, intelligent, brillant… et moins ils t'écouteront !

28

Anse à la Barque, Vieux-Habitants, 17 h 55

Valéric, Jolène et Amiel se sont garés devant l'Anse à la Barque, en contrebas de la nationale 2, à mi-chemin entre Vieux-Habitants et Bouillante. Le mince rideau d'arbres qui sépare la plage de la route parvient presque à faire oublier le flux incessant des voitures. Face à eux, dans l'étroite baie abritée, des dizaines de bateaux de pêche paressent au rythme lent des marées. Le soleil rasant de fin de journée éblouit les trois policiers. Ils ont une pensée pour les collègues qui, dans la montagne et sous la pluie, continuent de passer au crible la scène de crime.

Valéric, un fédora sur la tête comme chaque fois qu'il doit affronter le soleil, étend son tee-shirt mouillé sur les branches d'un frangipanier. Tout le sud de l'île est bouclé ! Le préfet a confié à un colonel de gendarmerie la coordination du plan Épervier. Le portrait d'Audrey Colombel a été diffusé partout. Chaque véhicule voulant rejoindre Grande-Terre est fouillé. Valéric reste en contact direct avec l'ensemble du dispositif, mais le rôle de sa brigade criminelle n'est pas d'arrêter les voitures aux ronds-points… Sa mission est d'expliquer l'inexplicable.

Amiel fait valser ses baskets. Il avance jusqu'à la mer, pieds nus, en remontant son pantalon trempé et boueux.

— Je dois te parler d'un truc, Valéric. Quelque chose que j'ai découvert au Mémorial ACTe juste avant les hallucinations de l'Œil noir.

— Plus tard, Amiel. Si tu veux bien, on prend les problèmes dans l'ordre, et le premier, justement, ce sont les hallucinations d'Évariste Pigeon. Nous avons un gros souci. Audrey Colombel et Fabien Colin ont planté leur tente devant la cascade Parabole aux alentours de 14 heures hier, un endroit qu'ils ont choisi au hasard. À cette heure-là, Évariste Pigeon avait déjà eu ses premières visions, le corps de Jacob Santamaria avait été retrouvé, et notre quimboiseur était encadré, comme témoin, par toute une brigade de policiers. Nous ne l'avons pas lâché depuis… et pourtant, il savait de façon précise où le meurtrier allait frapper !

Jolène s'est assise dans le sable. Elle sort une cigarette et la tient droit face au soleil rougissant, comme si elle pouvait l'allumer à la boule de feu. Elle ne parvient pas à détacher ses yeux de l'attraction locale : le ballet des pélicans. Ils sont plus d'une dizaine à planer dans le ciel, à repérer par transparence les bancs de poissons, et à plonger dans l'eau, ailes en V, becs en premier, sans jamais se lasser. Amiel, habitué aux piqués des grands-gosiers, se tourne vers le commandant.

— À 14 heures hier, Évariste n'était encore qu'un simple témoin. On était surtout concentrés sur la scène de crime, les Marches des esclaves. Personne ne le surveillait de près. On peut imaginer que notre assassin de l'aube, ou d'aube, comme vous voulez, après avoir repéré sa victime près de la cascade Parabole, ait téléphoné à notre Œil noir pour lui donner tous les détails du crime qu'il allait commettre.

Valéric répond à son adjoint par une moue dubitative.

— Personne n'a jamais vu Évariste Pigeon avec un téléphone portable ! Aucun policier, à Petit-Canal, ne l'aurait remarqué ? Et une nouvelle fois, pourquoi monter un scénario aussi risqué ?

— Il existe d'autres explications, propose Amiel. Fabien Colin ou Audrey Colombel n'ont peut-être pas dit la vérité. L'un ou l'autre, ou tous les deux, pouvaient avoir prévu de longue date de dormir au bord de la cascade Parabole. Ils peuvent en avoir parlé à des amis, ou posté un indice sur les réseaux sociaux. Évariste et l'assassin de l'aube ont ainsi pu anticiper…

— Possible, admet Valéric. On creusera ton hypothèse quand Fabien Colin sera réveillé.

Splash !

Un pélican kamikaze vient de plonger. Il resurgit aussitôt, alourdi des dix litres d'eau qu'il vient d'avaler. Dans le dos des policiers, les klaxons se multiplient. Valéric sait que toutes les voitures sont bloquées à l'entrée de Bouillante ou de Vieux-Habitants, les deux points de contrôle. Pour rien, pour l'instant. Si la fouille systématique des véhicules avait révélé quelque chose, Valéric aurait été le premier prévenu.

— Autre possibilité, reprend Amiel, Évariste a pu recevoir plus tard l'information, la cascade Parabole et l'acomat boucan géant. Il a croisé beaucoup de monde au commissariat, et davantage encore à la prison de Baie-Mahault. D'autres détenus avec qui il a partagé la promenade, le repas du soir, le petit déjeuner… L'un d'eux peut lui avoir parlé. Un nouvel entrant, un prisonnier en conditionnelle rentrant de permission… Si l'on admet que notre assassin de l'aube a payé Évariste pour qu'il simule ses visions, pourquoi n'aurait-il pas payé un type pour se faire incarcérer au bon moment ?

— Un plan sacrément tordu, non ? intervient Jolène. Si c'était pour provoquer le buzz, notre assassin pouvait faire plus simple. Déposer le corps de Jacob sur les Marches des esclaves suffisait…

— Entièrement d'accord, Marge, confirme Amiel. Donc retour au point de départ, la première et dernière explication, Évariste a vraiment l'œil noir. Il voit réellement la mort !

— Oublie ! tranche aussitôt Valéric. Parce qu'alors je vais te sortir à la pelle d'autres solutions : la téléportation des cadavres, le passe-muraille pour sortir de la prison… On va se concentrer sur la seconde inconnue de cette affaire : pourquoi s'en prendre à Jacob Santamaria, puis à Audrey Colombel ? Existe-t-il un lien entre eux ?

— A priori aucun, affirme Jolène. Ni l'un ni l'autre n'ont jamais mis les pieds en Guadeloupe. Tout laisse croire que le tueur frappe au hasard, mais avec le même mode opératoire.

Amiel observe la capitaine. Elle tire nerveusement sur sa cigarette. Ongles rongés, lèvres serrées, regard qui oscille sans cesse entre celui d'une petite fille fascinée par le show des grands-gosiers et celui d'une femme tourmentée. Il sait que Jolène est venue enterrer une histoire d'amour au soleil, ou en empiler beaucoup d'autres par-dessus. Ça ne l'empêche pas d'être une professionnelle efficace et déterminée.

— Si tu as raison, Marge, ça signifie qu'une mise en scène identique va se reproduire, qu'on va retrouver le cadavre d'Audrey dans un lieu symbolique, un harpon planté dans le cœur et une carte de visite dans la poche. L'assassin nous enverra un petit courrier de confirmation avec une phrase à décoder pour préciser ses intentions.

Valéric redresse son chapeau. Le ciel vire à l'indigo, un éphémère tableau offert par le soleil crépusculaire, comme pour se faire pardonner de se coucher aussi tôt.

— Un tueur organisé, machiavélique… mais qui a oublié sur la scène de crime un de ses cheveux.

— Les tueurs en série qui ne commettent jamais d'erreur n'existent que dans les films.

— Exact, Jo, approuve le commandant. Je te libère pour ce soir. File dormir. Demain, Œil noir ou pas, tu t'envoles pour Antigua ! On a besoin d'en savoir davantage sur la fortune des Santamaria. Pas de plan Tinder ce soir, promis ?

— Oui, papa… Ça ne risque pas !

Amiel s'est approché de quelques pas.

— Avant qu'on se quitte, Valéric, il faut que je te parle de cet Anatole Cegnevane.

— Je t'écoute.

— Tu ne vas pas aimer.

— Je t'écoute !

En quelques mots, le capitaine explique le fonctionnement du service de recherches du Mémorial ACTe, l'arbre généalogique et les fichiers de 4 985 descendants.

— Ton… ton nom est apparu ! finit par lâcher Amiel. *Valéric Kancel, né à Bouillante le 27 janvier 1980.* Je ne pense pas qu'il y en ait deux. Anatole Cegnevane est ton ancêtre !

Valéric lève les yeux vers le ciel, incrédule. Il suit un instant le vol des frégates qui planent au-dessus de la baie dans l'espoir de voler leurs proies aux pélicans les plus maladroits.

— Mon ancêtre ? Il y a huit générations ? C'est… c'est peut-être un hasard ?

— Possible, admet Amiel. J'ai calculé, 5 000 descendants sur presque 400 000 Guadeloupéens, ça représente 1,5 % de chances que ce soit une coïncidence.

— C'est peu, commente Jolène dans un nuage de fumée.

Le soleil s'est couché d'un coup. La nuit sur les Caraïbes tombe aussi brutalement que la pluie. Les trois policiers se dirigent vers leurs voitures respectives.

— Et les 98,5 % autres chances ? s'inquiète le commandant.

Amiel fait clignoter les phares de sa Dacia.

— Elles signifient que notre meurtrier a toujours un coup d'avance sur nous. Il savait qu'on irait au Mémorial ACTe, qu'on y trouverait ce nom, *Anatole Cegnevane*, et donc le tien…

Valéric consulte une dernière fois son téléphone et son talkie-walkie.

— Cet assassin de l'aube veut jouer avec nous ?

— Non, Valéric, avec toi !

29

Ravine du Bois-Malher, Bouillante, 18 h 30

Avant de rentrer chez lui, Valéric a dressé un dernier bilan avec le colonel de gendarmerie. Le plan Épervier passe en mode Hibou pour la nuit. Audrey Colombel n'a toujours pas été retrouvée, mais les recherches sur le terrain vont cesser, à l'exception du contrôle des véhicules.

Valéric gare son Duster devant chez lui, rue du Bois-Malher, comme tous les soirs depuis six mois. Il s'accorde quelques heures de sommeil, il doit se rendre à la prison de Baie-Mahault demain matin, avant que le soleil soit levé, pour reprendre au plus tôt l'interrogatoire d'Évariste Pigeon.

Des gamins jouent dans la rue, agglutinés autour des rares lumières, un éclat de lune, un phare de scooter, un réverbère, tels des moustiques éblouis. Lui aussi s'est brûlé les ailes ici, pendant toute son adolescence. Il se souvient du temps qui avance au ralenti. De la terre qui semble tourner moins vite sous les tropiques. De jours trop courts et de longues nuits d'ennui.

— Bonsoir, commandant.

Valéric sursaute. Qui peut le connaître aujourd'hui dans ce quartier, vingt et un ans plus tard ? Qui peut le distinguer dans l'obscurité ?

Il ne perçoit qu'une ombre, qu'il devine fine, influencé par la voix féminine.

— Je vous attendais.

L'inconnue avance dans la lumière de l'unique réverbère. Valéric découvre une jolie femme, la quarantaine, grande, sûre d'elle, gainée dans une jupe crayon et cintrée dans une veste de coton. Maquillée avec ce qu'il faut d'insolence, fard pastel et regard éclair, l'équilibre juste entre aquarelle et peinture guerrière. L'inconnue lui rappelle étrangement Louise, la mère de Rose et Gabin.

Même taille, même élégance, même assurance.

Même inexplicable attirance…

La femme qui se tient devant lui est pourtant aussi noire et brune que Louise est pâle et blonde.

Valéric sait qu'il ne devrait pas lui adresser la parole, qu'il devrait se contenter de la saluer d'un signe de tête et rentrer dans sa case, mais quelque chose le pousse à attendre, à ironiser, à faire le malin en maniant le second degré.

— Vous m'attendiez ? Moi pas…

— Je m'en doute, commandant Kancel. Qu'une inconnue vous aborde en bas de chez vous ne doit pas être si fréquent.

Elle lui tend une main énergique et le fixe droit dans les yeux. Regard sépia. Elle est consciente de son pouvoir, une teinte rare, brun foncé aux reflets violacés.

— Marie-Douce Lénervé. Je travaille pour le site Akansyel.

Quelque chose se fissure aussitôt. Valéric détourne les yeux et décline la main tendue. Akansyel est le site d'informations en ligne le plus suivi de Guadeloupe, l'équivalent d'un Mediapart local, accusé par les conservatistes de tous les mots à la mode : wokisme, féminisme, communautarisme, intersectionnalisme, anticolonialisme et même complotisme.

— Tout le monde m'appelle Madou, continue la journaliste sans se vexer. Je comprends que vous soyez surpris de me voir ici, mais…

Valéric s'oblige à faire preuve d'autorité.

— Comment avez-vous eu mon adresse ?

Madou sourit sous la clarté du lampadaire. Elle maîtrise à merveille le jeu subtil des ombres et des lumières.

— Cette île est si petite. Je vais vous surprendre mais j'ai connu votre maman. Je me suis un peu occupée d'elle, pendant votre absence. On ne laisse pas les gens vieillir seuls, ici. J'ai grandi à deux pas, à Mahaut. Nous avons fréquenté le même lycée, commandant. Mais à l'époque, je n'étais pas de celles qu'on remarque. J'étais destinée, comme les autres filles, à baisser les yeux, à attendre sagement un amoureux.

Madou ment, pense le commandant. Avec talent mais elle ment. Le même lycée ? Des souvenirs de sa maman ? Il n'est pas assez naïf pour se laisser prendre à un piège aussi grossier.

— Je dois vous laisser.

La journaliste fait danser ses paupières, entre déception et indulgence pour son adversaire.

— De quoi avez-vous peur ? De me parler ? Parce qu'Akansyel est le seul média indépendant de l'île ?

Valéric se fait violence. Il se dirige vers la porte de sa case.

— Une autre fois ? Désolé, j'ai eu une journée de dingue et celle de demain promet d'être pire.

— Ne fuyez pas, commandant. Nous sommes dans le même camp…

— Quel camp ?

— Celui de la vérité. Savez-vous pourquoi presque tous les Guadeloupéens suivent mon site ? Parce que tout le monde leur a menti ! Sur la dangerosité du chlordécone[1], sur la profitation, sur la libre concurrence, sur l'égalité des chances. Ils ne croient plus en personne, ni aux politiques, ni aux fonctionnaires, ni aux journalistes, ni aux médecins… et encore

1. Insecticide utilisé de 1972 à 1993 dans les bananeraies, qui a contaminé 90 % de la population adulte. Depuis, le taux d'incidence du cancer de la prostate en Guadeloupe est l'un des plus élevés au monde.

moins aux flics. Mais ils me font confiance. Savez-vous d'où vient le nom de mon site, commandant ? De l'expression *Akansyel pa riban.* « L'arc-en-ciel n'est pas un ruban. » Il ne faut pas se fier aux apparences. J'ai la responsabilité de ne pas trahir ceux qui me lisent.

Les longs cils de Madou voltigent en papillons de nuit. Des éclats d'améthyste crépitent au fond de ses yeux noirs. Valéric s'efforce de ne pas se laisser hypnotiser.

— Rassurez-vous, je ne trahirai personne. Ni vous, ni vos lecteurs, ni mes collègues qui travaillent sur l'affaire. Vous n'imaginiez pas que j'allais vous confier le moindre secret professionnel ?

— Pourquoi pas ? Nous poursuivons le même but... La recherche de la vérité.

Valéric sourit.

— Quelle vérité ?

— Il n'y a toujours qu'une vérité, Valéric. Ceux qui affirment le contraire sont ceux qui ont le pouvoir de manipuler la réalité. Les puissants, les maîtres, les anciens et nouveaux colonisateurs. Mentir, c'est asservir.

Le commandant est parvenu à ne pas tressaillir quand Madou l'a appelé par son prénom. Son secret, ce sera ce frisson.

— Peut-être... Je crois que je suis un peu trop fatigué ce soir pour discuter du destin des peuples opprimés. Ne m'en veuillez pas, Marie-Douce, vous avez tenté votre chance, c'est votre métier, mais vous ne vous êtes pas adressée à la bonne personne.

La journaliste s'avance à son tour hors du halo du réverbère, elle rejoint le policier près de la porte de la case. Il ne distingue plus d'elle qu'une silhouette noire auréolée de lumière. Valéric tente de maîtriser son trouble, il sait que cette intimité d'alcôve tamisée n'est qu'un calcul, une séduction intéressée.

— Si, Valéric, insiste Marie-Douce, vous êtes la bonne personne. Vous revenez sur notre île sans idées préconçues. Vous êtes un des nôtres, sans avoir été corrompu. Prenez le temps de réfléchir, et vous verrez que vous êtes d'accord avec nous. Que vous êtes de notre côté.

Valéric se recule, pousse la porte, amusé.

— Je vous souhaite une bonne nuit, Madou. Et vous vous trompez. Je ne suis qu'un flic obéissant, insignifiant, pas le héros que vous croyez.

Une ampoule allumée dans la case laisse filtrer jusqu'à eux un mince rayon lumineux.

— Vos yeux disent le contraire.

— Les yeux peuvent mentir, Marie-Douce.

— Ne sont-ils pas le miroir de l'âme ?

— Si… De l'âme de celui qui les regarde, s'ils sont un miroir.

— Très juste, commandant (la journaliste s'approche un peu plus). Alors, que voyez-vous dans les miens ?

Valéric sait qu'il doit pousser cette porte, entrer, la refermer derrière lui. Il reste pourtant entre case et rue, entre sous-entendu et malentendu. Les yeux bruns de Marie-Douce brillent quelques longues secondes supplémentaires dans le noir, avant qu'elle ne les éteigne d'un clignement de paupières.

— Je vous laisse, Valéric. Vous avez raison, les yeux ne disent pas tout. Nos actes nous définissent aussi. Et vos actes, commandant, vous grandissent.

— …

— Je sais le courage dont vous avez fait preuve, il y a plus de vingt ans, pour votre maman. Aucun autre fils, sur cette île, n'aurait eu ce cran. C'est ce qui forge ma conviction, vous êtes dans notre camp. Belle nuit, commandant.

Et la journaliste, comme un rêve évaporé ne laissant derrière lui que des poussières d'étoiles, disparaît.

MARDI 9 AVRIL 2024

LES CHASSEURS DE L'AUBE

30

Plage de la Perle, Deshaies, 7 heures

Le soleil se lève sur la plage de la Perle. Chaïma, pieds nus, drapée dans son paréo, n'a jamais rien vu d'aussi beau.

Elle s'avance et elle a l'impression d'entrer à l'intérieur d'un film, ou d'un tableau. Un de ces posters que les ados accrochent dans leur chambre : un croissant de sable fin à perte de vue, des palmiers par milliers qui protègent ce paradis du reste de la civilisation. Pas un bateau, pas une maison, rien qu'une interminable plage de Robinson. Le lieu où n'importe qui aimerait s'échouer, seul. Ou privatiser à deux, en amoureux. Un de ces endroits qui servent de fond d'écran à ceux qui ne partent pas, dont on finit par croire qu'ils n'existent pas.

Il existe pourtant. Elle marche dedans ! Elle, Chaïma, la petite apprentie infirmière de Bobigny. Elle y laisse ses empreintes de pas.

La plage est presque déserte. Des joggeurs courent sur le sable mouillé. Éparpillés comme des bouées recrachées par la marée, quelques couples d'amoureux somnolent, se réveillent, se câlinent, se rendorment, bercés par les vagues, gravant dans leurs pensées ces souvenirs d'éternité.

Bientôt ce sera moi, pense Chaïma. Moi qui me réveillerai dans les bras de Ruby. Après avoir dansé avec lui sous la lune, après avoir étendu mon paréo sur le sable, après nous être aimés toute la nuit, sans penser aux couples qui feront la même chose autour de nous.

Chaïma observe, à l'entrée de la plage, les camions garés sur le parking, les types musclés qui déchargent les enceintes géantes. Une banderole a été tendue entre les palmiers.

Teuf an nou – Tekno Party

Près de trois mille teufeurs sont attendus. Le meilleur DJ de l'île, Rocket Racoon, assurera l'ambiance. En métropole, Chaïma a connu plusieurs de ces rassemblements de fous, sur une presqu'île bretonne avec des copines, dans un champ près de Toulouse avec son petit frère Kenzi, mais jamais elle n'aurait rêvé en vivre un ici, cent cinquante décibels sous les cocotiers !

Merci, Ruby !

S'il ne l'avait pas contactée sur Badoo, s'il ne l'avait pas invitée, jamais elle n'aurait mis les pieds en Guadeloupe.

Ruby doit la rejoindre ce soir, une heure avant la rave, Chaïma a le temps. Entre la route et la plage, elle observe les fêtards les plus organisés, les plus matinaux, qui étalent déjà leur tapis de sol. Dans quelques heures, les quatre cents mètres de plage, hors périmètre de danse, seront colonisés par les tentes, les duvets et les matelas. Chaïma a hâte de voir ça.

Des commerces ambulants commencent eux aussi à s'installer. Food trucks, brasseurs de bières locales, distilleries, friperies… Trois mille teufeurs, imagine Chaïma, doivent représenter un sacré business. C'est toute une ville éphémère qui se construit sous ses yeux. Une ville interdite aux plus de trente ans. Chaïma en a vingt-sept, et dans sa tête pas plus de dix-sept.

Une ville éphémère dédiée à la musique.

Une ville éphémère dédiée à l'amour.

Une expérience comme elle en a rêvé depuis toujours.

À partager, en tribu ou en couple…

Dépêche-toi, Ruby, supplie-t-elle dans sa tête, tu ne le regretteras pas.

Chaïma se sent jeune, Chaïma se sent belle, mais elle voudrait l'être davantage, pour rendre fou Ruby, pour qu'ils soient, le temps d'un soir, le prince et la princesse de la plage.

Plage de la Perle, Deshaies, 7 h 30

Chaïma se sent seule. Chaïma trouve le temps long. Elle erre devant les boutiques de maillots, de paréos, de jupes et de tee-shirts accrochés entre les palmiers. Des dizaines de modèles, tous paraissent cousus pour elle. Elle caresse les étoffes au hasard, elle imagine son corps doré d'Algérienne dans ce maillot bandeau ivoire, ce top recouvrant sa poitrine sans rien cacher de son nombril, cette robe bohème flottant autour de ses hanches.

— Elle vous plaît ?

La vendeuse s'est avancée, tout sourire. Chaïma hésite. Sur la matière, *viscose ou mousseline ?* sur la couleur, *passiflores roses ou papillons bleus ?* sur le prix, *celle à 30 euros ou celle à 50 euros ?*

Dans laquelle sera-t-elle la plus belle ? La plus désirable pour Ruby ?

Elle réalise qu'elle ne connaît pas ses goûts, qu'elle ne connaît rien de lui, et que pourtant elle sait que c'est lui l'homme de sa vie, qu'elle est venue ici pour lui, qu'une fois dans ses bras, jamais il ne pourra s'en échapper…

— Je vais prendre la robe aux papillons bleus.

Elle a choisi au hasard. Elle la portera pour Ruby.

Le premier jour du reste de sa vie !

Elle n'a que vingt-huit ans, dix-sept ans dans sa tête. Elle a encore l'âge d'y croire.

Plage de la Perle, Deshaies, 7 h 39

Je regarde Chaïma, elle a enfilé sa robe bleue.

Elle lui va à ravir.

Elle sera la plus belle, pour son dernier bal.

Demain, bien après minuit, lorsque même les danseurs de l'aube seront endormis.

J'ai le temps, tout mon temps.

J'ai déposé le corps d'Audrey à sa juste place.

J'ai posté le courrier de l'aube.

Les policiers sont aveugles au présent, et sourds au passé.

Il faut les prendre par la main et les guider vers le bon chemin.

Celui qui traversera les terres brûlées.

31

Centre pénitentiaire de Baie-Mahault, 9 h 31

Depuis son retour en Guadeloupe, Valéric n'était jamais revenu à la prison de Baie-Mahault. La dernière fois, en 2003, elle était presque neuve. C'était dans une autre vie, avant son départ en métropole, pour un ultime au revoir.

Valéric, en traversant les couloirs cloqués du centre pénitentiaire, tente de repousser les souvenirs, les regrets, la culpabilité. En moins de trente ans, la prison a vieilli. Plus que lui. Contrairement à elle, il s'est reconstruit. Il l'espère du moins, sinon comment aurait-il eu la force de revenir dans cette île ?

Escorté par deux surveillants, le commandant entre dans un ascenseur réservé au personnel. Il a demandé à Serge Pellissier, le directeur de la prison, de leur fournir une pièce isolée. Ni une cellule, ni un parloir.

« Prenez mon bureau », a aussitôt proposé Pellissier.

Le directeur n'allait pas tergiverser, avec cette dizaine de journalistes qui campent sous ses fenêtres, le sous-préfet en permanence en ligne directe.

« Et faites ce que vous voulez avec ce quimboiseur, a ajouté le patron de la prison, si vous pouviez même l'embarquer… »

Le bureau offre une vue furtive sur la mer et le port de plaisance de Baie-Mahault. C'est sans doute la seule pièce de la prison à disposer de ce privilège. Les autres se contentent d'un panorama sur les murs d'enceinte, les barbelés, au mieux perçoivent-ils le bruit incessant des véhicules sur la nationale 11 et les odeurs de la station d'épuration.

Fauteuils de cuir, table basse de verre, tableau d'Hector Charpentier au mur, la décoration du bureau de Pellissier tranche avec la vétusté du bâtiment. Le commandant Kancel s'est assis face à Évariste Pigeon et son avocate. Le quimboiseur tient l'enveloppe dans sa main.

Évariste Pigeon
Aux bons soins de Maître Le Cram
JISTIS-971
129 rue Saint-John-Perse
97110 Pointe-à-Pitre

— Ouvrez-la, bon Dieu, s'impatiente Valéric.

— Du calme, commandant, tempère Célanie Le Cram. Mon client est libre de prendre connaissance de ce courrier quand il le veut.

La lettre est arrivée, comme la précédente, dans la boîte aux lettres du cabinet JISTIS-971. Le harponneur sait forcément que toute correspondance entre un avocat et un prévenu est inviolable, y compris par un juge ou un préfet. Il adresse ce courrier à Évariste via son avocat, mais en réalité, c'est tout autant au commandant qu'il est destiné.

Un jeu ? Un défi ? Pour qu'il soit ouvert devant lui ?

Vingt-quatre heures en prison ont requinqué Évariste. Le SDF puant et tremblant apparaît lavé, rasé, parfumé. Célanie Le Cram, du haut de son mètre cinquante, affiche un sourire satisfait. Elle a averti le commandant dès que la nouvelle lettre est arrivée chez JISTIS-971, par courtoisie a-t-elle précisé, pour lui prouver la bonne foi de son grand-père.

— Votre présence ici est une faveur que je vous accorde, commandant. J'aurais très bien pu remettre cette lettre à mon client en privé.

Valéric ne se laisse pas impressionner.

— Une faveur ? Je suis le seul à pouvoir convaincre le juge Koury de transformer la mise en examen de votre grand-père en simple statut de témoin assisté.

— Pas seulement assisté, commandant ! Témoin éclairé. Témoin inespéré. Sans mon client, vous n'auriez jamais pu sauver Fabien Colin d'une mort atroce par hypothermie, ni retrouver la trace d'Audrey Colombel.

Valéric fixe les yeux éteints d'Évariste, puis ceux vifs et perçants de l'avocate.

— Maître, nous sommes entre nous, n'est-ce pas ? Nous pouvons nous parler franchement. Vous êtes une avocate réputée. Vous avez étudié en métropole et aux États-Unis. Vous ne pouvez pas croire à ces délires. Les visions, le quimbois, l'œil noir…

Célanie devient soudain sérieuse, oubliant toute ironie oratoire.

— Écoutez-moi bien, commandant. J'ai demandé à mon grand-père s'il mentait, et il m'a juré que non. Sa parole me suffit. Un avocat n'a pas d'autre choix, commandant, il s'en tient à la version de son client.

Valéric soupire et s'enfonce dans le fauteuil du directeur de la prison.

— D'accord ! Alors finissons-en. Monsieur Pigeon, ouvrez-moi cette foutue enveloppe.

Évariste obéit, cette fois. Il déchire l'enveloppe et en tire avec délicatesse une feuille de papier. Il la déplie et la pose sur la table.

Valéric retient un cri. Célanie Le Cram n'a pas pu contrôler le sien et s'étouffe dans une toux de dégoût. Seul Évariste paraît indifférent à l'image de la mort.

La photographie devant eux représente le corps d'Audrey Colombel, allongé sur une tombe de pierre, le cœur transpercé d'un harpon. Morte, bouche ouverte, yeux révulsés, bras croisés sur sa poitrine ensanglantée. Une photo de sa tente, devant la cascade Parabole et le grand acomat boucan, a été glissée entre ses doigts.

Valéric, Célanie et Évariste lisent le message.

Il ne faut pas laisser le monde libre
aux chasseurs d'aube.

Tous les trois ont reconnu la tombe grise.

C'est la plus détestée de la Guadeloupe !

32

Saint John's, Antigua-et-Barbuda, 9 h 33

L'Airbus A320 Pointe-à-Pitre-Saint-John's entame sa descente sur Antigua. Pas de business class ce matin, l'avion n'était pas plein, Jolène a tout le temps d'admirer la beauté du site, les canons du fort James qui gardent l'entrée de la baie, la cathédrale grise qui domine les façades coloniales, les bateaux de croisière plus hauts que les maisons. Vue du ciel, Antigua ressemble encore à un repaire de pirates, même si les enseignes des banques et des entreprises cotées en Bourse ont remplacé les tonneaux de rhum, les têtes de mort et les tavernes.

Trente-huit minutes de vol depuis Pointe-à-Pitre pour un dépaysement total. Ici on roule à gauche, on paye en dollars des Caraïbes et on obéit au roi d'Angleterre. Moins d'une demi-heure plus tard, Jolène se retrouve à siroter un café sur le port de Saint John's. Corsé.

Jolène a quatre minutes d'avance. Elle s'était juré de ne pas consulter son iPhone, mais que faire d'autre quand on attend à une terrasse ?

Joshua ne la lâche toujours pas ! Son geek à col roulé a eu le culot de consulter l'historique de sa page Tinder (elle ignorait que c'était possible) et de lui envoyer un message de quinze lignes (elle ignorait aussi qu'on pouvait écrire des tirades aussi longues sur ce site de rencontres).

J'ai compris, Jolène, tu ne likes que des hommes avec des ELO scores élevés, des notes cachées que je n'atteindrai jamais.

Des types qui doivent passer autant de temps dans les salles de muscu que j'en passe devant l'écran.

Promis, j'arrête de t'ennuyer. J'aurais juste aimé que tu me répondes. Rien qu'un mot gentil, un au revoir poli, mais tu dois être trop occupée...

Ce meurtre, ton boulot, on ne parle que de ça dans les journaux.

Rassure-toi, je ne vais pas pirater ta messagerie !

Adieu alors, c'est mieux ainsi ?

Même si...

Allez, je me lance !

Même si j'ai l'intuition que c'est un garçon comme moi que tu cherches. En tout cas, moi, je cherche une fille comme toi.

Une fille comme toi ? répète Jolène dans sa tête. Ça veut dire quoi, Joshua ? Une fille trop moche pour les coups d'un soir ? Déjà trop vieille pour papillonner ? Une fille qui pourrait supporter de partager ton appartement, chacun derrière son écran ? C'est ce que tu sous-entends avec cette histoire de piratage de messagerie ? Une parano y lirait presque une menace...

— Bonjour.

Allan Osbourn est arrivé sans que la capitaine ne le remarque. Normal, il se fond dans le décor : veste bleu marine, drapeau ensoleillé d'Antigua brodé sur la poitrine, brushing immaculé de retraité aisé et regard à la Peter O'Toole dans *Lord Jim*. Jolène a demandé au directeur adjoint de Caye Paradise de venir seul, sans Damienne Santamaria.

Allan commande un thé et aligne les politesses d'usage le temps qu'il infuse.

— Jacob aimait ce port. Jacob aimait cette île. Tout ça, c'est lui...

Il désigne du regard les luxueuses paillotes, au-delà du port, en direction de Green Bay.

— Il aimait tout autant les îles voisines. Il croyait à l'identité des Caraïbes.

Jolène tente de souffler sur son café avec une élégance britannique identique.

— N'est-ce pas un sacré gâchis, capitaine Dos Santos ? poursuit Allan. Ces cinquante îles caribéennes, écartelées entre les mains de nations lointaines, la France, l'Angleterre, les Pays-Bas, les États-Unis. Comme un archipel de résidences secondaires ne respectant aucune règle de copropriété. Imaginez ce que serait ce territoire, les Caraïbes indépendantes et unifiées… Jacob en aurait rêvé.

— Même s'il n'avait jamais mis les pieds en Guadeloupe ?

— Jacob entretenait un rapport étrange avec Karukera[1], d'amour et de haine à la fois.

— Pourquoi ?

Une larme de mélancolie trouble le regard azur d'Allan Osbourn.

— Je ne sais pas. C'était son secret. Mais depuis quelque temps, il vivait avec Gwada une nouvelle lune de miel.

— C'est-à-dire ?

— Jacob avait été contacté par des promoteurs. Apparemment, ils disposaient de relations importantes auprès des autorités françaises. Ils l'ont convaincu qu'il existait une opportunité unique, inespérée, de défricher une partie de la mangrove, face au Grand Cul-de-sac marin. Une faille dans les règlements d'urbanisme, entre deux révisions du cadastre, à saisir tout de suite.

Jolène observe l'île d'Antigua autour d'elle. Le long de la côte, dès qu'on s'éloigne du centre historique, le béton a presque tout dévoré.

1. Ancien nom de Basse-Terre et par extension de la Guadeloupe.

— Je croyais que le Grand Cul-de-sac marin était classé réserve naturelle. Une biosphère sanctuarisée.

— C'est vrai, admet Allan. Le droit français est l'un des plus sévères au monde. J'ai vérifié depuis, la proposition de ces promoteurs était une escroquerie, mais ce n'est pas très étonnant dans ce milieu de requins…

Il se perd encore dans ses pensées.

— Qu'est-ce qui vous intrigue alors ? demande la policière.

— Jacob Santamaria était un homme d'affaires visionnaire, prudent, avisé, autant que sa femme. Tout l'inverse d'un millionnaire naïf à plumer. Comment a-t-il pu se faire piéger aussi facilement ?

Jolène sourit au directeur-adjoint. Elle pourrait succomber à son charme de lord britannique nostalgique… s'il avait trente ans de moins.

— Peut-être à cause de son rapport d'amour et de haine avec Karukera ?

— Oui… sans doute.

— Damienne en saurait davantage ?

Il hésite à répondre, observe avec un œil expert l'unique gratte-ciel de la ville : un navire de croisière de cinquante mètres de haut.

— Non, plutôt moins.

Il ne laisse pas le temps à Jolène de réagir.

— Je vais vous faire une confidence, capitaine, j'avais promis à Jacob de ne jamais en parler, mais si cela peut aider à retrouver son meurtrier… Il y a neuf ans, Jacob m'a demandé de trouver une astuce comptable pour sortir une somme d'argent importante du bilan de l'entreprise, sans que personne ne soit au courant, pas même sa femme.

Jolène se demande, pour des propriétaires de centaines de pavillons de luxe, ce que signifie une somme d'argent importante.

— Un demi-million de dollars… en liquide.

La capitaine siffle entre ses dents.

— Et bien sûr, vous ignorez à qui cette fortune était destinée ?

— Non. C'est moi qui ai remis la valise. Vous pensez bien que je n'ai jamais oublié le nom du bénéficiaire. La somme était destinée à un certain Anicet Larmure. Il était alors journaliste free-lance en Guadeloupe. Il a empoché la somme et je n'ai plus jamais entendu parler de lui.

Le regard bleu d'Allan, pétillant de fierté, contemple à nouveau les chalets sur pilotis accrochés aux pontons de Green Bay.

Certains regards s'illuminent de paillettes, Allan Osbourn, lui, a des paillotes dans les yeux !

33

Fort Delgrès, Basse-Terre, 9 h 41

— Commandant Kancel ? C'est Morin, l'adjudant de la gendarmerie de Basse-Terre. Vous aviez raison, j'ai trouvé le corps d'Audrey Colombel… sur la tombe de Richepanse.

Valéric, toujours assis face à Célanie Le Cram et Évariste Pigeon dans le bureau du directeur du centre pénitentiaire de Baie-Mahault, colle le téléphone à son oreille.

— Le meurtrier a dû le déposer dans la nuit, sinon des touristes l'auraient remarqué. D'ailleurs, commandant…

Morin marque un temps d'arrêt qui agace Valéric, comme si le chef de la brigade la plus au sud de l'île cherchait à l'épater.

— J'ai l'habitude des morts, commandant. J'en suis pas à mon premier cadavre, si vous voyez… Et celui-ci, celui d'Audrey Colombel, il n'est pas, euh, frais. Enfin je veux dire, votre touriste a été refroidie il y a pas loin de vingt-quatre heures. Mon avis, c'est qu'on a couru après une morte toute la journée d'hier. C'est un coup de harpon qui l'a tuée.

Valéric encaisse l'information. Le tueur a donc bien suivi un mode opératoire identique : tuer d'abord, utiliser l'Œil noir pour donner l'alerte, déplacer le cadavre, envoyer un courrier accompagné d'un message.

— Décrivez-moi la scène, Morin. Remarquez-vous quelque chose ?

— Oui. Une sorte de carte de visite qui dépasse de sa poche.

— Lisez-la-moi !

— Je n'attends pas les experts qui… ?

— Le capitaine Ouassou est en route. Trouvez-moi des gants et…

— J'ai déjà des gants, commandant, j'en suis pas à mon premier cadavre et…

— Lisez !

Morin s'éclaircit la voix comme s'il allait déclamer du Shakespeare.

— Euh, commandant, on a de la visite…

Amiel, déjà ? Impossible, il en a pour minimum vingt minutes de route.

— Une voiture de Guadeloupe La Première… Une autre d'Alizés TV aussi, et de Canal 10, et de France-Antilles. Je compte au moins quinze journalistes ! Et eux, si vous voyez ce que je veux dire, commandant, ils ne portent pas de gants.

Valéric voit.

Même processus que pour Jacob Santamaria. Le harponneur a également envoyé une photographie de son crime aux principaux médias. Le sous-préfet Lecocu va adorer ça…

— Sécurisez-moi la zone, Morin. Et avant que BFM ou LCI rappliquent, lisez-moi ce foutu message.

À l'univers entier,
La résistance à l'oppression est un droit naturel.
Notre cause est celle de la justice et de l'humanité.
Et toi, postérité !
Accorde une larme à nos malheurs et nous mourrons satisfaits.
Le dernier cri de l'innocence et du désespoir
Vivre libre ou mourir !

Il n'est pas question de livrer le monde aux chasseurs d'aube

Valéric raccroche, pensif, et fixe maître Célanie Le Cram.

— Je suis désolé, maître, mais je crois que la détention de votre client va être prolongée. Audrey Colombel est morte. Hier matin, au moment où votre grand-père avait ses visions. Lui seul savait où et quand elle serait assassinée.

Évariste ne réagit pas. Il a visiblement décidé de laisser sa petite-fille parler. Elle se penche sur son porte-documents et dégaine une dernière arme.

— Mon grand-père est malade. Gravement. J'ai ici son dossier médical. Cancer du pancréas. Son état nécessite des soins réguliers, incompatibles avec une incarcération. Considérant que mon client ne représente aucun danger, il me semble qu'un simple placement sous contrôle judiciaire…

Tout s'accélère, Valéric n'a pas le temps de négocier.

— Arrêtons de jouer, maître ! Votre dossier médical n'infléchira pas la décision du juge Koury, et vous le savez. Toute la presse de l'île, et même de métropole, est en train de mitrailler la tombe de Richepanse et le corps d'Audrey Colombel. Cette affaire nous dépasse, vous comme moi…

Le commandant se fend d'un sourire conciliant, que Célanie Le Cram refuse de lui renvoyer.

— … mais je peux proposer un arrangement à votre client.

— Un arrangement ?

— Je place votre grand-père à l'isolement complet ! Aucun contact, avec personne, pendant une journée. Aucune promenade. Aucun repas pris en commun. Pas même une conversation avec les gardiens. Ils déposeront ses plateaux-repas sans prononcer le moindre mot, jusqu'à demain matin.

L'avocate fronce les sourcils, elle ne comprend pas où le commandant veut en venir.

— Et ?

— Et j'offre ainsi à votre grand-père une chance de prouver sa bonne foi. Notre assassin tue à l'aube, il existe une certaine probabilité qu'il recommence demain matin. Notre hypothèse est que quelqu'un communique en prison avec votre grand-père, pour lui fournir des informations sur le prochain homicide. Donc s'il n'a vu personne pendant vingt-quatre heures, et que son œil noir se manifeste après cette journée…

Célanie Le Cram jubile.

— C'est que mon client est innocent !

— Oui… Ou que l'assassin est encore plus machiavélique qu'on ne le pensait.

34

http://www.akansyel.fr

Vivre libre ou mourir !
par Marie-Douce Lénervé

Toute l'île doit être au courant désormais, le corps d'Audrey Colombel a été retrouvé dans le fort Delgrès, à Basse-Terre, un peu à l'écart du Mémorial du sacrifice de Louis Delgrès, sur la tombe du général Antoine Richepanse.

Les plus jeunes sans doute ignorent qui était Antoine Richepanse, et peut-être aussi Louis Delgrès, cet homme dont la statue s'élève sur la plupart des places de nos villages.

L'odieux meurtre de cette touriste aura au moins le mérite de nous rappeler cette page sanglante de notre histoire. Peut-être était-ce le but de ce crime ? Une méthode plus efficace, assurément, que les profanations régulières de la tombe de Richepanse.

Ce meurtre amènera chacun à se poser la même question : pourquoi là ? Que représente cette tombe ? Qui était Antoine Richepanse ?

Souvenons-nous. L'esclavage en France, et dans les colonies, a été aboli par la Première République, en 1794, mais ce brave Napoléon Bonaparte l'a rétabli en 1802. Sans doute était-il sous l'influence de son épouse Joséphine, grande propriétaire de plantations à la Martinique, accordons-lui cette faiblesse. Peut-être ignorait-il que pendant la Révolution française, le peuple noir et libre, mené par le commandant républicain Louis Delgrès, avait combattu aux côtés des révolutionnaires pour libérer l'île des Anglais, accordons-lui cette excuse.

Le général Antoine Richepanse débarqua en Guadeloupe en 1802, sur ordre de Napoléon Bonaparte, accompagné de 3 500 hommes, avec pour consigne de rétablir l'ordre esclavagiste, quel qu'en soit le prix.

Des patriotes refusèrent de lui obéir. Louis Delgrès à leur tête.

Ils refusèrent non pas parce qu'ils étaient noirs, mulâtres, métis, ils désobéirent à la République au nom de l'idéal égalitaire révolutionnaire, celui que défendait la Déclaration des droits de l'homme et du citoyen, au nom de la liberté.

Vivre libre ou mourir ?

La lutte était inégale. Le 10 mai 1802, avant d'être encerclé avec ses 300 hommes par les troupes de Richepanse sur l'habitation d'Anglemont, à Matouba, Louis Delgrès placarda sur les murs de Basse-Terre une ultime proclamation, adressée « à l'univers entier : le dernier cri de l'innocence et du désespoir ». Une ode sublime à la justice et l'humanité que je vous invite tous à relire.

Puis il fit évacuer les environs, rassembla les 300 combattants de la liberté dans son refuge, et, plutôt que de se rendre, ils remplirent une dizaine de tonneaux de poudre et se firent exploser.

Ne l'oubliez jamais, amis lecteurs, leur sacrifice collectif était adressé à l'univers entier. Les derniers mots de la proclamation de Louis Delgrès doivent à jamais résonner dans nos cœurs. « Et toi, postérité, accorde une larme à nos malheurs et nous mourrons satisfaits. »

La répression qui suivit fut effroyable. Richepanse tua, ou déporta, plus de 10 000 esclaves affranchis, dont la plus célèbre d'entre tous, Solitude, une mulâtresse exécutée le lendemain de son accouchement.

Souvenons-nous, l'actuel fort Delgrès, le plus important monument de l'île, s'appelait encore fort Richepanse en 1960.

Souvenons-nous, les os de Richepanse sont toujours enterrés dans cette citadelle, dans une tombe dont l'épitaphe peut toujours se lire : « Mort à 32 ans. Mais combien n'a-t-il pas vécu pour la gloire et pour la patrie ? »

Si la patrie française est si fière de la mémoire de Richepanse, et de l'empereur auquel il obéissait, pourquoi ne récupère-t-elle pas sa dépouille pour l'exposer au côté de Napoléon ?

Les assassins peuvent-ils reposer en paix dans la terre ensanglantée par leur crime ?

Souvenons-nous de ce cri, *Vivre libre ou mourir !*

N'oublions jamais et accordons une larme à ceux qui se sont sacrifiés.

35

Fort Delgrès, Basse-Terre, 10 heures

Les experts de la DZPJ ont évacué du fort Delgrès les rares touristes et les nombreux journalistes. Une rubalise interdit à quiconque d'entrer dans la citadelle. L'accès au monument qui domine Basse-Terre est réservé à une dizaine de policiers. Ils cherchent des empreintes digitales sur la tombe de Richepanse, des traces de pas ou de pneus sur les pelouses, n'importe quel indice abandonné par l'assassin entre les murailles épaisses de la forteresse. Amiel les observe, Valéric lui a demandé de coordonner les premières constatations. Le commandant est retenu à la prison de Baie-Mahault et Jolène attend son avion à Antigua.

Le harponneur a-t-il commis une nouvelle erreur, après le cheveu retrouvé à la cascade Parabole ? Son analyse ne devrait d'ailleurs pas tarder à tomber, les collègues du département scientifique ont travaillé toute la nuit sur les échantillons ramassés sur les lieux.

Amiel surveille la meute de journalistes, zooms pointés et micros tendus. Le tueur ne pouvait pas trouver d'endroit plus symbolique que la tombe de Richepanse pour faire parler de lui, enflammer l'île et réveiller les vieux démons. Après les Marches des esclaves de Petit-Canal, la signature du criminel est claire : assassiner des étrangers et convier la presse à venir photographier leur corps dans des lieux de mémoire liés aux pires moments de l'histoire.

Fort Delgrès, Basse-Terre, 10 h 11

Amiel laisse les experts travailler. Un travail minutieux, fastidieux, nécessaire… même si 99,99 % des échantillons d'herbe, de sable ou de terre ne fourniront aucun indice.

Les huit tombes du fort, dont celle de Richepanse, se situent à l'écart des principaux vestiges historiques : une casemate, quelques poternes, une rangée de canons. Amiel s'éloigne en direction du Mémorial, admire la trentaine de hautes pierres noires levées qui encerclent le visage sévère de Louis Delgrès, puis s'arrête devant la vue vertigineuse du haut de la forteresse : vagues et écume au sud, volcan et brume au nord. Le capitaine enfonce un écouteur dans son oreille, pour se repasser l'enregistrement de l'entretien qu'il vient d'avoir avec Fabien Colin. Lorsque Valéric l'a appelé en urgence, Amiel était à l'hôpital de Capesterre-Belle-Eau, au chevet du rescapé de la cascade Parabole.

Fabien a confirmé la plupart de leurs intuitions. Audrey et lui avaient choisi au dernier moment de passer la nuit au pied de la cascade, sans l'avoir programmé. Personne n'aurait pu le prévoir. Comme il semble difficile d'imaginer que l'assassin d'Audrey ait pu les suivre pendant toute la randonnée, il faut en conclure que le meurtrier a choisi une victime au hasard. Que ce n'est pas Audrey qui était visée, mais n'importe quelle touriste hors piste.

Une randonneuse de l'aube.

Mais, dans ce cas, pourquoi avoir épargné Fabien ? Amiel a appris à ne négliger aucune piste. Il doit étudier le passé d'Audrey Colombel, qu'elle soit ou non la victime malchanceuse d'un prédateur. Fabien lui a garanti qu'elle n'était jamais venue auparavant en Guadeloupe. Elle était davantage attirée par les destinations sèches ou désertiques. Les treks dans les steppes, les ascensions à plus de trois mille. Audrey était une marcheuse entraînée, une alpiniste expérimentée, mais pas une bonne nageuse, encore moins en eau vive. Elle n'avait choisi la Guadeloupe que parce qu'elle avait reçu une offre avantageuse, une réduction de près de 40 % sur les billets d'avion grâce à une loterie en ligne. Audrey avait l'habitude de voyager seule, ou accompagnée mais rarement avec le même compagnon.

D'après les légistes, Audrey est morte sur le coup, hier matin, lorsque le harpon s'est planté dans sa poitrine. L'assassin l'a donc traînée jusqu'à son véhicule. Ils connaissent désormais la chronologie du crime, ils savent que le meurtrier circulait à bord d'un SUV compact, qu'il a dû rester un long moment à espionner Fabien et Audrey près de la cascade Parabole avant de passer à l'acte, qu'il a peut-être croisé quelqu'un, avant ou après son crime.

Qu'il a peut-être laissé une trace…

Une trace qu'Amiel doit retrouver.

Cascade Parabole, Parc national de la Guadeloupe,
12 heures

Les trois chasseurs pique-niquent. Ils ont posé leurs fusils et sont assis sur un long tronc de gommier. Une bouteille de rhum blanc, à moitié vide, est enfoncée à leurs pieds dans la terre boueuse. La cascade Parabole n'est qu'à une centaine de mètres mais le bruit de la chute d'eau est couvert par l'air de gwoka qui sort du petit transistor accroché à une branche.

Amiel s'approche avec assurance des trois Créoles.

— Salut...

Le plus jeune des trois, un tatoué aux bras musclés, se lève pour éteindre la radio. Les deux autres, un quinqua obèse portant un tee-shirt Ultra Trace et un sexagénaire ridé filiforme au regard fuyant, s'arrêtent de manger.

— Salut.

Amiel évalue leur festin. Pain, poulet boucané, chips de manioc, piment antillais habanero, bol de sapotilles.

— Un coup à boire, l'ami ?

— Pas de refus.

Le capitaine s'installe, grimace à peine quand il boit cul sec le shot de mauvais rhum. Il a fait le choix de ne pas montrer sa carte de police, les chasseurs ne portent pas spécialement les flics dans leur cœur.

— Je vois que vous êtes des habitués de la forêt. Je peux vous poser quelques questions ?

— T'es flic ? fait le plus âgé, méfiant.

— J'ai une tête de flic ?

Les trois le dévisagent. Amiel sait que ses traits fins, ses sourcils épilés, ses gestes racés ne sont pas des marqueurs puissants de virilité.

— Non.

— T'es quoi, alors ?

Amiel a eu deux minutes pour improviser.

— Journaliste. J'enquête sur le meurtre de la touriste. Ça s'est passé pas loin, vers la cascade.

— Ouais, on sait.

Visiblement, les trois chasseurs ne portent pas davantage les journalistes dans leur cœur. Mais il a eu trente secondes supplémentaires pour trouver une idée.

— Je travaille pour Akansyel.

Un sésame ! Akansyel est le seul média respecté par les habitants de l'île qui ne croient plus aux informations officielles. Immédiatement, les deux plus jeunes se dérident et le troisième lui offre son sourire édenté. Le quinqua lui ressert un godet.

— Vous devez souvent patrouiller dans le coin, tous les trois. Vous n'avez rien vu ?

— Non.

— Pas de fourgon ? Ou plus compact, genre 4 × 4 ?

— Non.

— Vous n'avez rien trouvé ? N'importe quoi. Une canette ? Une cigarette ?

— ... Non.

Le plus jeune des trois a hésité. Les deux autres ont tiqué. Amiel est aussitôt convaincu qu'ils mentent, qu'ils ont au moins quelque chose à cacher. Le vieux ridé est le plus rusé, il tente de faire diversion.

— Si ça se trouve, c'est nous qui l'avons harponnée, la Française. On n'a pas besoin de ravet-cafard dans la montagne. Ni ailleurs sur l'île. Si ça se trouve, c'est nous les assassins de l'aube...

Le jeune tatoué semble se désintéresser de la conversation et a sorti son téléphone.

— Les assassins d'aube, corrige Amiel. Ou les souffleteurs de crépuscule ?

Le quinqua manque de s'étouffer avec sa cuisse de poulet boucané.

— Les quoi ?

Amiel a décidé de les bousculer.

— Si vous voulez défendre votre île, les gars, faut connaître vos classiques. C'est un poème. « Nouvelle bonté ». Le plus connu d'Aimé.

Le jeune tatoué est resté bloqué sur son portable. Le vieux, faute de dents, a renoncé à ronger son poulet. Seul le quinqua fait un effort pour suivre.

— Aimé ? Jacquet ? Celui qui croit qu'on a été champions du monde en 98 grâce à lui ? S'il y avait pas eu Thuram en demie…

— Aimé Césaire ! précise Amiel. Alors je repose ma question, est-ce que…

Il n'a pas le temps d'aller plus loin, le jeune tatoué a lâché son portable, s'est levé et a attrapé son fusil. Il le tient braqué sur le capitaine de police.

— Il est pas journaliste ! J'ai vérifié sur le site d'Akansyel. Je me doutais bien que j'avais déjà vu sa tête. On a un contact en commun sur Insta, un cousin de Trois-Rivières. J'ai regardé sa page, vous savez quoi ?

Le jeune tatoué approche le canon à quelques centimètres du front d'Amiel.

— On a affaire à une tata. Vrai de vrai, les gars, une folle qui n'a même pas peur de poser avec son petit copain main dans la main. Ni de mettre son nom, Amiel Ouassou.

Le vieux ridé reprend un coup de rhum blanc, une rasade directe au goulot.

— Dire qu'on a failli le prendre pour un flic.

Le quinqua s'est levé et a lui aussi attrapé son fusil.

— Faut pas te promener tout seul dans la forêt, ma crevette. C'est dangereux, un grand garçon comme toi, tu pourrais faire de mauvaises rencontres.

Amiel ne panique pas. Il a l'habitude, tellement l'habitude, depuis le collège, depuis qu'il a décidé d'assumer qui il était. Il a pu vérifier une certitude : l'homophobie n'a pas de couleur de peau. Elle pousse autant chez les Blancs-Matignon de sa belle-famille, son ex-belle-famille, que chez les Créoles bas du front.

— Ça te dirait de t'amuser un peu avec nous ? lance le quinqua. Tu dois bien aimer les jeux entre garçons, comme avec ton copain poète, là, Jules Césaire.

Amiel ne peut s'empêcher de sourire.

— Tu te fous de ma gueule, en plus ? s'énerve le tee-shirt Ultra Trace.

— Vous vous êtes trompés, dit calmement Amiel.

— Il a raison, confirme l'édenté. C'est Aimé Césaire, pas Jules.

— Jules Césaire, c'est dans *Astérix*, précise le jeune tatoué.

Être triplement contredit énerve triplement le quinqua. Il a lâché son fusil.

— Tiens-le en joue, ordonne-t-il au plus jeune.

Il se penche et attrape le pot de piment antillais habanero.

— Quand on était gamins et qu'on chopait une tapette, on lui faisait une bite au cirage, ou au dentifrice. Mais je crois que notre crevette a bien mérité une quéquette au piment antillais.

Le jeune tatoué et l'édenté semblent apprécier le sens de la blague du troisième chasseur. Le jeune approche encore son fusil alors que le quinqua ouvre le pot de piment.

— Vous vous êtes trompés, répète doucement Amiel.

— On sait. Baisse ton froc, l'enculé !

Tout se passe alors très vite. Amiel se lève d'un coup, écarte du bras gauche le fusil braqué sur lui, fait rouler le tronc et le vieil édenté d'un coup de pied, tout en saisissant le pistolet glissé dans son dos.

— Je suis flic.

Le quinqua a levé les mains par réflexe, le jeune tatoué a jeté son fusil à terre, le vieil édenté reste collé les quatre pattes dans la boue.

— C'était… bafouille le quinqua, juste pour se marrer.

Amiel pointe le canon de son SIG Sauer sur les trois hommes, en pivotant lentement :

— Vous avez trouvé quelque chose en rapport avec le meurtre d'Audrey Colombel ! Alors je vous conseille de parler.

Les trois chasseurs sont devenus muets.

Le canon du pistolet s'arrête sur l'entrecuisse du quinqua. Il tient toujours à bout de bras le pot ouvert d'habanero.

— À moins que tu ne préfères une bite au piment antillais ?

Le quinqua hésite entre sourire et grimace. Il doit être si convaincu de sa virilité qu'il pourrait croire qu'Amiel en a vraiment envie.

— Baisse ton froc.

Le quinqua se tourne vers les deux autres, ne rencontre aucune solidarité masculine, tente de négocier d'un regard attendri, puis devant celui déterminé d'Amiel, pose la main sur son ceinturon.

— Attends, fait le jeune tatoué.

Il fouille dans la poche arrière de son treillis et en sort un second téléphone.

— On a trouvé ça. Planté dans la boue. Sur le sentier, un peu plus loin. On a pas pu le craquer, on a pas le code PIN. Mais y a un nom sur la coque.

Il lance le portable à Amiel. Le policier l'attrape au vol sans que son pistolet dans sa main droite ne bouge. Il porte le téléphone à ses yeux, tout en surveillant les trois chasseurs en treillis. Et lit.

Audrey Colombel.

36

Préfecture de Pointe-à-Pitre, 12 h 15

— Allô, Gildas ? C'est Valentin, rappelle-moi, bordel !

Faute de réponse, Valentin Lecocu continue d'avancer en direction de la salle de réunion. Il s'arrête quelques mètres devant la porte, veillant à rester invisible tout en observant la pièce. Chaque chaise est occupée. Près d'une centaine de personnes attendent la conférence de presse. Tous les services de la préfecture, les administrations, les élus, les leaders associatifs, les syndicalistes... ainsi qu'une trentaine de journalistes, presse écrite, radio, télé ou web, couvrant non seulement l'île, mais aussi l'ensemble de la zone Caraïbes et la métropole.

Le téléphone vibre dans sa poche.

— Tu m'as appelé, Valentin ?

— Ouais. J'ai besoin d'un coaching express. Je dois entrer sur scène, j'ai une conférence de presse. T'as suivi les actualités ?

— Un peu. Tu sais, ici, à Saint-Pierre-et...

— J'ai un tueur qui se promène sur l'île ! Et qui sème ses cadavres sur les hauts lieux de mémoire de l'esclavagisme. Depuis qu'on a retrouvé le corps d'une touriste sur la tombe du général Richepanse, tout le monde me tombe dessus ! Richepanse, c'est la France, la répression brutale des populations locales, la République sanguinaire, la blessure jamais cicatrisée… T'imagines ? Je n'avais jamais entendu parler de ce type avant aujourd'hui !

Valentin jette un nouveau coup d'œil dans la salle.

— Qu'est-ce que je leur raconte, Gildas ? J'y vais à fond dans la repentance ? Ce général est un salaud, je suis d'accord, et après ? Qu'est-ce que je peux faire de son cercueil, personne n'en veut ! Vous n'avez pas de la place, à Saint-Pierre-et-Miquelon ?

Le sous-préfet s'autorise un petit rire nerveux en attendant vainement une réaction de son ami.

— Sans déconner, poursuit Valentin. Richepanse ! Rien que ce nom ! On dirait un méchant sorti d'un livre d'Alexandre Dumas. Les médias s'en donnent à cœur joie. Le site Akansyel a publié un nouvel édito au vitriol, deux cent mille vues, plus de la moitié de la population de la Guadeloupe, et Marie-Douce Lénervé est là, au premier rang, prête à me bouffer !

— Madou ? réagit enfin Gildas. Elle a pris du galon, la petite pigiste ! Méfie-toi d'elle. Charmeuse, déterminée et impossible à contrôler.

— Ça, j'ai compris. Elle est en train de me faire bouillir l'île façon bain-marie. Les premiers Gilets jaunes sont ressortis. J'ai déjà une demi-douzaine de ronds-points bloqués. Encore une qui porte bien son nom, tiens, Lénervé, qui a bien pu le trouver ?

— Nous, répond doucement l'ancien sous-préfet.

— Nous ?

— Oui, nous. En 1848. Les fonctionnaires en poste sous les tropiques, les secrétaires de mairie de passage sur l'île, les métropolitains censés assurer la continuité de la République…

— Merci ! soupire Valentin. Tu m'aides vraiment, vieux frère !

— Elle démarre quand, ta conférence ?

— Il y a exactement sept minutes.

— Qu'est-ce que t'attends pour entrer en scène ? Plus t'attends et plus tu…

— J'ai un autre problème ! avoue le sous-préfet.

Gildas laisse filer un court silence de surprise. Un autre problème ? Comme s'il y avait pire qu'un meurtrier en cavale et un début d'émeutes ?

— Marceau, mon plus grand, veut aller à la Tekno Party ce soir, plage de la Perle. Sa mère refuse d'en entendre parler, lui ne veut pas céder, alors elle me demande de trouver un prétexte pour annuler la rave. Tu parles, y a déjà trois mille teufeurs qui squattent le site. J'attends un coup de fil d'Anne-So, impossible d'entrer en scène tant qu'elle ne m'a pas rappelé, et crois-moi, je préférerais encore affronter Madou Lénervé.

Gildas hésite entre soupir et éclat de rire. Il cherche un conseil approprié, mais un bruit de pas résonne dans le téléphone, et il entend une voix autoritaire annoncer :

— Monsieur le sous-préfet, tout le monde vous attend, il faut y aller.

37

Capesterre-Belle-Eau, 13 heures

Valéric et Amiel se sont rejoints sur le parking de l'hôpital de Capesterre-Belle-Eau. Fabien Colin a dormi dix heures. Il a retrouvé une température corporelle normale, et les médecins considèrent qu'il est désormais en état de répondre à un interrogatoire poussé.

— Laissons Fabien se reposer quelques minutes de plus, suggère le commandant en attrapant son fédora sur le tableau de bord du Duster. On marche un peu ?

Le capitaine Ouassou hoche la tête. Lui aussi a des informations à communiquer. Ils longent une rue bordée de bougainvilliers et se dirigent vers la mer. Un peu plus loin, une dizaine de Créoles vêtus de gilets jaunes bloquent le rond-point de la rue Babin.

— Je viens d'avoir Valentin Lecocu au téléphone. Il sortait de sa conférence de presse. En résumé, l'île est une marmite sur le point d'exploser, il tient le couvercle de toutes ses forces avec ses bras musclés, mais il attend de nous des résultats, et vite !

— Avoir arraché le portable d'Audrey Colombel à une bande de chasseurs homophobes, c'est pas un résultat ?

Ils continuent de marcher vers le sud, direction le marché aux poissons et la discrète plage de Bananier. Ambiance de vacances, cette fois. Le vent soulève des odeurs de curcuma.

Quelques surfeurs hésitent à affronter les vagues, planche sous le bras.

— Je suis parvenu à débloquer le téléphone, poursuit le capitaine. Même un gamin de dix ans y serait arrivé. Devine ce que j'ai trouvé.

Le commandant l'ignore, il n'a pas eu le temps de discuter avec ses adjoints depuis ce matin. Il a été retenu par les démarches auprès du directeur du centre pénitentiaire de Baie-Mahault pour s'assurer de l'isolement total d'Évariste Pigeon, puis par les échanges avec le juge Koury et le procureur de la République.

— Un traceur ! triomphe Amiel. Quelqu'un a dissimulé un mSpy Phone Tracker parmi ses applis : un mouchard permettant de savoir en permanence où Audrey se trouvait. Celui qui a installé ce logiciel espion sur son téléphone pouvait donc suivre sa trace à distance. Pas besoin de lui emboîter le pas sur les chemins de randonnée de la Soufrière, ni même de se cacher près de la cascade Parabole pour savoir où elle avait planté sa tente. Et ce tueur se sent assez sûr de lui pour balancer le téléphone de sa victime, sachant qu'on va le retrouver !

Valéric réfléchit tout en observant les sacs abandonnés par les surfeurs sur la plage.

— Alors ça change tout.

Le capitaine ne semble pas comprendre où veut en venir le commandant.

— Jusqu'à présent, Amiel, on considérait que l'assassin de l'aube avait choisi une victime au hasard. Qu'il avait profité de l'occasion, de l'absence de témoins, de la proximité du sentier pour enlever le corps. Mais maintenant, on sait qu'il a choisi sa proie, à l'avance. On va devoir fouiller en détail dans le passé d'Audrey Colombel. Fabien Colin a sans doute des choses à nous raconter. Tu as des nouvelles du test ADN sur le cheveu retrouvé sous la tente ?

Amiel hésite. Les klaxons du rond-point Babin jouent une fanfare rythmée par les vagues qui cognent sur la pointe des Bananiers.

— J'ai rappelé Bonaventure. Les résultats devraient être tombés, mais les collègues me disent qu'ils ont besoin d'expertises complémentaires. Leurs premières analyses ont sorti des résultats incohérents.

— Comment ça, incohérents ?

— Impossibles. Bizarres. D'ailleurs, ce n'est pas la seule chose bizarre dans cette histoire. J'ai commencé par vérifier la boîte mail d'Audrey Colombel. Fabien Colin avait raison, c'est bien une offre promotionnelle qui l'a poussée à venir passer ses vacances à Gwada. Une agence, Première Ligne, proposait 40 % de réduction sur les vols et le séjour. Sauf que j'ai vérifié…

— Vérifié quoi ?

— Tout est bidon ! Y compris les réductions. L'agence Première Ligne n'existe pas !

Valéric s'arrête et réfléchit. L'hypothèse que quelqu'un ait cherché à piéger Audrey prend de plus en plus d'épaisseur. Il liste dans sa tête l'ensemble des recherches qu'il va devoir engager, ici et en métropole, quand son téléphone sonne. Jolène apparaît sur l'écran partagé WhatsApp, assise dans une salle d'attente d'aéroport.

— Je fais vite, mon avion décolle dans cinq minutes pour Pointe-à-Pitre.

Elle prend tout de même le temps de regarder ses deux collègues sur l'écran, la plage et les surfeurs en arrière-plan.

— La vie est belle, les garçons ? Petite promenade romantique tous les deux ?

— Il ne manque que toi, Marge, sourit Amiel. Rendez-vous à la DZPJ dans une heure ?

— Promis. Et pendant que je suis dans le ciel, renseignez-vous sur l'entreprise Immob'île, la boîte de bétonneurs d'aube qui avait pris contact avec Jacob Santamaria. Essayez aussi de localiser un certain Anicet Larmure, c'est un ancien journaliste guadeloupéen qui a peut-être un scoop sur le passé de Jacob. J'ai surfé sur le Net mais aucune trace de lui... Profitez du lagon, les garçons, cette fois je décolle.

Jolène coupe la communication. Amiel note les noms fournis par la capitaine, puis se retourne en direction de la route littorale, du rond-point et de l'hôpital.

— Je crois que cette fois, c'est l'heure d'aller rendre visite à notre randonneur survivant.

Le commandant Kancel n'a pas bougé.

— Vas-y seul. Je crois que j'ai une piste pour retrouver ce journaliste.

38

Hôpital de Capesterre-Belle-Eau, 13 h 30

Le crâne de Fabien Colin est enveloppé dans plusieurs couches de gaze stérile, façon œuf de Pâques. Des poches plastiques et des tuyaux pendent autour de son lit médicalisé, sans qu'il ne soit perfusé. Les médecins ont dû estimer qu'il avait repris assez de forces. À moins que Fabien ne les ait arrachés.

Il se redresse, trois coussins dans le dos, lorsqu'il voit Amiel entrer dans la chambre. Ses gestes sont précis, contrôlés, mais son regard reste absent, comme si un drap obscurcissait ce qu'il voyait. Le drap des fantômes qui reviendront longtemps le hanter.

Fabien s'oblige pourtant à répondre à toutes les questions que le capitaine lui pose. Il veut qu'on trouve le salaud qui a tué Audrey. Il avait gardé un espoir, toutes ces heures, qu'Audrey ait été seulement blessée, enlevée, mais ce monstre est un prédateur pervers qui joue avec leurs nerfs.

Un mouchard dans le téléphone d'Audrey Colombel ? Non, Fabien n'en a jamais entendu parler. Audrey était libre, sans attaches, jamais elle n'aurait autorisé quelqu'un à la tracer, pas même sa mère et surtout pas ses amants éphémères. Qui, alors ?

Il réfléchit. Amiel entend presque le cerveau de Fabien grincer sous les bandelettes avant que deux neurones se connectent.

Il se souvient. Au camping de Basse-Terre, Audrey laissait son téléphone sur son transat quand elle alignait les longueurs dans la piscine. Il y a deux jours, elle a cru l'avoir perdu, avant de le retrouver une heure plus tard, sous une serviette.

Amiel range chaque nouvelle information à sa place parmi les multiples hypothèses qu'ils ont formulées avec Valéric et Jolène. L'assassin aurait donc pu choisir une touriste au hasard. La moins prudente. Afin d'installer mSpy Phone Tracker sur son téléphone et de pouvoir l'espionner en sécurité ?

Fabien continue d'égrener ses souvenirs, de dresser la liste des gens qu'ils ont croisés depuis leur arrivée, voisins de table ou de transat, randonneurs ayant partagé un bout de chemin… Amiel n'écoute que d'une oreille. Leur conversation est enregistrée, il pourra la réécouter, mais quelque chose le gêne dans l'exposé de Fabien, une incohérence, un détail qui ne colle pas.

— Attendez, lance soudain le capitaine.

Fabien laisse en suspens l'énumération des commerces et terrasses où il s'est arrêté avec Audrey.

— Vous venez de me dire qu'Audrey alignait les longueurs dans la piscine ; or hier, vous nous avez certifié qu'Audrey n'aimait pas nager.

— Qu'elle n'aimait pas nager en eau vive, capitaine. Elle adorait toutes les activités de sport intense, à l'exception de celles consistant à se jeter dans une rivière. Rafting, tubing, canyoning…

— Vous savez pourquoi ?

— Je crois. C'était une phobie, ou un traumatisme, comme vous voulez. Il y a quelques années, Audrey était partie randonner au Rwanda avec un collègue. Parcours extrême, bivouac en pleine nature, escalade de falaises, descente de rapides. Tout ce qu'elle aimait. Jusqu'à ce que son compagnon fasse un faux pas. Elle l'a retrouvé écrasé au fond d'un canyon, trente mètres plus bas.

Amiel se mord les lèvres.

— Elle… elle l'a vu tomber ?

— Non, je ne crois pas. D'après ce qu'elle m'a dit, ça s'est passé un matin. Elle était restée au camp et son ami était parti en reconnaissance. C'est d'ailleurs ce qui a permis de l'innocenter avec certitude et de conclure à un accident.

Le téléphone d'Amiel vibre au moment où il s'apprête à relancer Fabien. Un instant, il espère que le message provient de Raphaël.

— Amiel, c'est Bonaventure. On a les résultats du test ADN sur le cheveu !

— Génial. T'as appelé Valéric ?

— Pas encore, non.

— Fais-le… faut respecter la voie hiérarchique quand c'est important.

— Justement, Amiel… c'est pour ça que je t'appelle. Le résultat ADN est… comment dire… sidérant !

39

Port de Terre-de-Haut, les Saintes, 14 h 30

La baie des Saintes est la troisième plus belle baie du monde. C'est du moins la promesse des guides touristiques. Valéric n'a aucune idée d'où se situent les deux premières, ne dispose d'aucun point de comparaison, mais il se laisse envoûter par le site au fur et à mesure que son Zodiac Milpro s'approche du port de Terre-de-Haut. Une piscine turquoise piquetée de voiliers, une ceinture de collines boisées pour ne pas qu'elle déborde, des maisons de pêcheurs aux toits rouges blotties au creux de chaque vallée. On entre dans la baie comme on entre dans une aquarelle.

Le commandant slalome entre les bateaux. Il ne s'est pas rendu aux Saintes depuis son retour en Guadeloupe, pas davantage qu'il n'a remis les pieds à Marie-Galante ou à la Désirade, les îles tranquilles qui entourent Basse-Terre et Grande-Terre.

Quelques souvenirs éclatent, au rythme des vagues sur la coque du Zodiac. Il a dix ans, il n'a jamais quitté Basse-Terre, ses parents lui ont offert une promenade en bateau jusqu'aux Saintes, la balade lui semble aussi longue que s'il avait traversé l'océan. Il se souvient des façades colorées, des chèvres sur la route, des crapauds dans les fossés, d'une glace vanille-maracuja, des boutiques sur le port, de sa mère si fière, laissant voler sur le bateau du retour l'écharpe que lui avait achetée son père.

Terre-de-Haut se rapproche, ses souvenirs s'éloignent. Valéric ralentit pour se faufiler dans le port de poche, chercher une place, s'amarrer. Se repérer dans cette île de six kilomètres sur un.

Anicet Larmure habite à moins de trois cents mètres du port. Le retrouver s'est avéré d'une étonnante facilité : Valéric a simplement téléphoné à Marie-Douce Lénervé.

« Commandant Kancel ? Quelle surprise ! Bien entendu, je connais Anicet Larmure… Les journalistes guadeloupéens sont une petite famille. Anicet est en retraite depuis des années, une retraite paisible, aux Saintes. Vous souhaitez connaître son adresse ? Vous noterez, commandant, que je collabore sans arrière-pensée avec la justice de ce pays. En échange, qu'avez-vous à me donner ? »

Rien, Madou !

Valéric s'est contenté de raccrocher, de vérifier qu'un Zodiac était disponible, et a largué les amarres. À peine une heure de traversée.

Terre-de-Haut, les Saintes, 14 h 40

Valéric marche en direction du sud de l'île. Plein soleil. Crâne en surchauffe à travers la paille de son fédora. Il a parfois l'impression que ses cheveux blonds vont prendre feu sous le bombardement des rayons. Il avait oublié à quel point être chabin est une malédiction. Un Créole métissé viking, malheureux en Normandie et inadapté ici.

Autour de lui, comme dans ses souvenirs, les chèvres broutent en liberté et les crapauds, dans les fossés, profitent de la moindre flaque d'humidité. Les touristes se raréfient dès qu'il s'éloigne du port et des plages, seuls quelques courageux explorateurs chevauchent des vélos électriques pour rejoindre les criques cachées sur les littoraux opposés. Les chemins ne sont plus que des lignes droites grillées par le soleil traversant les champs d'ananas et de rares cases isolées.

1234 route du Bois-Joli.

Anicet semble presque l'attendre, jambes écartées entre deux sillons de potirons rouges, arrosoir à la main, bêche et binette posées à proximité. Le journaliste en retraite le fixe. Avant même que Valéric ne sorte sa carte de police, il a deviné qu'il était flic.

— Je vous attendais. Quand j'ai vu dans le journal que le vieux Santamaria s'était fait harponner, je me doutais que vous viendriez fouiller le passé.

40

Direction zonale de la police judiciaire,
Les Abymes, 14 h 45

Amiel et Jolène pénètrent à pas pressés dans le hall d'entrée de la DZPJ. Elle a atterri il y a moins de quinze minutes à l'aéroport de Pointe-à-Pitre, lui a abandonné Fabien Colin sur son lit médicalisé de Capesterre-Belle-Eau pour rejoindre en urgence le laboratoire de la police. À peine vingt minutes de route, le double en comptant les ronds-points occupés, la moitié par les routes secondaires, sirènes et gyrophares allumés.

— Valéric n'est pas là ? s'étonne Jolène.

— Il est aux Saintes, répond Amiel, sur les traces de ton journaliste.

Le commissariat ressemble plus que jamais à une fourmilière pendant la tempête. Des témoins se présentent spontanément, plusieurs visiteurs assurent savoir qui est le harponneur, il faut vérifier chaque signalement. Avant de descendre l'escalier qui mène au laboratoire, Jolène repère, encadré par les agents Musard et Levif, le jeune Jayden Tourmant. L'ado pickpocket a été une nouvelle fois interpellé… et bientôt relâché ? La capitaine aime bien ce gamin. Elle le trouve débrouillard, attachant, malin. Elle a plusieurs fois essayé de parler avec lui, mais il a presque toujours pris la fuite avec sa table et ses gobelets de bonneteau, plus difficile à apprivoiser qu'un chat.

Ils entrent timidement dans le laboratoire, tel un couple de fidèles qui a manqué le début de la messe, en refermant avec précaution la porte et en marchant sur la pointe des pieds. Le laboratoire de la DZPJ est un lieu sacré dont Toussaint Bonaventure est le grand prêtre. Un expert méticuleux qui, selon la légende, ne sort de son sanctuaire que cinq fois par an, à Pâques, à Noël et pour l'anniversaire de ses trois enfants. Un store jamais ouvert le protège du rare soleil pénétrant par l'unique fenêtre. Si les Bonaventure étaient experts scientifiques de père en fils, ils perdraient leur pigmentation au bout de dix générations.

— Ce foutu cheveu m'en a fait voir, commence Toussaint. Je l'ai d'abord comparé aux ADN de Fabien Colin et d'Audrey Colombel. Comme on s'y attendait, il ne correspond pas. J'ai suivi la procédure et je l'ai ensuite croisé avec le FNAEG[1]. Rien non plus, ce cheveu n'appartient à aucun criminel connu. J'ai alors eu l'idée d'utiliser ma petite collection privée.

Amiel et Jolène dressent l'oreille.

— Si vous saviez le nombre d'heures que j'ai passées à analyser un poil de barbe retrouvé sur une scène de crime, alors qu'il appartenait à l'un des policiers mal rasé ! Ou une goutte de sang, alors que l'un des enquêteurs s'était blessé. Je ne suis pas sur place pour vérifier, mais je me doute que le foutoir après un meurtre doit davantage ressembler à une scène de théâtre que de crime. Bref, avec le temps et l'expérience, j'ai fabriqué mes propres échantillons.

Toussaint Bonaventure appuie sur une touche de son clavier. Les photographies de tous les policiers de la DZPJ apparaissent sur l'écran géant accroché au mur.

— Je possède l'ADN de tous les membres du service, triomphe Bonaventure, des secrétaires aux légistes en passant

1. Fichier national automatisé des empreintes génétiques.

par chaque enquêteur. Le commandant Kancel a toujours été au courant, je vous rassure, ainsi que son prédécesseur. J'ai donc croisé les ADN de ma banque privée avec celui du cheveu retrouvé sous la tente des amoureux. Et là…

Les visages des policiers de Pointe-à-Pitre disparaissent les uns après les autres. Chévi Dijoux, Simon Fiston, Mirelle Fontanel… Jolène souffle malgré elle en voyant le sien s'effacer. Musard et Levif, les deux seuls policiers à être entrés sous la tente près de la cascade Parabole, disparaissent à leur tour. Celui d'Amiel résiste encore, parmi les quatre derniers, avant lui aussi de s'effacer. Il ne reste plus que trois visages, puis deux, puis un.

Jolène et Amiel n'en croient pas leurs yeux.

C'est le visage de Valéric Kancel qui est affiché devant eux.

41

Terre-de-Haut, les Saintes, 15 h 30

Anicet est concentré. Il arrose ses plants de potirons rouges en calculant à la goutte près le volume d'eau versé sur chaque bourgeon.

— Le jardinage est une science de précision, explique-t-il en levant à peine la tête. Tout se joue à un détail, température de la terre, luminosité, hygrométrie, exactement comme la photographie. Le passage d'un nuage suffit à tout faire foirer.

Valéric s'est installé à l'ombre de la pergola, attentif au monologue du journaliste-jardinier.

— Mes giraumons sont les plus beaux de tout l'archipel, assure-t-il en posant son arrosoir. Rien à voir avec une courge ou un potiron. Goûtez-les en purée et vous verrez… Ce n'est pas une question de talent, commandant, seulement de patience. Comme pour la photo ! Les miennes étaient les plus recherchées des Caraïbes parce que j'étais le plus patient. J'avais ma carte de presse, mais mon vrai métier, c'était photographe. Je traquais les étoiles les plus rares, les fleurs inaccessibles… Je vais pas vous la raconter, commandant, j'étais paparazzi, et le travail ne manquait pas dans le coin.

Anicet attrape une bêche avec détermination.

— J'ai eu mes petits succès. Coluche dans sa maison de Deshaies, Johnny à Saint-Barth évidemment, et même Johnny

Depp dans son archipel des Exumas. Jamais je n'aurais cru que la photo qui allait faire ma fortune serait celle d'un obscur patron d'une boîte d'immobilier, plein aux as mais dont tout le monde se foutait. Je l'avais shooté par hasard, en mars 2003. Les vieux de plus de quarante ans se promenant au bras d'une jolie blonde pouvant être leur fille, c'était mon cœur de cible. J'appuyais sur le déclencheur d'abord, j'identifiais après.

Immédiatement, une alerte se met en route dans le cerveau de Valéric. D'après leurs proches, Jacob et Damienne Santamaria formaient un couple uni. Jacob n'avait plus les moyens de ses désirs, depuis des années... Mais ce n'était sans doute pas le cas en 2003.

— Le type, continue le photographe-jardinier, vous l'avez compris, c'était Jacob Santamaria. La fille s'appelait Janet Jimenez. Une Costaricaine. Ils se baladaient sur Grande-Anse, la plus belle plage de Guadeloupe. À mitrailler le couple d'un peu plus près, je me suis aperçu que Janet n'était pas si jolie. Elle était mieux que ça. Artiste. Graphiste. Son truc, c'était de taguer les murs des bâtiments désaffectés. Elle avait du talent, je dois encore avoir des photos de ses œuvres quelque part. En menant ma petite enquête, j'ai appris que le type était assez connu sur Antigua. J'ai proposé mes photos au seul quotidien de l'île, qui les a acceptées avec un intérêt modéré. Ils m'en ont proposé 200 dollars, je crois, mais avant leur publication, Santamaria m'a contacté. Il me proposait un demi-million pour racheter l'ensemble des clichés, et signer un contrat m'engageant à ne jamais les diffuser, dans un mois ou dans un siècle. Vous pensez bien que je n'ai pas hésité ! 500 000 dollars ! Le prix de cette case aux Saintes dont je rêvais depuis que je suis né à Terre-de-Haut. Une somme inespérée pour un photographe raté qui rêvait de prendre sa retraite entouré en tout et pour tout de champs d'ananas et de légumes-pays.

« L'homme de confiance de Santamaria, un type ressemblant à Captain Stubing dans *La croisière s'amuse*, m'a remis la somme en cash. J'avais compris que le patrimoine immobilier de Santamaria pesait une centaine de millions de dollars, que sa femme en possédait la moitié, et que, si elle demandait le divorce, ce n'est pas d'une enveloppe de 500 000 dollars qu'il devrait se séparer, mais de cent fois plus !

« Je vous vois venir, commandant, avec vos principes... Soyons clairs, je n'ai jamais considéré cela comme du chantage. Je n'ai jamais menacé Santamaria de quoi que ce soit. Je n'ai même pas négocié le prix. Et depuis, j'ai respecté scrupuleusement le contrat.

Si Jacob a fini par revenir en Guadeloupe, pense Valéric, est-ce en souvenir de cette escapade amoureuse ? Et est-ce à cause de cette escapade qu'il s'était interdit d'y retourner auparavant ? Parce que sa femme avait fini par être au courant ?

— Cette Janet Jimenez, vous savez où je peux la trouver ?

— Oui, hélas...

Hélas ?

— Au-dessus de San José, précise Anicet. La capitale du Costa Rica, sur une colline qui se nomme Oak Hill, et qui abrite le plus grand cimetière de la ville.

Janet aurait à peine plus de quarante ans aujourd'hui, calcule Valéric.

— Elle a été tuée il y a sept ans. Elle taguait un mur dans le quartier du Cerro, l'un des plus pauvres de La Havane. Aucun témoin, aucun indice, un drame tout ce qu'il y a de plus banal. Un coup de poignard dans la poitrine.

Anicet décapite un giraumon à coups de bêche. Un sang orange inonde le sillon.

— Savez-vous, commandant, ce que je me suis dit en apprenant l'assassinat de Santamaria, avant-hier, par un harponneur qui se balade dans l'île ?

— …

— Qu'il y a vingt et un ans, j'ai bien fait d'accepter le fric et de venir jardiner ici !

— …

— Un couple assassiné, commandant, même si sept ans séparent les deux meurtres, ce n'est pas si courant. Et il y a une question que vous ne m'avez pas posée.

Il y en a sans doute quelques milliers, pense Valéric.

— Vous ne m'avez pas demandé à quelle heure Janet a été tuée.

Le commandant ne comprend pas tout de suite l'importance de ce détail, pas avant qu'Anicet ne pose sa bêche et ne regarde le ciel.

— Il était 6 heures du matin. Le soleil venait à peine de se lever. Janet Jimenez a été assassinée à l'aube.

42

Direction zonale de la police judiciaire,
Les Abymes, 16 heures

Amiel repasse devant ses yeux le film de la scène de crime : la cascade Parabole et l'acomat boucan, la pluie battante sous les siguines, le brigadier Fiston qui se précipite pour secourir Fabien Colin, Valéric qui arrive parmi les premiers, qui supervise les opérations, mais à aucun moment il ne s'approche de la tente d'Audrey et Fabien. Seuls les experts, capuchés et gantés, ont ouvert avec mille précautions la fermeture Éclair. Quand Levif a trouvé ce cheveu sur le tapis de sol, personne d'autre que lui n'y était entré.

— C'est impossible, lance Jolène. Il y a forcément une erreur.

— Sans doute, confirme Toussaint Bonaventure. Je n'ai aucun contrôle sur les étapes qui ont permis à ce cheveu de finir dans le sachet plastique que l'on m'a remis. Je peux seulement vous affirmer avec certitude qu'il appartient à notre bien-aimé commandant.

Amiel et Jolène se regardent, sidérés. L'un comme l'autre essayent de comprendre à quel moment la chaîne de collecte des pièces à conviction a pu déraper. Toussaint Bonaventure observe avec attendrissement leur désarroi.

— Avant d'accuser mes collègues experts de s'être mélangé les pinceaux, écoutez-moi. Un simple cheveu peut être très bavard. Il peut conserver la mémoire de ce que son propriétaire a bu ou ingéré pendant des années.

— Et qu'avez-vous trouvé ? ironise Jolène. Des résidus de Coca-Cola ? D'Ordinaire[1] ? De colombo de poulet ?

Toussaint Bonaventure tape à nouveau sur les touches de son clavier et fait apparaître sur l'écran une suite incompréhensible de chiffres. Certains sont surlignés en rouge.

— Du crack ! annonce Bonaventure. Un mixte de cocaïne et d'ammoniaque. Mélangé à une forte dose d'alcool.

Jolène s'accroche à la chaise la plus proche, assommée par l'annonce. Amiel refuse d'y croire.

— C'est ridicule. Je n'ai jamais vu Valéric boire. Pas même un ti-punch.

Toussaint se contente de zoomer sur les chiffres, comme si les agrandir suffisait à prouver qu'ils sont vrais.

— Depuis quand connaissez-vous le commandant Kancel ? demande l'expert. À peine six mois ?

— Et alors ? se défend Amiel. Vous imaginez vraiment le patron prendre du crack ?

Toussaint Bonaventure fait clignoter deux chiffres rouges sur l'écran : le nombre de nanogrammes de benzoylecgonine par millilitre d'urine et de grammes d'alcool par litre de sang.

— Je ne l'imagine pas. C'est un fait scientifiquement avéré.

1. Soda anisé antillais.

43

Terre-de-Haut, les Saintes, 16 h 45

Valéric marche sur le quai du port des Saintes, chapeau enfoncé sur la tête, au milieu de la foule qui s'entasse devant l'embarcadère pour Grande-Terre, perdu dans ses pensées.

Janet Jimenez, la maîtresse de Jacob Santamaria, assassinée… À l'aube, il y a sept ans.

Un simple hasard ?

En taguant les murs d'un des quartiers les plus dangereux de Cuba, Janet Jimenez s'exposait à des risques d'agression élevés. Une femme seule, riche… Quelle autre hypothèse retenir ? Une vengeance ? Damienne Santamaria aurait appris l'existence de cette maîtresse et aurait voulu laver son honneur, en faisant exécuter sa rivale d'abord, puis son mari ensuite ? Mais pourquoi agir avec sept années d'écart. Et que vient faire Audrey Colombel dans cette histoire ?

— Bonjour, commandant.

Valéric tourne la tête, il a reconnu la voix, et, par une mystérieuse association des sens, identifie dans la même seconde son parfum. Étrange mélange entre patchouli et fleur de tiaré.

Marie-Douce Lénervé.

La journaliste consulte son portable, assise sur le banc le plus proche de son Zodiac. Le vent léger de la baie fait voler sa jupe de madras et son maré tèt assorti.

— Que faites-vous ici ?

— Je vous attendais. Comment se porte notre paparazzi en retraite ?

— Merveilleusement bien. Il cultive les plus beaux giraumons de tout l'archipel. Mais je vous repose la question, que faites-vous ici ?

Madou lève enfin les yeux de son téléphone portable. Le soleil brille dans ses pupilles. Reflets lilas sur iris chocolat.

— Vous connaissez les journalistes, ils partent d'un détail insignifiant, par exemple un policier qui cherche à retrouver un ancien témoin, et se montent tout un film. N'oubliez pas, commandant, c'est vous qui m'avez appelée pour me demander l'adresse d'Anicet Larmure. Peut-être aviez-vous simplement envie de me revoir…

Valéric ne peut retenir un sourire amusé.

Marie-Douce joue avec lui, il en est persuadé, mais il ne trouve rien à lui opposer. Plaisanter, ce serait avouer. Il ne va pas se mentir, il avait recontacté la journaliste pour les besoins de l'enquête, mais aussi parce qu'il avait envie d'entendre sa voix, sans imaginer que…

— Vous me ramenez ?

Le policier s'arrête net sur la passerelle qui mène à son Zodiac. Il relève son fédora. Ses yeux clairs de métis tentent de sonder le regard réglisse.

— Où ça ?

— À Gwada. Juste en face. À moins que vous ne me proposiez une croisière aux Grenadines ou à Antigua ?

— Vous… n'êtes pas venue en bateau ?

Valéric comprend aussitôt à quel point ses mots sont idiots. Il y a peu de chances que Madou soit venue à la nage ou en hélico…

— J'ai pris la navette ce matin, précise la journaliste, indulgente. Le site Akansyel n'a pas les moyens de m'offrir un bateau de fonction. La navette ne retourne à Pointe-à-Pitre que dans une heure. Alors si vous pouviez me jeter sur le port de Bas-du-Fort...

Valéric hésite, une poignée de secondes suffisante pour sauver les apparences. Il sait déjà qu'il va dire oui, parce que Madou a parfaitement organisé son piège, charmant, et qu'il se sent assez fort pour ne pas tomber dedans. Parce qu'il ne lui révélera rien de l'affaire, mais que la perspective de passer une trentaine de minutes de traversée avec elle n'a rien pour lui déplaire.

Il tergiverse quelques instants supplémentaires...

— Montez !

... Le temps de dénouer les amarres et de trouver une réplique pour reprendre l'avantage.

— Vous n'aviez pas en tête que la navette ne repartait que ce soir ? Ou vous aviez simplement envie de me revoir ?

Passe de la Baleine, 17 heures

Le Zodiac file à travers la baie des Saintes, entre l'îlet à Cabrit et l'anse du Pain de Sucre, direction l'océan. Marie-Douce se tient sagement à trois mètres de la barre, sans parvenir à empêcher le souffle du large de faire voler sa jupe et les pans déboutonnés de son chemisier. Valéric s'oblige à détourner le regard, à fixer l'ancien fort Joséphine, avant qu'il ne disparaisse à son tour pour les laisser seuls au milieu du grand bleu. Le commandant a prudemment abandonné son fédora. Il sent lui aussi la brise fouetter ses yeux, ébouriffer ses cheveux, gonfler sa chemise et son orgueil de petit mâle espérant que Marie-Douce apprécie ce que le vent dévoile.

Le commandant s'attendait à ce que la journaliste lui parle du harponneur, il était même persuadé qu'elle ne l'avait attendu sur le port que pour cela : lui soutirer des informations le temps d'une traversée. Elle reste silencieuse pourtant.

Une stratégie ? Pour l'obliger à attaquer et mieux le contrer ?

Valéric, tout en mettant la barre plein nord, tente d'avancer en terrain sécurisé.

— Croyez-vous que ce soit nécessaire, Madou, de jeter de l'huile sur le feu ?

— Un incendie, commandant ? Je ne vois pas de quoi vous parlez…

— De votre site Akansyel. Votre édito sur le général Richepanse en particulier. Croyez-vous vraiment que nous avons besoin d'attiser les tensions ? Les ronds-points bloqués ? Demain les voitures brûlées, les magasins pillés, alors que nous avons un tueur qui court en liberté ?

Madou s'approche d'un mètre, sans cesser d'accrocher à ses lèvres ce sourire indulgent qui agace tant le policier.

— Vous inversez tout, commandant. C'est à cause de cet assassin d'aube, pas de mes éditos, si la Guadeloupe est en train de s'enflammer. Je dois d'ailleurs avouer, mais vous ne le répéterez pas – vous me le promettez, Valéric ? –, qu'il est beaucoup plus efficace que moi… Déposer un cadavre sur la tombe de Richepanse… Il fallait y penser ! Ça a fait davantage bouger les lignes que mes cent cinquante-six chroniques depuis que le site Akansyel existe.

Le Zodiac longe la côte est de Basse-Terre. Pointe-à-Pitre est encore loin. Valéric ne parvient pas à dissimuler sa gêne. La journaliste se livre-t-elle réellement devant lui à une apologie du terrorisme ?

Marie-Douce feint d'ignorer l'embarras du policier.

— Je n'exagère pas, Valéric, cent cinquante-six chroniques. Vous pourrez vous connecter et les compter. Et les lire, surtout ! Personne ne peut nier les faits, les chiffres, les vérités. La départementalisation, en 1946, a enfermé les Guadeloupéens dans une situation d'assistanat, le fameux triangle dramatique bourreau-victime-sauveur. Les bourreaux, on les connaît, les békés, les grandes familles esclavagistes qui contrôlent les monopoles, les salaires et les prix. Qui s'enrichissent de la misère et se nourrissent de la vie chère, parfois 50 % de plus qu'en métropole. Les sauveurs ont beau gesticuler, assurer que la France est bienveillante, que la République est généreuse, ça ne change rien à la profitation et aux rapports de domination. Lisez les économistes, lisez les philosophes, seules les victimes peuvent briser le triangle ! À condition d'être combatives, créatives. Oui, commandant, depuis l'abolition de l'esclavage, la lutte syndicale est un devoir ! Et le combat pour la reconnaissance de nos différences, l'unique voie de résistance.

Valéric s'ennuie. Il en vient à se concentrer davantage sur le ronronnement du moteur que sur le long exposé de la journaliste.

Il connaît ce discours, il l'a entendu mille fois.

Il ne s'y oppose pas, mais il n'y adhère pas.

Par lâcheté peut-être, ou par résignation. Le passé est le passé, on ne va pas rembobiner l'Histoire, vider la Guadeloupe de ses habitants pour rendre l'île aux Indiens indigènes.

Par conviction aussi, une seule, à laquelle il s'accroche viscéralement : on ne règle pas les conflits par la violence. Jamais. On discute, on négocie, on légifère, puis on obéit.

— Je vous ennuie, Valéric ?

— Pas du tout, ment le commandant.

— Vous êtes comme un enfant. Un ado qu'on essaye de sensibiliser à l'actualité et qui fait semblant de ne pas écouter… mais qui enregistre quand même !

Valéric se force à éclater de rire, puis comprend qu'il aggrave son cas. Un adolescent pris en faute n'aurait pas réagi autrement.

— Je vous l'ai dit hier soir, insiste Madou. Vous êtes dans notre camp. Préférez-vous que l'on parle de vous ?

Valéric aperçoit l'îlet à Cochons. Il reste dix minutes de traversée.

— De votre vilain petit secret, commandant ?

Valéric tourne la poignée de vitesse, il peut réduire de deux minutes le trajet, le Zodiac Milpro danse sur les vagues.

— De votre maman ?

Plein gaz. Le bruit du moteur couvre toute conversation. Il ne ralentit que lorsqu'ils entrent dans le port de Bas-du-Fort. Plus d'un millier de bateaux y sont amarrés, pour un seul chenal de sortie. Madou profite de l'accalmie.

— Réfléchissez à tout ce que je vous ai dit, Valéric. Je ne suis pas votre ennemie.

44

Marina de Bas-du-Fort, 17 h 30

Jolène et Amiel se tiennent debout, au fond de la marina Bas-du-Fort, devant l'anneau vide réservé au Zodiac de la police. Ils aperçoivent le bateau en approche, inquiets, relisant les brefs textos qu'ils ont échangés.

Jolène : Tu rentres quand, patron ? On a besoin de faire le point.

Valéric : Je suis en mer, j'arrive au port dans trois minutes.

Amiel : On t'attend sur le quai.

Marina de Bas-du-Fort, 17 h 33

Marie-Douce s'est levée alors que Valéric effectue les ultimes manœuvres pour s'amarrer entre un voilier et un chalutier. Elle observe avec étonnement les deux policiers sur la digue.

— Papa et maman sont venus vous chercher ?

Valéric, amusé, lance l'amarre en direction d'Amiel.

— Oui... La police est une grande famille.

Amiel et Jolène enroulent la corde autour du plot d'amarrage, sans lâcher la journaliste des yeux.

— Vos adjoints vont se demander ce que je fais là, ajoute Madou. Je ne voudrais pas vous mettre dans l'embarras.

Le commandant hausse les épaules. La coque du Zodiac écrase les bouées suspendues contre la digue, le bateau tangue une dernière fois puis se stabilise.

— Ne vous souciez pas pour moi, je suis un grand garçon.

Message reçu ! La journaliste n'a pas l'air particulièrement inquiète, elle enjambe le bastingage, atterrit sur le quai, gratifie tour à tour Jolène, Amiel et Valéric d'un regard de défi, s'éloigne à pas pressés puis disparaît derrière le cube de verre de l'Aquarium.

Le commandant met quelques secondes supplémentaires à rejoindre la jetée.

— Faut qu'on se parle, patron, insiste Jolène.

Amiel acquiesce. Valéric jette un regard autour de lui. Les terrasses du port commencent à peine à se remplir. Les touristes débarqueront dès la nuit tombée, attirés comme des moustiques par les lumières artificielles du port.

— OK. On s'installe et on débriefe ?

Marina de Bas-du-Fort, 18 heures

Les trois policiers se sont assis autour d'une table isolée. Privilège de flics, Amiel connaît le barman du Coco Kafé. Il leur apporte une bouteille de rhum Bologne, quelques acras et des balaous frits. Jolène est la seule à se servir un verre, pour accompagner la cigarette qu'elle vient d'allumer. Elle répète fidèlement à Valéric ce que Toussaint Bonaventure vient de leur annoncer : le cheveu retrouvé sous la tente est le sien, il contient des traces de crack et d'alcool.

Le commandant enfonce son fédora en visière pour affronter le soleil rasant de fin d'après-midi.

— Impossible. Je ne me suis pas approché de cette tente. Quelque chose a forcément foiré dans la procédure. Vous avez interrogé Musard et Levif ? On a cavalé ensemble sous la pluie pendant des heures, j'ai peut-être perdu un cheveu, il est tombé sur leur uniforme, et ensuite sous la tente...

Un tel concours de circonstances semble si improbable que Jolène et Amiel n'ajoutent rien. Musard et Levif ont quarante ans de boutique à eux deux, ce sont des professionnels fiables, sérieux... tout autant que le commandant Kancel.

— Et, ose ajouter Jolène d'une voix mal assurée, les résidus de crack et d'alcool ?

Valéric hésite. La bande noire de l'ombre de son chapeau barre son visage. Il fixe ses deux adjoints.

— Depuis six mois que l'on travaille ensemble, m'avez-vous déjà vu venir travailler sous l'emprise de l'alcool, ou d'une quelconque drogue ?

Jolène et Amiel échangent un regard. Ils sont d'accord, Valéric est un patron exemplaire, ponctuel, modéré, apprécié. Avant les révélations de Toussaint Bonaventure, ils le considéraient comme un chef sans la moindre faille.

— Alors, poursuit le commandant, cette prétendue histoire d'alcool ou de drogue ne regarde que moi. Nous avons une sacrée collection de questions plus urgentes à régler avant. On les liste ?

D'un geste nerveux, le commandant retourne le set de table devant lui, sort un stylo, et le garde un moment levé.

— On commence par Jacob Santamaria ?

Il le baisse et écrit.

1. Pourquoi a-t-il refusé de retourner en Guadeloupe pendant vingt ans pour y retourner avant-hier ?

2. D'où sort Immob'île, cette entreprise providentielle de bétonneurs ?
3. Pourquoi un homme d'affaires aussi expérimenté s'est-il laissé aussi facilement piéger ?
4. Pourquoi sa maîtresse Janet Jimenez a-t-elle été assassinée, à l'aube, il y a sept ans ? Une nouvelle coïncidence ?
5. Pourquoi avoir déposé le corps de Jacob sur les Marches des esclaves ?
6. Qui est cet Anatole Cegnevane ? Mon ancêtre il y a huit générations ? Encore une coïncidence ?

Jolène et Amiel lisent les mots de Valéric au fur et à mesure qu'il les écrit, concentrés. Ils parlent peu, même si aucune table n'est occupée autour d'eux, à l'exception d'un vieux Créole isolé plongé dans un magazine de mots croisés.

— Tu as raison, finit par admettre Amiel. Passe-moi ton stylo. Je poursuis avec Audrey Colombel.

Le capitaine retourne à son tour le set de table devant lui et commence à noircir la feuille vierge.

1. Est-elle une touriste choisie au hasard par le tueur, ou était-elle visée pour une raison que nous ignorons ?
2. Pourquoi avoir jeté le téléphone d'Audrey dans la forêt après l'avoir assassinée ?
3. Pourquoi avoir déposé son corps sur la tombe du général Richepanse ?
4. Pourquoi avoir pris le risque d'informer Évariste Pigeon qu'un meurtre allait être commis près de la cascade Parabole, et attirer ainsi toute la police sur la Soufrière ?
5. Pourquoi avoir épargné Fabien Colin ?
6. D'où sort Première Ligne, cette agence de voyages bidon ?
7. L'ancien compagnon d'Audrey est décédé dans un accident, au petit matin. Une coïncidence supplémentaire ?
8. Qui a placé ce cheveu sous la tente ? (Désolé, patron.)

Jolène prend le temps de croquer un acra, de décapiter trois balaous, de faire couler le tout avec une rasade de ti-punch, avant de retourner à son tour son set de table.

— Huit questions ? Ça va, vous ne me mettez pas trop la pression, les garçons ?

Amiel fait tourner le stylo. La capitaine griffonne d'une petite écriture nerveuse.

1. Comment Évariste Pigeon a-t-il pu savoir que le cadavre de Jacob Santamaria était allongé sur les Marches des esclaves ?
2. Plus fort encore, comment notre Œil noir pouvait-il connaître le lieu où Audrey irait camper ?
3. Toujours plus fort, aura-t-il de nouvelles visions, malgré son isolement total dans la prison ?

Jolène semble avoir épuisé déjà ses questions, elle paraît déçue de n'en avoir que trois, regarde tour à tour Amiel puis Valéric, et baisse son stylo, motivée par une soudaine inspiration.

4. Quel rôle joue Marie-Douce Lénervé et son site Akansyel dans cette affaire ?
5. Pourquoi le harponneur envoie-t-il à la presse une copie de ses courriers ? L'île va-t-elle à nouveau s'embraser ? Est-ce le but du meurtrier ?

— Cette fois, avoue enfin Jolène, je crois que je sèche.

Elle suçote le stylo et fixe Valéric.

— Mes autres questions, je préfère ne pas les écrire…

— Par exemple ?

Jolène tire sur son stylo comme sur un mégot.

— Par exemple… Pourquoi le harponneur t'a-t-il dans le collimateur, patron ?

— Dans le collimateur ?

— Oui… Cette carte de ton ancêtre esclave d'abord. Puis ce cheveu. Il y a quand même de fortes chances que ce soit le tueur qui l'ait déposé.

— Il… me l'aurait arraché ?

— Ou volé ou il l'a trouvé, s'agace Jolène. Je sais pas, mais comme dirait Toussaint, c'est… un fait avéré scientifiquement.

Valéric n'a pas l'air d'apprécier l'argument. Le bandeau noir de son chapeau descend maintenant jusqu'à ses lèvres.

— Alors, puisque nous avons décidé de tout déballer, capitaine, je vais être franc moi aussi. Pourquoi un inconnu te harcèle-t-il sur ton portable ? Comment y a-t-il eu accès ? Pourquoi n'as-tu pas encore fait scanner ton téléphone par le service scientifique de la DZPJ ?

Jolène bafouille, surprise par la contre-attaque.

— Parce que je n'ai pas eu le temps, Valéric. Parce que ce type, Joshua, n'est qu'un pauvre geek qui s'accroche, parce que…

— Excusez-moi…

Aucun des trois enquêteurs n'a entendu le vieux Créole aux mots croisés se lever de la table la plus proche.

— Je… je vous ai écoutés, sans vraiment le vouloir, vous êtes policiers ?

Ils hochent la tête, amusés.

— Vous travaillez sur cette affaire dont tous les journaux parlent ? Moi, je lis surtout les dernières pages, les mots fléchés, les sudokus, enfin, vous voyez, et… j'ai eu une idée.

Valéric regarde sa montre, Jolène écrase sa cigarette, seul Amiel lui accorde une attention polie.

— Une idée ?

— J'ai lu ce nom, Anatole Cegnevane, dans plusieurs articles sur l'assassin de l'aube, et, bizarrement, personne n'y a pensé.

— Pensé à quoi ? le presse Amiel.

— Anatole. C'est un prénom qui vient du grec. *Anatolê*. Il signifie « soleil levant », ou « aurore », ou « orient ». Dans la mythologie, Anatolé est une des divinités des Heures, celle qui personnifie l'aube.

— Merde ! glisse Valéric.

— Bien vu, ajoute Jolène.

Le cruciverbiste se contente d'un sourire satisfait, sans bouger.

— Il... il y a autre chose ? s'inquiète Amiel.

— Ben oui, s'excuse presque le vieux Créole. Le nom de famille. Cegnevane.

— Eh bien quoi, Cegnevane ? s'énerve le commandant.

— C'est... une anagramme. Ce n'est sûrement qu'une coïncidence mais... CEGNEVANE est l'anagramme de VENGEANCE !

45

Ravine du Bois-Malher, Bouillante, 23 heures

Valéric ne dort pas. Il a ouvert la fenêtre et regarde le ciel. Encore un privilège des tropiques : ne pas se barricader, malgré les moustiques, laisser la nuit entrer. Bénéficier d'un dôme projeté au-dessus de son lit, des milliers d'étoiles, sans lumière parasite, sans aucun nuage pour en atténuer la clarté. Il se souvient, quand il avait dix ans, il était capable de citer l'ensemble des constellations. Vingt et un ans de Normandie ont suffi pour qu'il les oublie. À part la Grande Ourse, il n'en a jamais identifié aucune dans le Nord, y compris les grands soirs d'été.

Valéric se concentre. Des noms lui reviennent, le Centaure, la Mouche, le Navire Argo… Ils sont là, au-dessus de sa tête, égarés à des années-lumière. Il sourit seul dans l'obscurité. Même pour séduire une fille, il serait aujourd'hui incapable de les situer. À l'exception du cerf-volant, bien entendu.

Son cerf-volant.

Jamais il ne l'a appelé autrement.

Quatre étoiles formant un losange parfait.

Son père lui avait raconté l'histoire, la vraie ! Le cerf-volant appartenait à Zetwal, le fils d'un couple de sorciers. Ses parents le lui avaient offert pour son anniversaire. C'était un cerf-volant magique, plus lumineux que des yeux de chat la nuit. Zetwal pouvait jouer autant qu'il voulait sur la plage de

Malendure. Il n'y avait qu'un interdit : ne pas le sortir quand le vent se levait. Mais Zetwal était un enfant de sorciers, son cerf-volant était magique, il n'avait pas peur des alizés. Plus ils étaient forts et plus il s'amusait. Quand le cyclone Aurore a commencé à souffler, Zetwal n'a pas voulu rentrer. La tempête a grossi, s'est transformée en tornade, en raz-de-marée, et les vagues ont fini par l'emporter. Ses parents, malgré leurs pouvoirs, n'ont jamais pu le retrouver. Zetwal est là pourtant, dans l'océan, quelque part entre Saint-Kitts et Montserrat. La preuve, son cerf-volant continue de briller au-dessus de lui !

Valéric n'arrive pas à détacher ses yeux des quatre étoiles. Longtemps, il a cru aux histoires de son père. Et à ses conseils. *Tu comprends, Valéric, Zetwal a été puni parce qu'il a désobéi. Tu ne dois pas t'éloigner, tu ne dois pas nager seul, tu dois te méfier des vents mauvais.* Son père savait si bien raconter les histoires. Son père savait si bien mentir. Les adultes savent si bien mentir aux enfants, transformer la vérité, embellir la réalité, cacher leurs défauts. Si les adultes se font passer pour des héros, ce n'est pas pour protéger leurs enfants, c'est parce qu'ils ne peuvent pas leur avouer qu'ils sont des salauds.

Marina du Gosier, 23 heures

Jolène fume à la fenêtre. Comme presque tous les soirs, les soirs qu'elle passe seule, elle admire les quatre étoiles qui forment un losange parfait… ou les sommets idéalement alignés de deux droites perpendiculaires.

La Croix du Sud, impossible à manquer.

Aux terrasses du port du Gosier, les jeunes clients s'endorment sur leur rhum vieux. Des musiciens éternisent sans conviction les derniers accords d'« Hotel California ».

Jolène se souvient. Petite, à Port Manec'h, elle cherchait la Croix du Sud dans le ciel. Elle l'avait vue dessinée sur les drapeaux des pays qui la faisaient rêver : l'Australie, le Brésil, la Nouvelle-Zélande… C'est donc qu'elle existait ! Pourtant, même quand le ciel breton était clair, jamais elle ne la voyait. Personne n'avait su lui dire où elle était passée, à part son grand-père.

« C'est une constellation, ma jolie. On ne la voit que dans l'hémisphère Sud, ou si l'on s'approche de l'équateur. »

Jolène n'avait pas compris. Le soleil n'est-il pas le même pour tous ? On le voit de partout, qu'on habite en Chine ou en Bretagne. La lune aussi ! Alors pourquoi chaque moitié de terre n'aurait-elle droit qu'à la moitié des étoiles ?

Même papy n'avait pas su répondre.

Jolène souffle une bouffée. La Croix du Sud se floute dans un nuage de fumée. Sur le port, les guitares fatiguent. L'hôtel California va bientôt fermer.

Peut-être est-ce grâce à la Croix du Sud, pense Jolène, si elle a eu tant envie de voyager. Elle s'était fait offrir une Croix du Sud brésilienne par son ex-mari, et des croix touareg, nigérienne ou aborigène par chacun de ses autres ex. Des bijoux qu'elle a égarés aussi vite que ses amoureux.

Elle s'en fiche. Elle a retrouvé sa Croix du ciel. Celle-ci est éternelle. Elle existait bien avant que Jésus ne se fasse crucifier, bien avant l'ankh égyptien ou le svastika indien. Les hommes croient toujours tout créer, alors qu'ils ne font que copier ce que la nature a déjà inventé, lui emprunter ce qui les arrange… jusqu'à ce qu'elle se venge.

Les lumières du port s'éteignent. Les derniers piliers de bar sont priés d'aller cuver sur la plage. Jolène repense au vieux cruciverbiste créole, à son sourire triomphant quand il leur a épelé ce mot, CEGNEVANE, puis mélangé les lettres pour former cette anagramme, VENGEANCE. Elle repense aux corps de Jacob Santamaria, d'Audrey Colombel… Non, se corrige Jolène, la nature ne se venge pas. Seuls les hommes, ou les femmes, sont assez fous pour cela.

Cité Mortenol Sud, 23 heures

« Tu vois, Amiel, ce voile brillant, entre les quatre sommets de la Croix du Sud ? Regarde bien, tu peux facilement repérer la supergéante, Kappa Crucis, un peu orangée, et en dessous un collier de poussières bleues qui scintillent. C'est un amas stellaire de plus de cent étoiles, l'un des plus denses de l'univers. Son nom scientifique est NGC 4755, mais tous les astronomes l'appellent la Boîte à bijoux. Le trésor de la Voie lactée ! »

Amiel a du mal à distinguer les étoiles. Les réverbères éblouissent le quartier. Il est assis sur son banc préféré, sous un palmier fané, face aux barres de la cité. Amiel aime se recueillir ici, au pied de ces falaises de béton, entre parkings sans goudron et terrains de foot sans gazon. Raphaël, lui, ne supportait pas la ville. Il fuyait le bruit, il fuyait les lumières de la nuit. Le soir, il préférait les longues balades en bord de mer. Amiel aussi, du moment qu'il était avec lui. Aujourd'hui, il réalise à quel point ils étaient différents, issus de deux mondes opposés, Raph les Grands Fonds et lui le quartier, Raph le Blanc-Matignon et lui le Créole des cités, Raph le pompier cultivé et lui le flic complexé.

Amiel se tord le cou au ciel et tente de repérer, malgré le halo des lampadaires, l'amas stellaire.

Si éloigné… et si proche pourtant.

Comme cette boîte à bijoux !

Des années-lumière séparent chaque étoile, mais l'œil ne perçoit qu'un seul trésor. Mieux, même, une forme.

« Un astérisme, avait dit Raphaël.

— Un quoi ?

— Un astérisme. Une forme dessinée par les étoiles. Comme la casserole de la Grande Ourse, ou le W de Cassiopée… »

Ils avaient marché le long de la mer, dans un chemin au cœur de la mangrove, pour s'arrêter entre la plage du Souffleur et celle de l'Anse-Bertrand, pointe d'Antigues, seuls au monde. Raphaël avait toujours adoré faire son professeur, Amiel n'avait jamais beaucoup apprécié l'école, mais il aimait apprendre du moment que c'était avec lui.

« Regarde, avait dit Raphaël. Observe la Boîte à bijoux. Que vois-tu ? »

Amiel avait scruté la Voie lactée, longtemps, à en imprimer les quatre étoiles de la Croix du Sud sur ses rétines. Sans rien remarquer d'abord. À presque s'agacer, se lasser, se demander si Raphaël ne se moquait pas de lui avec ses astérismes, avant qu'apparaisse d'un coup l'évidence.

« Je vois… un A.

— Oui, avait confirmé Raphaël. L'amas stellaire NGC 4755 forme un A, au cœur de la Croix du Sud. Un A comme… Amiel. »

Raphaël avait dit ensuite des choses stupides. S'ils se séparaient un jour, ce serait cruel, car il verrait toujours un A dans le ciel, le A d'Amiel, alors qu'il n'y avait pas d'astérisme en R pour qu'Amiel, lui, se rappelle.

Amiel entend des rires dans son dos. Trois voisins passent, deux gosses et un ado, il les a vus grandir ballon au pied, boulette de shit dans la poche, fioles de rhum à la main.

— Salut, Amy.

Ils savent qu'il est flic, qu'il est gay, ils s'en foutent, ils sont habitués, Amiel est du quartier. Le policier les regarde s'éloigner. Il se lève, marche jusque sous un arbre. La Croix du Sud réapparaît aussitôt dans la pénombre, quatre étoiles en guirlande accrochées aux branches du palmier.

Où es-tu, Raphaël ? Regardes-tu aussi la nuit cruelle ? La Croix du Sud ? Le A du ciel ?

Amiel hésite à prendre l'amas stellaire en photo, à la lui envoyer. Puis renonce.

C'est à Raph de faire le premier pas. Pas à lui.

Il doit rentrer se coucher. Son instinct lui dit que la nuit sera courte. Que l'assassin de l'aube va continuer de frapper.

MERCREDI 10 AVRIL 2024

LES ENVAHISSEURS DE L'AUBE

46

Plage de la Perle, Deshaies, 3 heures

La plage de la Perle ressemble à ces plages antarctiques surpeuplées de milliers de manchots. Comme dans *Happy Feet*, pense Chaïma, ce film où tous se mettent à danser jusqu'à fendre la banquise.

La comparaison s'arrête là. C'est le sable qui tremble, pas la glace. Et les manchots sont tous en maillots, caleçons fluo, bikinis ou paréos.

Les lasers enflamment les cocotiers, les décibels hurlent à en détourner à jamais les baleines, la musique ondule au rythme hypnotique des alizés. Le DJ semble avoir samplé le bruit des vagues et le diffuser en boucle pour l'éternité. La longue plage ressemble aux Champs-Élysées à minuit un 1er janvier, chacun n'est plus qu'un électron joyeux dans un accélérateur de particules. Foule transcendantale attirée par les étoiles.

Chaïma n'est qu'une de ces particules, épuisée d'avoir dansé, d'avoir fait voltiger les papillons bleus de sa robe, la voix brisée, la gorge sèche malgré les six bières Carib vidées. Chaïma s'est fait des amies qui ont disparu, Chaïma a trinqué avec des inconnus, Chaïma ne s'est pas ennuyée, Chaïma n'a jamais été aussi entourée.

Chaïma ne s'est jamais sentie aussi seule.

Ruby n'est pas venu. Il lui a envoyé un premier texto à 23 heures pour lui dire qu'il serait en retard. Un deuxième à minuit pour lui dire de ne pas l'attendre, de se vider la tête, de profiter de la fête. Un troisième à 2 heures pour lui promettre qu'il passerait même tard dans la nuit, même tôt le matin, qu'il la retrouverait au milieu des corps allongés, qu'elle lui réserve une petite place sous son duvet.

Chaïma n'y croit pas. Chaïma n'y croit plus, mais elle danse quand même.

Ruby ne viendra plus, mais elle s'en fiche. Il ne sait pas ce qu'il perd, le mélange rhum-bière la rend si légère, elle se sent irrésistible dans cette robe achetée pour lui, capable de toutes les imprudences, et pourtant elle ne s'est jamais sentie autant en sécurité. Il y a des flics partout autour de la plage, stoïques comme des vigiles de stade qui tournent le dos au match. Elle ne pensait pas qu'il y en aurait autant, peut-être est-ce à cause de ces meurtres dont elle a vaguement entendu parler ?

Elle n'arrive pas à croire qu'on puisse tuer sur cette île, à peine qu'on puisse y mourir, souffrir, vieillir… On devient vieux dans son quartier, à la cité de l'Abreuvoir de Bobigny, pas ici !

On se fait assassiner dans une cage d'escalier, pas sous les cocotiers !

Elle y retourne, rhum Damoiseau et bière Carib, la vie est aussi courte que sa robe bleue sur ses cuisses dorées. C'est sa devise, la vie ne dure qu'une nuit, mais une nouvelle recommence chaque matin !

Chaïma est un bébé de l'aube, et elle a encore plus de dix mille vies à vivre !

Plage de la Perle, Deshaies, 3 h 01

Je regarde Chaïma danser.

La foule me protège, impossible qu'elle puisse me repérer.

Je n'ai pas besoin de m'approcher, de la frôler, encore moins de la toucher.

Même si elle venait à m'échapper, un texto suffirait à l'attirer hors de la marée humaine.

La foule la protège, les policiers aussi, ils sont nombreux, plus nombreux que je ne l'avais prévu.

Je déteste les imprévus !

Peu importe, j'ai le temps, tout mon temps, ils s'éloigneront petit à petit eux aussi.

Au fur et à mesure que la jeunesse bronzée ira se coucher.

Danse, Chaïma, danse. Profite de ta dernière nuit.

Je ne tue qu'à l'aube.

47

Centre pénitentiaire de Baie-Mahault, 5 heures

Gervais Bienvenu effectue sa ronde habituelle. Celle de 5 heures du matin. La plus tranquille. Celle durant laquelle tout le monde dort, y compris les plus insomniaques des détenus, ceux qui regardent la télé ou jouent à la console toute la nuit. Les seuls à ne pas éteindre leur cellule sont les lecteurs nocturnes, autant dire une espèce en voie d'extinction rapide. Il est rare que Gervais repère un trait de lumière sous une porte.

Pourquoi la cellule 285 est-elle éclairée ?

Justement la cellule 285 !

Celle de l'Œil noir, du quimboiseur qu'ils ne doivent pas approcher. Évariste Pigeon est resté cloîtré dans sa cellule toute la journée, depuis 10 heures du matin. Ordre exprès de Pellissier, le patron du centre pénitentiaire : personne, pas même un maton, ne doit lui parler. Le collègue chargé des plateaux-repas lui a décrit les consignes. Ouvrir la porte, déposer le plateau, la refermer sans un mot, un geste ou un regard.

Tout est filmé ! Et voilà que cette cellule est allumée…

Gervais sent le poids du trousseau de clés à sa ceinture, mais il connaît la procédure. La cellule 285 n'a pas été choisie au hasard, c'est une « chambre de verre », comme la surnomment les détenus, l'une des seules à être équipées de micros et de caméras, afin que les gardiens puissent surveiller les occupants en permanence sans avoir besoin d'entrer.

— Marco, demande Gervais dans son talkie-walkie. Branche-toi sur la 285, j'ai l'impression que notre Œil noir nous fait une nuit blanche.

Un grésillement, un grognement, le surveillant pénitentiaire de garde au poste central, Marco Galvani, devait sûrement somnoler.

Puis un cri paniqué.

— Bordel, t'as raison. Il est réveillé.

Centre pénitentiaire de Baie-Mahault, 5 h 13

Marco Galvani a monté le son au maximum. Une dizaine d'autres surveillants, dont Gervais, l'ont rejoint. Les trois caméras diffusent la même scène sur trois écrans, sous trois angles différents.

Évariste Pigeon se tient debout au milieu de sa cellule, toute lumière allumée, les yeux hagards, comme lorsqu'on se réveille en sursaut après un cauchemar.

À une différence près.

Le cauchemar du quimboiseur ne s'est pas évaporé quand il s'est réveillé.

— *Je... je vois... je vois un grand danger.*

Il marche dans la pièce tel un racoon en cage. Galvani vérifie que tout est enregistré, qu'ils peuvent tout écouter, jusqu'au frottement des semelles d'Évariste sur le ciment..

— *J'entends de la musique, beaucoup de musique.*

Gervais brûle d'envie de poser des questions, *où ? quand ?* Mais il n'a pas d'autre choix que de respecter les consignes. Aucun d'eux ne doit entrer en conversation avec le détenu.

Dans la cellule, le quimboiseur écarquille les yeux, il paraît décrire une scène projetée sur les murs gris, mais que nul autre que lui ne voit.

— *C'est une plage… une longue plage. Une plage du nord de l'île. C'est la nuit. Mais il y a de la lumière. Et du bruit, tellement de bruit.*

Évariste se prend la tête dans les mains. Entend-il vraiment ce vacarme ou joue-t-il la comédie ?

— Il parle de la Tekno Party, lance Marco Galvani. Plage de la Perle. Ma gamine y est avec trois copines !

Tous confirment de la tête, vérifiant instinctivement que l'Œil noir ne peut pas les entendre.

— *Je vois la mort… elle rôde… mais elle n'a pas encore frappé.*

— Nom de Dieu ! s'écrie Gervais. Vous ne comprenez pas ? Quelqu'un est en train de se faire harponner ! Allumez-moi ce micro, qu'on lui pose des questions.

Galvani refuse. Les consignes sont précises. Aucun contact vocal ou gestuel avec le détenu jusqu'à ce matin 10 heures !

— *Elle est en danger… la mort va se poser sur elle… je vois… je vois une toile beige, une croix verte… je vois des papillons bleus.*

Ils sont désormais douze gardiens suspendus à ses lèvres.

L'Œil noir se tourne tour à tour vers les quatre murs de sa cellule, comme si la mort pouvait frapper de chaque côté.

— *Elle dort… elle ne se doute de rien… les papillons bleus la protègent… pour combien de temps ?*

Évariste pivote encore, de plus en plus vite, jusqu'à en perdre l'équilibre. Sa jambe droite cède d'abord, puis la gauche, et il s'effondre telle une quille fauchée.

— Ouvrez cette cellule, nom de Dieu ! hurle Gervais. Consigne ou pas, portez-lui secours ! Et prévenez le commandant Kancel. En priorité absolue ! Avant que le soleil soit levé !

48

Plage de la Perle, Deshaies, 5 h 53

Les derniers rayons laser semblent découper des lambeaux de nuit, dévoilant une timide clarté derrière l'horizon noir. Les DJ ont éteint les platines et la sono, mais quelques irréductibles danseurs refusent d'abdiquer et ondulent par poignées fatiguées autour d'enceintes de poche posées sur le sable. Elles grésillent sans réveiller les fêtards endormis. Ils sont plusieurs milliers, épuisés, apaisés. Certains se sont pétrifiés dans la position où ils sont tombés, après le verre ou le pétard de trop ; d'autres, en couple, se sont éloignés à la recherche d'un coin d'intimité ; la plupart sont juste allongés sur des matelas, parfois sous un drap ou enveloppés dans un duvet. Une vision de matin d'après-tsunami, quand les vagues ramènent sur le sable les corps au milieu des débris.

La lampe de Valéric balaye la partie de la plage la plus proche, en retrait sous les cocotiers, près du parking où les vingt fourgons de policiers sont garés. Le sous-préfet Lecocu se tient à côté de lui, costume froissé et cravate dénouée.

— Vous êtes sûr de vous, commandant ?

— Je suis sûr de mes hommes et de mes femmes. D'après les organisateurs, nous avons 4 831 festivaliers endormis sur cette plage. On doit avant tout éviter la panique.

Valentin Lecocu invite d'un geste discret le policier à s'éloigner. Valéric s'est étonné quand il a vu le sous-préfet débarquer, il est rare qu'il s'aventure sur le terrain. Il a compris en découvrant le texto confidentiel suivi d'un @gouv.fr. *Mon fils Marceau participe à la Tekno Party. Il dort quelque part sur cette plage et son portable ne répond pas. Je compte sur vous, commandant.*

Ils font trois pas et s'arrêtent entre deux fourgons. Le sous-préfet est obligé de poser une main sur le capot pour maîtriser son tremblement :

— Vous avez compris, commandant ? Mon fils est là et…

— Comme 4 830 autres jeunes, monsieur. Comme presque 10 % des moins de vingt ans de l'île. Qu'aviez-vous à me dire ?

Le sous-préfet reste muet. Valéric, sans cacher son agacement, retourne au poste central improvisé, une table posée sous un raisinier dans lequel un halogène a été accroché.

Amiel déplie la carte. Jolène la commente.

— Évariste a vu une croix verte sur une toile beige. Il voulait sans doute parler des tentes de secours. Il y en a quinze le long de la plage, ce sont les croix sur ce plan. Ça signifie, du moins si on croit à ses prophéties, que le harponneur va frapper à proximité de l'une d'elles.

— Si ce n'est pas déjà fait, ajoute le brigadier Simon Fiston.

Valéric lui jette un regard noir.

— Même s'il y a une chance sur cent, on la joue ! On se posera les questions rationnelles après. La victime dont parle Évariste est protégée par des papillons bleus. Ça peut être n'importe quoi : un drap imprimé, un duvet, un paréo, un tee-shirt, une robe…

Les cinquante policiers ont reçu l'ordre de se déployer en silence sur la plage, seuls ou par petits groupes, autour de chaque tente de secours. Vérifier qu'aucun festivalier n'a été harponné ne prendra que quelques minutes. Valéric observe les patrouilles s'éloigner et disparaître dans la nuit. Il scrute l'absence d'horizon devant lui. Son espoir réside dans les dernières secondes d'obscurité.

Tant que le soleil ne sera pas levé, l'assassin de l'aube ne va pas frapper.

D'après l'éphéméride fournie par Amiel, il leur reste douze minutes.

Plage de la Perle, Deshaies, 5 h 59

Amiel progresse, accompagné des brigadiers Dijoux et Fiston, en direction de la tente F. L'une des plus éloignées de l'entrée principale de la plage. Le soleil commence tout juste à se lever. Assez pour poser sur le ciel de premières touches pastel, mais trop peu pour éclairer les corps endormis que le capitaine contourne, enjambe. Il braque sa torche au hasard, éblouissant des visages éveillés en sursaut, balayant de son spot des draps imprimés, des paréos multicolores, des vêtements chiffonnés, quelques corps dénudés, mais aucun papillon bleu.

La tente n'est plus qu'à dix mètres, soudain Amiel s'arrête.

Le rayon de sa lampe s'est figé sur un duvet vert.

Une fleur rouge a poussé sur le tissu fougère, à hauteur du corps de celle qui dort à l'intérieur.

— Mon Dieu !

Une flèche, plantée comme un mât, traverse le sac de couchage. Amiel se précipite. Il ne distingue de la victime que de longs cheveux qui pendent sur le sable, doucement soulevés par le vent.

Une illusion de vie ?

Il ouvre la fermeture en un éclair, pour dégager un front, une bouche, un souffle. Une soudaine remontée de bile incendie son palais. Amiel se mord les lèvres pour la bloquer.

La victime est morte !

L'assassin de l'aube a frappé dès le premier rayon de soleil. C'est un garçon, visage d'ange métis, cheveux tressés, rêves harponnés, assassiné en plein sommeil. Le capitaine passe son doigt sur le tee-shirt écarlate. Le sang est encore chaud. Il saisit son talkie-walkie et se force à ne pas hurler. Des dizaines d'autres corps sont endormis autour de lui.

— Le harponneur est là, Valéric. Tout près. Il vient de frapper.

Il repasse aussi vite qu'il le peut dans sa tête la prophétie d'Évariste : *Elle dort... les papillons bleus la protègent... pour combien de temps... ?*

— T'es où, Amiel ?

— Tente F... On a un énorme problème. On cherchait une fille et c'est un type qui a été tué. Aucune trace des papillons bleus (il a haussé la voix sans s'en rendre compte). Le harponneur s'est peut-être trompé. Il est là, il va recommencer. Faut réveiller tout le monde, Valéric. Évacuer la plage. Vite !

Plage de la Perle, Deshaies, 6 h 04

Les cent vingt décibels de la sono crachent un message d'alerte. Le DJ Rocket Racoon annonce avec une voix de baryton enroué qu'il faut évacuer la plage. *Ordre des autorités ! Aussi rapidement que possible.*

Le sous-préfet a pris la décision de ne pas révéler la vérité, de ne pas demander au speaker de crier dans le micro qu'un tueur rôde sur la plage avec un harpon. Il n'a pas envie de se retrouver avec des dizaines de festivaliers piétinés, surtout pas son fils.

Tout doit se dérouler dans le calme.

Les infirmiers aideront les policiers à secouer les gens. Chaque festivalier réveillé sera invité à s'occuper de son voisin. L'évacuation du camp ne prendra que quelques minutes. Valentin Lecocu l'a assuré, même si Valéric, Amiel et Jolène observent avec inquiétude les rayons du soleil passer au-dessus du morne du Dos d'Âne. Et bientôt de la cime des palmiers.

49

Plage de la Perle, Deshaies, 6 h 07

Je marche sur la plage.

Dans la cohue, personne ne me remarque. Personne ne remarque personne.

Autour de moi, les zombies de l'aube grognent, ronchonnent, refusent de se lever, se tournent et se rendorment. Les plus obéissants y mettent de la mauvaise grâce, peinent à tenir sur leurs deux pieds. On distingue mal les corps debout et les corps allongés dans la semi-obscurité.

J'ai commis une erreur.

J'avais pourtant tout repéré. Chaïma dormait à gauche du poste de secours F, quatrième tapis de sol. J'ai compté dans la pénombre et j'ai tiré à travers le duvet.

J'ai compris en découvrant les sneakers noires posées à côté.

Des chaussures d'homme. Je n'ai pas visé le bon corps.

J'ai harponné un inconnu.

Je continue de marcher, au hasard, sans m'éloigner de la tente F.

Chaïma dort forcément quelque part, tout près, elle n'a pas pu traverser la plage avec son tapis. Elle a dû bouger de quelques places, poussée par la foule. Elle est l'un de ces corps endormis, qu'aucun policier ou infirmier n'est encore venu secouer, que les messages d'alerte de DJ Rocket n'ont pas encore réveillé.

Je cherche les papillons bleus de sa robe, sans les trouver.

Chaïma dort peut-être, habillée, sous ce paréo turquoise ? La chevelure brune qui dépasse ressemble à la sienne. À moins qu'elle ne soit enroulée dans cette serviette de plage ?

J'hésite à tirer au hasard. Mon harpon ne fait aucun bruit. Les victimes frappées au cœur ne poussent aucun cri. La foudre peut tomber sans que personne ne la remarque, même allongé à deux mètres de l'éclair mortel. Ils sont trop saouls, trop épuisés, la transe de la danse les a isolés dans une bulle qu'ils mettront des heures à crever.

Je dispose encore de cinq flèches.

Je dois me dépêcher.

DJ Rocket s'époumone. Les flics et les secouristes sont partout.

Je laisse passer une patrouille de trois policiers et deux pompiers, s'ils savaient qu'ils viennent de croiser le harponneur... L'assassin de l'aube. Le criminel le plus recherché des Caraïbes.

Face à moi, une nouvelle silhouette s'étire. Je m'approche. C'est une femme. Enveloppée dans un paréo. Même taille et même morphologie que Chaïma, mais impossible de deviner si elle porte une robe bleue. Mon pistolet harpon est caché sous ma veste. Mon doigt se crispe sur la détente. Ça ne peut être qu'elle ! J'attends une seconde que le rideau de cheveux qui masque ses yeux s'écarte, pour voir son visage, pour...

Un homme me bouscule. Sans s'excuser. Un Black massif boudiné dans un tee-shirt blanc moulant. Il attrape la fille en paréo par le bras.

— Faut se tirer. Y a un truc chelou, y a des flics partout.

Le paréo glisse. L'inconnue porte un top fuchsia. Raté !

Le sauveur la prend dans ses bras et la frictionne.

— Allez, on bouge, bébé. Y a une sale rumeur, des potes ont entendu les flics parler du harponneur.

Elle hausse les épaules, cherche à tâtons son sac à main, peu pressée de partir.

— Tu ne vas pas croire à ces conneries ? Je suis sûre que c'est un de leurs trucs pour nous faire dégager.

Je me recule avec prudence.

Autour de moi, rares sont les corps encore allongés.

Impossible de renoncer pourtant. Impossible d'échouer. Il n'y aura pas d'autre occasion.

Chaïma n'a pas pu s'envoler, elle est forcément là, tout près.

Tout n'est pas perdu. Je n'ai qu'à la retrouver, m'approcher, tirer, et disparaître dans la foule. Je dispose de quelques secondes avant que le jour soit vraiment levé, avant que...

ELLE EST LÀ.

Devant moi.

Tu te réveilles, Chaïma, le visage ensablé, agacée par le bruit et le jour. Belle comme une rose fripée.

Tu as ouvert ton duvet, tu t'es assise, tu tires sur les papillons bleus de ta robe pour couvrir tes cuisses. Je marche dans ta direction, en prenant soin de boucher au maximum l'angle de vue entre toi et les festivaliers les plus proches. Personne ne doit remarquer comment tu es habillée, surtout pas les policiers.

Ils sont déjà au courant pour les papillons bleus, même si je n'ai pas posté mon courrier.

Tu me regardes avancer vers toi, surprise.

Tu me souris, tu as un très joli sourire.

Tu as bien fait, ma belle, finalement, d'aller dormir un peu plus loin, à l'écart, sous les palmiers, là où le soleil ne s'est pas encore totalement faufilé.

— Bonjour, me dis-tu alors que je suis à un mètre de toi.

Tu ne te méfies pas. Tu ne peux pas me reconnaître. La vie ne dure qu'une nuit, mais tu es persuadée que ce matin encore, tu vas renaître.

Je tire. Plein cœur. Aucun papillon bleu ne s'envole. Aucun voisin ne s'affole.

Personne n'a rien remarqué.

Tu tombes doucement, sans comprendre. Ça ne fait aucun bruit, à cause du sable.

50

Plage de la Perle, Deshaies, 6 h 33

Les policiers ont bouclé la plage et installé un check-point à l'entrée principale, près du parking, dès que le corps de Chaïma Sadji a été retrouvé, provoquant une invraisemblable file d'attente : plus de trois mille personnes dont il faut vérifier l'identité, noter le numéro de téléphone, et interroger brièvement avant de les recontacter si besoin.

Les festivaliers attendent, résignés.

Ce n'est plus une rumeur mais un fait, dorénavant. Le harponneur était là, cherchait sa proie, l'a trouvée.

— Tout ça ne sert à rien, commente Amiel.

Il observe la queue s'allonger sur toute la longueur de la plage, alors que des policiers patrouillent pour empêcher les impatients de se faufiler entre les cocotiers.

— Il s'est écoulé plus de dix minutes entre le moment où Chaïma a été tuée et celui où l'on a découvert son corps. Plus d'un millier de fêtards ont déjà quitté la plage. Le harponneur fait évidemment partie de ceux-là. Pourquoi aurait-il attendu que le piège se referme sur lui ?

Amiel a raison, pense Valéric. L'assassin de l'aube s'est envolé après avoir frappé, mais impossible de prendre le moindre risque, de ne pas contrôler chaque identité.

Ce sont également les ordres du sous-préfet. Valentin Lecocu les a distribués avec autorité, mais n'est pas resté.

Pas le temps, commandant. Il devait rendre des comptes au préfet, au procureur, au ministre, à la presse, et peut-être aussi à sa femme.

Marceau, son fils, a été exfiltré parmi les premiers, sans passer par le check-point ni la file d'attente, puis poussé à l'arrière de la Mercedes où sa mère l'attendait.

Jolène s'est elle aussi approchée du PC, près du parking, sous les raisiniers. Amiel lui tend un gobelet de café. Elle alterne bouffées de cigarette et gorgées d'arabica.

— Les pompiers ont réveillé les derniers festivaliers, explique la capitaine, même ceux avec trois grammes d'alcool ou quatre cents nanogrammes de coke dans le sang. Ils distribuent des boissons chaudes, des rations énergétiques et des pilules d'antalgiques. On peut dresser un bilan j'espère complet. On a deux victimes. Niels Auvray, le garçon dans le duvet vert, et Chaïma Sadji, la fille aux papillons bleus.

Elle tire encore sur sa cigarette, rend le gobelet à Amiel et sort de son sac une feuille de la taille d'une carte de visite, enveloppée dans un étui plastique.

— On a aussi trouvé cette carte, glissée dans un pli de la robe de Chaïma.

Aimé Plantier
Né le 7 février 1919, à Vieux-Fort
Mort le 22 juin 1962, à Deshaies

— Une idée ? demande Valéric.

— Un autre de tes ancêtres ? suggère Amiel.

Le visage du commandant se contracte. Il attrape à son tour un gobelet de café. Jolène a anticipé et avance déjà une piste d'explication.

— J'ai vérifié sur Internet. Je n'ai rien trouvé de particulier pour la date du 7 février 1919, mais celle du 22 juin 1962 ne peut pas être un hasard : elle correspond au crash d'un

Boeing 707 Paris-Pointe-à-Pitre-Santiago, juste au-dessus d'ici, sur le morne du Dos d'Âne. Cent treize morts. Le plus grand accident aérien de l'histoire de l'île !

Valéric crispe ses mains sur le gobelet.

— Quel rapport avec notre tueur ? Et avec l'histoire de l'esclavage ?

— Aucune idée, avoue Amiel. Mais il y a de fortes chances que le harponneur nous envoie des précisions, par courrier, dans quelques heures. À nous et à la presse, d'ailleurs.

— Tu n'auras qu'à lire l'édito de Marie-Douce Lénervé, glisse Jolène.

Valéric apprécie encore moins ce second trait d'ironie. Il vide son café d'un trait.

— On ne va pas attendre que ce tueur reprenne un coup d'avance sur nous. Il était là, sur cette plage, on a failli le coincer.

— Il visait Chaïma Sadji, poursuit Jolène. Tout comme lui, nous cherchions des papillons bleus. Mais il les a trouvés avant nous.

Valéric écrase son gobelet de rage.

— On aurait pu la sauver ! Elle était vivante quand on a déployé cinquante hommes sur la plage. Elle a été assassinée sous nos yeux !

Amiel médite un instant sur le poids de leur responsabilité.

— Cela signifie quelque chose, Valéric.

— Quoi ?

— Qu'Évariste Pigeon n'est pas le complice du harponneur. C'est grâce aux visions de l'Œil noir qu'on a failli coincer le tueur. Et sauver Chaïma.

Le poids des mystères, des questions sans réponses, des soupçons, de sa propre implication semble soudain tomber sur les épaules du commandant. Une tonne d'emmerdements.

— Non, Amiel ! Non ! On ne va pas jouer sur ce terrain-là. On ne va pas commencer à croire que notre quimboiseur a réellement vu, du fond de sa cellule, et sans que personne ne l'ait averti, la tente d'infirmerie, la robe aux papillons bleus, et la mort qui planait autour de cette fille.

— Tu as une autre explication ?

— Non !

51

Direction zonale de la police judiciaire,
Les Abymes, 8 heures

Valéric a fait installer trois chaises et une table sur la terrasse de la DZPJ. À 8 heures du matin, le « ring » est encore à l'ombre. Température idéale. Tranquillité assurée, uniquement perturbée par le décollage des avions de l'aéroport Pôle Caraïbes et des hélicos de l'hôpital du Raizet.

— Qu'on ne nous dérange sous aucun prétexte ! ordonne le commandant à la trentaine de policiers qui s'affairent dans les bureaux.

Avant de se tourner vers ses deux adjoints.

— On arrête de foncer tête baissée. On se pose quelques minutes et on réfléchit.

Jolène et Amiel approuvent, tête levée.

Sur la terrasse, ils ont la bonne surprise de découvrir qu'en plus des trois chaises, le brigadier Chévi Dijoux leur a laissé une assiette de viennoiseries, une cafetière fumante et une bouteille de jus de cerise-pays.

Jolène attrape un nouveau café, une brioche pomme-cannelle, et synthétise les dernières informations recueillies ce matin sur le terrain. Niels Auvray, le garçon assassiné dans son duvet, était un jeune pêcheur de Pointe-Noire. Guadeloupéen, pas de casier, aucun militantisme particulier, un gosse sans histoire qui venait juste s'amuser. Tout laisse penser qu'il a été tué par erreur. Plusieurs témoins ont confirmé qu'il avait installé son matelas à l'emplacement précis où Chaïma Sadji avait posé le sien, quelques heures auparavant, avant qu'une bande bruyante et entreprenante de jeunes de Sainte-Rose se déploie autour de la tente F, et que sans doute Chaïma décide de s'éloigner de quelques dizaines de mètres.

Ni Valéric ni Amiel n'ont touché au petit déjeuner. Jolène dévore pour trois. Elle vide un verre de cerise avant de croquer un nouveau beignet.

— La suite ne va pas te faire plaisir, patron. Chaïma a acheté sa robe bleue, celle aux motifs de papillons, dans une des boutiques du bord de la plage. Hier ! La vendeuse s'est présentée spontanément pour témoigner, elle se souvenait bien d'elle et elle est formelle : Chaïma a hésité entre plusieurs coloris et plusieurs modèles. Son choix, celle aux papillons bleus, s'est fait totalement au hasard, un achat impulsif que personne n'aurait pu prévoir… Vous comprenez ce que ça signifie, les garçons ?

Amiel se charge de tirer les conclusions.

— Que personne, avant qu'elle achète cette robe, ne pouvait savoir qu'elle la porterait ! Et puisque Évariste Pigeon a été placé à l'isolement toute la journée, il est impossible que le harponneur, même s'il a traqué Chaïma depuis hier matin, ait pu lui communiquer cette information, pas davantage qu'il ne pouvait savoir qu'elle poserait son matelas à côté d'une tente de secours. Il va falloir finir par croire à l'œil noir, Valéric.

Le commandant se laisse tomber sur une chaise.

— Et même si j'y croyais ? Vous pensez que le procureur de la République, le juge Koury, ou Valentin Lecocu, vont se contenter de cette explication ? *Tout est sous contrôle, monsieur le sous-préfet. On travaille avec un médium ! On n'est pas encore synchrones, mais on va s'améliorer. On envisage de proposer à notre quimboiseur un CDD.*

Jolène offre à son chef un sourire rouge cerise désabusé.

— D'accord, patron. Mais ça nous laisse quoi comme autre solution ? L'avocate, Célanie Le Cram ? Elle est clean ?

— Ouais, confirme Valéric. Tous ses collègues de JISTIS-971 me l'ont confirmé. Clean et chiante. De toutes les façons, elle ne s'est jamais retrouvée seule avec son grand-père, à l'exception de son premier rendez-vous au parloir, avant-hier, qui a été filmé et enregistré. Chévi et Simon ont repassé dix fois les bandes, ont tout contrôlé, chaque battement de paupières, sans trouver quoi que ce soit de suspect. Et même s'ils fonctionnaient par télépathie, pourquoi une avocate aussi ambitieuse prendrait-elle le risque d'être complice d'une telle mascarade ?

Personne ne répond. Jolène a avalé le dernier beignet et n'a plus que ses ongles à ronger.

— Et côté prison ? poursuit-elle. La cellule d'Évariste est surnommée la « chambre de verre ». Quelqu'un a pu ouvrir le micro dans le poste de garde et communiquer avec lui ?

Le commandant dévisage son adjointe, longuement, avant d'exploser.

— Nom de Dieu, Évariste Pigeon est à l'isolement dans un centre pénitentiaire ! Sur ordre du juge, sous le contrôle du directeur de la prison et de fonctionnaires assermentés. On ne va pas commencer à imaginer des gardiens corrompus ou je ne sais quel délire complotiste.

— Alors, conclut avec calme Amiel, il faut se rendre à l'évidence. Évariste voit vraiment la mort avant qu'elle frappe.

— Oh non ! s'entête Valéric. Évariste se fout de notre gueule, même si j'ignore comment et pourquoi !

Ils demeurent un moment silencieux. Jolène a balayé les miettes de viennoiseries d'un revers de main et installé un ordinateur portable. La lieutenante Mirelle Fontanel s'est une nouvelle fois révélée d'une efficacité impressionnante. Ils font défiler les éléments biographiques qu'elle a collectés sur le téléphone portable de Chaïma Sadji, ses profils sur les réseaux sociaux et quelques coups de fil en métropole passés à ses proches.

Chaïma Sadji était étudiante en prépa infirmière. Célibataire. Une fille volontaire, joyeuse, tombant un peu trop souvent amoureuse mais se relevant après chaque histoire malheureuse, plus déterminée que jamais à chasser les doutes et profiter des nouvelles rencontres que la providence sème sur sa route. Elle n'était jamais venue en Guadeloupe. Fontanel est formelle. Et Chaïma Sadji n'avait aucun lien avec Jacob Santamaria et Audrey Colombel.

L'informaticienne de la DZPJ, par contre, a relevé un fait étrange sur ses messages téléphoniques. Chaïma avait sympathisé avec un certain Ruby sur un site de rencontres. Un Guadeloupéen. Ils se sont écrit pendant trois mois, puis Ruby a fini par inviter Chaïma à le rejoindre sur son île. Ils s'étaient donné rendez-vous plage de la Perle, à la Tekno Party...

— Et Ruby n'est jamais venu, conclut Jolène. Même processus que pour Jacob et Audrey. Tout laisse penser que les victimes ont été choisies au hasard par le tueur, mais elles ont été attirées en Guadeloupe de la même façon... Chaïma par une rencontre avec un fantôme sur les réseaux sociaux.

Amiel sort son téléphone portable, consulte furtivement ses messages, puis enchaîne.

— Audrey Colombel s'est fait piéger par une annonce publicitaire mensongère lui promettant une réduction sur son séjour.

Valéric s'empare de la souris et ouvre un message récent du brigadier Fiston.

— Et après vérification, l'agence immobilière Immob'île qui a convaincu Santamaria que quelques hectares de la mangrove du Grand Cul-de-sac marin étaient à vendre est bidon elle aussi.

Amiel pose son portable sur la table.

— L'assassin de l'aube serait un surdoué en informatique ?

— À moins qu'ils ne soient plusieurs, suggère Jolène. Un tueur, un informaticien…

— Et qu'ils agissent depuis des années, ajoute Amiel. La maîtresse de Santamaria, l'ex d'Audrey Colombel, tous morts de façon violente, à l'aube.

Valéric continue de pianoter sur l'ordinateur.

— Rien ne permet d'affirmer qu'il s'agit de deux assassinats. J'ai demandé à Chévi d'enquêter sur ces deux décès. Il a dû attendre que les archives judiciaires ouvrent à Cuba et en métropole, il y a passé une partie de la nuit, mais les rapports de police confirment ce que nous savons déjà.

Il ouvre deux fichiers PDF dans une double fenêtre.

— Selon la police de La Havane, Janet Jimenez a été poignardée par un individu qui lui a volé son sac, ses bijoux, et ses bombes de peinture.

— Individu qui n'a jamais été identifié ni retrouvé, lit Jolène.

— Et selon la gendarmerie de Nanterre et la police de Kigali, poursuit Valéric, Ludovic Rossi, le compagnon d'Audrey Colombel, a été victime d'un accident, suite à une prise de risque inconsidérée sur les hauteurs de la vallée de la Rusizi, après un violent orage ayant détrempé le rebord de la falaise. Il n'y avait personne d'autre qu'eux à cinq kilomètres à la ronde, pas même un gorille. La géolocalisation du portable d'Audrey Colombel, au moment où Ludovic Rossi est tombé, l'a innocentée.

— Sauf si elle n'avait pas emporté son portable avec elle, nuance Jolène.

Amiel sourit.

— Pour quelle raison l'aurait-elle poussé ?

— Il a peut-être tenté de la violer. Ou ils se sont disputés. Ou elle l'a attiré volontairement au Rwanda pour…

Valéric pose une main sur l'épaule de son adjointe.

— Je te rappelle qu'Audrey Colombel est une victime, pas une suspecte.

— Et que Janet Jimenez comme Ludovic Rossi a trouvé la mort à l'aube !

Amiel regarde toujours l'écran.

— Rwanda, Cuba, Guadeloupe… Les assassins de l'aube auraient des complices sur tous les continents ?

— À moins, continue de raisonner la capitaine, que l'explication soit beaucoup plus simple que ça.

Valéric et Amiel la fixent, intéressés.

— Pour les meurtres de Janet et de Jacob, la femme trahie possède un sacré mobile : l'argent ! Un très bel héritage ! Et un second tout aussi puissant.

Elle clique sur une nouvelle pièce à conviction et fait apparaître sur l'écran la photographie de la carte d'Anatole Cegnevane.

— VENGEANCE.

52

Cabinet JISTIS-971, 129 rue Saint-John-Perse,
Pointe-à-Pitre, 9 heures

— Bonjour, maître.
— Qu'est-ce que vous fichez là, commandant ?
— J'attends le facteur !

Maître Célanie Le Cram lève les yeux au plafond de son bureau. Des journaux et des captures d'écran sont étalés devant elle. Tous les sites d'information des Caraïbes parlent en boucle de la Tekno Party tragique. *Deux jeunes harponnés. Un assassin en liberté.* Le sous-préfet a appelé Valéric sur son trajet entre la DZPJ et le cabinet JISTIS-971. Lecocu a promis à la presse un communiqué pour 11 heures, il attend des avancées significatives d'ici là : « Il vous reste deux heures, commandant. L'île est au bord de l'éruption. Selon mon échelle de Richter des emmerdes, on est monté à 8 sur 10 depuis ce matin, niveau fortes secousses ressenties et dégâts majeurs à l'épicentre. »

Crétin !

Valéric surveille la rue Saint-John-Perse et son alignement de somptueuses maisons coloniales. À 9 h 15 précises, la fourgonnette de la poste s'arrête devant l'une d'elles, la mieux rénovée, celle abritant le cabinet JISTIS-971.

Célanie lance au commandant un regard de défi avant qu'il ne sorte du bureau.

— Vous comptez vraiment intercepter le courrier d'un cabinet d'avocats ? Je crois que, depuis ce matin, vous n'êtes pas en situation d'exiger quoi que ce soit !

Valéric l'avait prévu. Célanie ne se laisserait pas facilement convaincre. Elle a bien entendu été mise au courant des visions de son grand-père au cours de la nuit, et du fiasco de la police plage de la Perle…

Un stagiaire, portant la cravate comme un déguisement du haut de ses dix-sept ans, ouvre la porte du cabinet pour se rendre à la rencontre du facteur. Valéric n'effectue aucun geste pour le devancer, il se contente de dévisager Célanie.

— Maître, je peux vous demander une faveur ?

— Tout dépend.

Il désigne du regard le jeune stagiaire, dans le hall d'accueil, occupé à trier le courrier.

— Si, dans cette pile de lettres, l'une est destinée à votre grand-père, je vous demande l'autorisation… de la lui remettre moi-même.

Célanie ne dit pas non, ni oui, elle attend de comprendre.

— Pourquoi ? Vous vous méfiez de moi ?

— Non, je vous écarte de la liste des suspects.

Maître Le Cram observe le commandant, intriguée.

— Nous poursuivons le même but, n'est-ce pas, maître ? Prouver l'innocence de votre grand-père. Si vous avez accepté qu'on le place à l'isolement complet, c'est bien pour l'innocenter ?

— Oui.

Sans attendre d'autre réponse, Valéric s'avance dans le hall. Entre une dizaine d'autres enveloppes et colis, il repère aussitôt le courrier qu'il espérait… tout autant qu'il le redoutait.

Évariste Pigeon
Aux bons soins de maître Le Cram
JISTIS-971
129 rue Saint-John-Perse
97110 Pointe-à-Pitre

Même écriture. Même protocole. Célanie s'est approchée.

— Le courrier d'un avocat est inviolable, commandant ! Protégé par le droit pénal qui garantit l'indépendance de la défense. Vous savez lire, cette lettre m'est destinée…

Elle laisse planer un long silence, comme pour souligner le poids de la concession qu'elle s'apprête à lui accorder.

— … Et pourtant, dans l'intérêt de mon client, je vais vous la confier. Et je vous renouvelle mon accord de le placer à l'isolement complet, pour vingt-quatre heures supplémentaires. Vous serez ainsi le seul à avoir approché mon client, à lui avoir parlé. S'il voit encore la mort frapper, vous serez le seul à pouvoir être accusé de l'avoir informé !

Valéric réalise toute l'ironie de la situation.

— Merci, maître.

— De rien. Vingt-quatre heures, pas une de plus. La demande de libération de mon client sera sur le bureau du juge avant midi. Avec son dossier médical. N'oubliez pas, commandant, cette nuit, Évariste Pigeon n'a pas été complice d'un nouveau crime, il a tenté de l'empêcher ! Ne lui faites pas porter le poids de votre incompétence. Vous auriez pu éviter, grâce à lui, ces deux nouveaux meurtres. Le seul motif pour lequel mon grand-père est mis en examen, complicité de crime, est désormais nul et non avenu.

« Le poids de votre incompétence » ? répète Valéric dans sa tête. Pour qui cette avocate donneuse de leçons se prend-elle ?

Le commandant attrape l'enveloppe destinée à Évariste Pigeon d'un geste nerveux.

— Oh si, maître, ce motif existe ! Quatre innocents ont été assassinés, et rien ne permet de penser que le tueur de l'aube va s'arrêter. Votre grand-père en sait plus que ce qu'il nous a révélé, j'en suis persuadé ! Ces meurtres, il en porte une part de responsabilité.

Sans s'en rendre compte, Valéric a haussé le ton. Des collègues de Célanie se sont rassemblés dans le hall, intrigués par les éclats de voix. Maître Le Cram regarde tour à tour les avocats du cabinet JISTIS-971, puis le policier.

— N'en rajoutez pas, commandant Kancel, je pourrais changer d'avis. Vous me placez dans une situation ridicule !

Valéric grimace, l'ego de cette avocate ambitieuse paraît si dérisoire au regard du véritable enjeu. Il serre ostensiblement la lettre d'Évariste entre ses doigts.

— Ridicule face à vos collègues ? Parce que vous avez renoncé à l'inviolabilité de votre courrier ?

Célanie, sûre d'elle, laisse éclater un bref rire nerveux.

— Oh non. Chacun de mes collaborateurs connaît ma valeur, tout comme je connais la leur. Un avocat est libre de ses choix, c'est la base de notre métier.

Les autres avocats, solidarité de corps, forment une ronde autour de Célanie.

— Vous me placez dans une situation ridicule, poursuit maître Le Cram, face à ma famille. Mes parents, mes oncles, mes neveux, mes cousins. À leurs yeux, j'ai toujours été la bonne élève, celle pour qui ils se sont sacrifiés afin qu'elle étudie, celle dont ils sont fiers parce qu'elle a réussi… et aujourd'hui, la fille surdouée de la famille est incapable de faire sortir son propre grand-père de prison !

53

Direction zonale de la police judiciaire,
Les Abymes, 9 h 10

Amiel et Jolène sortent de la DZPJ. Pressés. Direction le parking. Ils prennent à peine le temps de regarder l'agitation de la rue Pompilius-Keller, d'admirer les jeunes athlètes ruisselants dans le stade du CREPS[1], ou le petit attroupement, devant l'Ô Marché An Nou, autour de Jayden Tourmant et de ses tours de cartes truqués. La capitaine s'occupera de raisonner le jeune pickpocket plus tard, quand tout sera terminé.

Les policiers font clignoter les phares de leurs voitures. Jolène doit retourner sur la scène de crime plage de la Perle, puis à la morgue du CHU, tout en recueillant le maximum d'informations auprès des proches de Chaïma en métropole. D'après Chévi Dijoux, sa mère et son frère doivent prendre le premier avion pour se rendre en Guadeloupe.

Les parents d'Audrey Colombel sont déjà partis, par le vol de nuit. Amiel a rendez-vous avec eux à l'aéroport, un salon privé leur a été réservé, sur ordre du sous-préfet Lecocu. Priorité absolue ! Il faut fouiller le passé d'Audrey, pour comprendre pourquoi elle a été choisie par le tueur de l'aube.

1. Centre de ressources, d'expertise et de performance sportive.

Amiel, avant d'ouvrir la portière, presse un instant sa coéquipière contre son cœur.

— Prends soin de toi, Marge.

— Merci, Waylon !

— Waylon ?

— C'est le seul gay chez les Simpson, j'ai vérifié !

— Bien joué… Marj… olaine.

— Jolène ou même Jo, ça suffira !

Amiel observe avec affection sa collègue. Il la trouve de plus en plus nerveuse. Cigarette allumée à la moindre opportunité, ongles rongés. Manque de sommeil ou manque d'amour ? Tout comme il trouve Valéric de plus en plus renfermé, secret. Après tout, pense le capitaine, peut-être est-ce moi qui suis anormal de rester aussi calme. En apparence… Cette affaire le hante, Raphaël lui manque. Il prend la main de Jolène et la serre aussi fort qu'il le peut.

— D'ac, Jo. Au fait, j'ai écouté ta chanson, Dolly Parton, c'est ça ? T'as raison, elle est super connue, y en a près de cent versions sur Spotify. Beyoncé elle-même la reprend dans son dernier album !

— Écoute plutôt celle en live de Miley Cyrus. Une tuerie et…

Clac !

Ils sursautent. Ils ont trop traîné, les portières de leurs véhicules viennent de se reverrouiller.

Amiel ne lâche pas la main de sa partenaire.

— Et ton geek ? Joshua, c'est ça ? Il te court toujours après ?

— Ouais… Je n'ai pas eu le temps de le blacklister. Je me contente de ne pas le rappeler. Et… et toi, ton pompier ? Tu l'as revu ?

— Oui.

Un sourire sincère irradie le visage de Jolène.

— Plage de la Perle, précise Amiel. Il coordonnait les secours des tentes A à F. Je l'ai croisé alors que la plage s'était presque vidée, il ne pouvait pas me rater… mais il s'est arrangé pour me rater quand même.

— T'en fais pas, il est sous pression, comme nous tous. Dès qu'on aura coincé ce salaud de harponneur, t'auras tout le temps pour reconquérir ton pompier.

— Ou l'oublier… murmure Amiel.

Un fin voile de mélancolie trouble leurs regards. Leurs mains n'ont pas envie de se libérer. Amiel craque le premier.

— L'avion des Colombel atterrit dans dix minutes, je dois filer.

Ils se séparent à regret, à peine trois mètres.

— Ne partez pas !

Ils reconnaissent la voix essoufflée de Toussaint Bonaventure. Le chef du département scientifique a couru pour les rattraper. Jamais Jolène ne l'avait aperçu hors de son labo : le parking de la DZPJ est sa sortie de l'année ! L'expert semble fondre à chaque nouveau pas sur le bitume noir surchauffé.

— Attendez ! lance Toussaint Bonaventure. J'ai du nouveau ! J'ai envoyé hier soir le cheveu de Valéric, par navette, à l'institut Lauderhill de Miami. Je viens de recevoir le résultat.

Clac !

Les portières se referment.

— J'en avais l'intuition, poursuit l'expert, mais je n'avais pas les moyens de vérifier.

Amiel regarde sa montre, l'Airbus A330 se pose dans moins de sept minutes.

— Savez-vous, continue l'expert, qu'on a retrouvé du mercure et de l'arsenic dans les cheveux d'une momie égyptienne, vieille de plus de quatre mille ans ? Le plus vieux *cold case* du monde !

Un avion passe au-dessus de leurs têtes.

— Accélère, Toussaint, s'énerve Jolène.

Bonaventure retrouve petit à petit un souffle normal. Il prend une dernière longue inspiration pour ménager son effet.

— Les gars de Miami sont formels. Le cheveu retrouvé dans la tente de la cascade Parabole est tombé de la tête de notre commandant il y a plus de vingt ans !

Amiel émet un sifflement de surprise.

— Au moins, ironise Jolène, si sa dernière cuite sévère remonte à l'an 2000, ça explique pourquoi on n'a jamais vu Valéric saoul ou shooté.

— Et ça épaissit le mystère, ajoute Amiel. Que vient faire ce cheveu sur la scène de crime ? Vingt ans plus tard !

54

Centre pénitentiaire de Baie-Mahault, 10 heures

Valéric est seul au parloir de la prison de Baie-Mahault, face à Évariste Pigeon, mais il sait que chacun de ses gestes est filmé, chacune de ses paroles enregistrée. C'est lui-même qui l'a exigé. Il a laissé sa montre, son téléphone et son chapeau au vestiaire. Il est l'unique être humain, depuis plus de vingt-quatre heures, à être entré en contact avec le quimboiseur.

Le commandant ramasse la feuille et l'enveloppe ouverte. Comme les précédentes, elles seront passées au crible par la police scientifique, mais les experts ont confirmé que les courriers du harponneur ne contenaient aucun code secret, aucun message subliminal, rien qu'une enveloppe banale et une feuille, une simple photographie imprimée, pliée en quatre à l'intérieur.

Ce matin, le harponneur leur a envoyé le cliché d'une stèle noire, sur laquelle est inscrite une date : *22 juin 1962.*

Au pied de la stèle, entre les bougies éteintes et les fleurs fanées, plusieurs portraits de Chaïma Sadji ont été posés. Elle porte la robe aux papillons bleus. Les photos ont donc été prises la veille, plage de la Perle, le commandant peut distinguer la foule qui s'installe derrière la jeune femme, les tentes de secours, les enceintes géantes sur la plage. Enfin, sous la photo, l'assassin a écrit une phrase :

Il n'est pas question de livrer le monde
aux envahisseurs d'aube.

Le commandant tente d'analyser au plus vite les informations. Si le harponneur n'a pas changé son protocole, les médias vont recevoir la même photographie.

La date, le 22 juin 1962, correspond au crash du Boeing 707. La stèle noire a sans doute été érigée en hommage aux victimes. Cette fois, le meurtrier n'a pas déplacé le corps sur ce lieu de mémoire, mais comment aurait-il pu réussir à l'enlever, en pleine Tekno Party ? Il s'est contenté de clichés explicites, sa signature, confirmant ainsi les prédictions d'Évariste Pigeon : c'était bien Chaïma Sadji qui était visée, pas Niels Auvray, qui n'est qu'une victime collatérale.

L'Œil noir fatigue face à lui, paupières lourdes, traits tirés. Si les premières heures en prison ont semblé le rajeunir, grâce aux bienfaits d'une douche, d'un repas chaud et d'un bon matelas, l'absence de liberté semble à présent lui peser. À moins que sa petite-fille ne bluffe pas sur son dossier médical et que son cancer ne se soit réellement aggravé… ou que prédire l'avenir et courir plus vite que la mort lui pompent toute son énergie.

Valéric chasse cette dernière pensée. Il s'est juré de ne pas raisonner ainsi. De ne pas faire entrer l'hypothèse surnaturelle dans l'équation permettant de résoudre cette enquête. Ce serait si simple, pourtant, d'expliquer par un simple tour de sorcellerie ce que viennent faire dans cette affaire un de ses cheveux perdu il y a vingt ans, et son ancêtre, il y a huit générations.

Se concentrer sur les faits, uniquement les faits.

Comme cette photo que les experts scientifiques vont, elle aussi, analyser.

Comme ce mot, laissé par le harponneur sur le corps de Chaïma.

Aimé Plantier. Né le 7 février 1919, à Vieux-Fort. Mort le 22 juin 1962, à Deshaies.

En quoi le crash de ce Boeing peut-il avoir un rapport avec la mémoire coloniale ?

Le commandant retient un sourire réflexe, il sait qu'il est filmé. Rien de plus simple pour tout savoir sur cet accident aérien… il n'aura qu'à se connecter dans quelques heures sur Akansyel.

55

http://www.akansyel.fr

Une heureuse coïncidence ?
par Marie-Douce Lénervé

Aimé Plantier était l'un des 113 passagers et membres d'équipage du vol Boeing 707-331 Paris-Santiago, via Lisbonne, les Açores et Pointe-à-Pitre.

On peut lire son nom, ainsi que celui des 112 autres victimes, sur l'une des trois stèles érigées en mémoire de ce drame, sur le morne du Dos d'Âne, où l'avion s'est écrasé. Une marche d'à peine une heure à partir du centre de Deshaies.

Combien de Guadeloupéens font aujourd'hui l'effort de suivre ce pèlerinage ?

Aucun, ou presque.

Vous êtes pourtant des centaines chaque jour à savourer des ouassous sur les jolies terrasses colorées de Deshaies, à vider une bière ou un rhum arrangé dans un des lolos, à vous endormir sur la plage de Grande-Anse, ou à pêcher dans le port de la pointe Batterie.

Qui se souvient de cet accident, à part les familles des victimes ?

Personne, ou presque.

Le crash du Boeing 707, selon les explications officielles, serait dû à une panne de VOR (le système de radioguidage) et de l'ADF (Automatic Direction Finder) au cours d'une aube orageuse.

Qui pourrait discuter ces explications si précises ?

Personne !

Les conclusions de l'enquête ont été classées secret défense. Nul n'a pu les consulter.

Ce qui est par contre certain, c'est que les conditions climatiques étaient loin d'être cataclysmiques ce matin-là, que le morne du Dos d'Âne, du haut de ses 611 mètres, n'est pas la barrière des Alpes, et que certains pêcheurs auraient aperçu l'avion exploser en vol... pas s'écraser au sol.

Ce qui ne peut être nié non plus, c'est que parmi les passagers du Boeing se trouvaient deux des plus grands leaders anticolonialistes et autonomistes : le Guadeloupéen Albert Béville et le député de Guyane Justin Catayée.

S'ils n'étaient pas morts ce jour-là, qui sait ce que la Guadeloupe, la Guyane ou la Martinique seraient devenues ? Qui sait si elles seraient restées françaises ? En 1962, c'était l'heure du choix ! Les colonies revendiquaient partout leur indépendance, en Afrique, en Asie comme en Amérique. Une indépendance que la plupart des îles antillaises avaient déjà obtenue, parfois de haute lutte : la Jamaïque, Cuba, la Dominique, Antigua.

Qui se souvient des émeutes sanglantes de décembre 1959 en Martinique, où trois citoyens trouvèrent la mort ? De la répression violente et des arrestations massives en Guyane, au moment même où le Boeing ramenait leur leader ?

Quelle heureuse coïncidence pour la République ! « Je parle peut-être ici pour la dernière fois », avait déclaré le député Justin Catayée à la tribune de l'Assemblée nationale, trois jours avant de prendre l'avion.

Paranoïa, a-t-on pensé alors.

L'État français aurait-il pu sacrifier 113 innocents pour éviter un bain de sang ?

Complotisme, réécriture de l'Histoire, pense-t-on aujourd'hui.

Les stèles, loin des sentiers de randonnée, ne sont plus fleuries que de quelques bouquets fanés.

Jusqu'à ce matin.

Jusqu'à ce que la population guadeloupéenne, stupéfaite, découvre plage de la Perle sa jeunesse, traumatisée.

Jusqu'à ce que cet événement tragique lui rappelle son passé sanglant, plus efficacement que toutes les commémorations depuis soixante ans.

Il était 4 heures du matin, le 22 juin 1962, quand le Boeing 707 a explosé au-dessus de notre île.

Qui en porte la responsabilité ?

Qui sont les assassins de l'aube ?

56

Préfecture de Pointe-à-Pitre, 11 heures

— Allô, Valentin ? Tu voulais me parler ?

— Oui… Je voulais te lire ma déclaration pour les médias. Trop tard, je viens de l'envoyer ! Merci quand même de rappeler, Gildas.

— Tu écris aux journalistes, maintenant ? Tu n'organises plus de conférences de presse ?

— Non ! Terminé, les grands oraux ! T'avais raison, plus je parle et moins ils m'écoutent. Plus j'apporte des preuves et moins ils me font confiance. Plus j'avance des arguments rationnels et moins ils me croient. Je dois te laisser, Gildas, on est sur un volcan ici, niveau 10 sur mon échelle des emmerdes !

Gildas n'a pas l'air ravi que son vieil ami, après l'avoir appelé, lui raccroche au nez.

— Moi aussi je suis débordé, figure-toi. Je suis sous-préfet comme toi.

— Ça va, Gil… Tu vas pas comparer mon siège éjectable en Guadeloupe à ton canapé doré dans ton île à pingouins.

Gildas marque un silence surpris.

— Ça va, vieux frère ? Tu ne serais pas en train de péter un plomb ?

— Si ! Totale surchauffe. Depuis ce matin, les emmerdes tombent en grain ! Attends, coupe pas.

Le sous-préfet de Saint-Pierre-et-Miquelon entend son camarade de promotion hurler dans le téléphone.

— Oui ! Vous me supprimez ce site, Akansyel.fr. Je me fous de savoir comment, vous me l'effacez, vous me le bannissez, vous me le balancez dans les limbes d'Internet, je me contrefous des détails techniques, mais je ne veux plus qu'un seul Guadeloupéen lise ce torchon ! Comment ça, c'est illégal ? J'ai l'accord du préfet, et même du ministre des Outre-mer. Les motifs de la fermeture du site sont écrits noir sur blanc : trouble à l'ordre public, apologie du terrorisme et révisionnisme. Si cette Marie-Douce Lénervé vient protester, vous me la bouclez !

Un nouveau silence, Gildas en profite pour se faufiler.

— Tu supprimes le site Akansyel ?

— Oh oui ! Cette journaliste est folle. L'île est en feu et elle balance chaque matin un peu plus d'huile de palme sur les flammes. J'ai un dossier accablant sur elle. Tu sais que j'aime autant les chiffres que les lettres, elle je l'ai fichée à S, comme sectaire, ou C comme communautariste. J'ai six ronds-points bloqués, ils mélangent tout ici, la profitation, le chlordécone, le passe sanitaire, les octrois de mer, le cyclone Hugo…

— Et demain, mon Valentin ? Qu'est-ce qui empêchera ta Douce de créer un nouveau site dès que l'ancien sera fermé ?

— Rien ! Mais au moins l'État aura réagi ! Terminé de se foutre de la gueule des représentants de la République. Parce que je suis plus blanc qu'eux ? Plus diplômé, et certainement plus intelligent ?

Gildas laisse filer un silence gêné.

— Je confirme, t'as vraiment pété les plombs !

— Parce que je fais mon boulot ? Si déjà, chacun faisait le sien…

— Tu parles de qui, Valentin, des flics ?

Le sous-préfet se calme un peu.

— Non, c'est plutôt correct de ce côté-là. Le commandant Kancel me téléphone toutes les deux heures. Lui ne me considère pas comme un étranger qui ne comprend rien à rien. Il a passé vingt ans en métropole, il est… raisonnable. Il ne croit pas aux délires de ce framboiseur…

— Quimboiseur, Valentin.

— Si tu veux… Enfin bref, même s'il patauge comme tout le monde dans la mangrove en ramant après ce putain de harponneur, il m'a l'air de tenir ses troupes, d'agir tout en restant discret. J'ai eu du bol de tomber sur un charbin…

— Chabin, Valentin…

— Oui, chabin, si tu veux… Attends, on vient encore m'emmerder… J'ai mon directeur de cabinet qui écoute tout ce que je raconte. Oui, qu'est-ce qu'il y a, Alexandre ?

Gildas entend le sous-préfet de Guadeloupe hurler dans le téléphone.

— Quoi ? Quoi ? Quoi ???

Gildas ne distingue pas les paroles du directeur de cabinet, mais il devine que Valentin a gravi quelques barreaux de plus sur l'échelle de ses emmerdes.

— Putain, faut que je te laisse, Gildas, j'ai une nouvelle noix de coco qui vient de me tomber sur le crâne. Alexandre me certifie que le commandant Kancel a été aperçu sur le port de Bas-du-Fort en train de fricoter avec Marie-Douce Lénervé. Oui, fricoter ! Conter fleurette, si tu préfères ! Si ça se trouve, elle le manipule depuis le début. C'est quoi cette île de dingues ? Je veux me tirer de là, Gildas ! Faut que j'écoute Anne-So quand elle me dit qu'elle veut rentrer à Avignon, ou à Paris. Que les boutiques bio de la rue du Cherche-Midi lui manquent… Faut que je me sauve avec ma famille avant que Toscane nous ramène à la maison un Black fumeur de crack. Je peux te le jurer, Gildas, s'il n'y avait pas le sursalaire et la prime pour fonctionnaires expatriés, il y a longtemps que je l'aurais fait.

57

Aéroport Pôle Caraïbes, Les Abymes, 12 heures

— Prenez votre temps, madame Colombel.

La mère d'Audrey Colombel, une septuagénaire squelettique, que son mari rondelet tente d'envelopper entre ses bras épais et son ventre douillet, est effondrée. Ils sont installés dans le carré VIP de l'aéroport de Pointe-à-Pitre, privatisé le temps de l'interrogatoire par le directeur de l'aéroport. Des hôtesses les ont guidés dans la pièce dès que l'Airbus A330 s'est posé. Amiel est arrivé quelques minutes plus tard. Il leur a assuré qu'ils pourraient se recueillir devant la dépouille de leur fille, très vite, le plus vite possible, mais l'assassin, ou les assassins, d'Audrey se promène en liberté, nous devons l'arrêter, madame Colombel, vous comprenez ?

— Non, inspecteur. Je veux voir ma fille !

— Bien entendu, mais auparavant… j'ai besoin que vous me parliez.

Madame Colombel renifle. Monsieur Colombel respire fort. Madame Colombel confirme tout ce qu'elle a déjà raconté au téléphone au brigadier Chévi Dijoux. Audrey menait une vie sans histoire, qui aurait pu lui en vouloir ? Elle était sportive, indépendante, bienveillante. Bien sûr, on aurait préféré qu'elle se marie, qu'elle nous offre des petits-enfants au moins, mais elle était ainsi, à préférer sa liberté, ses voyages, ses aventures sans lendemain, à préférer la vie, oui, inspecteur, la VIE.

Madame Colombel s'effondre en larmes contre la poitrine de son mari. Cœur mouillé, gorge serrée.

— Pouvez-vous me parler de son ancien compagnon, Ludovic Rossi ?

Madame Colombel semble incapable de s'exprimer davantage. Monsieur Colombel prend le relais, d'une voix fêlée.

— Nous… nous aimions bien Ludovic. C'était son plus vieil ami. Audrey en changeait souvent, d'amis je veux dire, enfin de petits amis. Elle s'ennuyait vite avec les gens. Mais Ludo, elle l'avait gardé. Ils s'étaient connus au lycée. On avait fini par croire qu'ils se mettraient ensemble, qu'il parviendrait à l'apprivoiser, qu'elle se rendrait compte que Ludovic était le bon, qu'il serait un père idéal… Peut-être que c'est ce qui se serait passé… s'il n'y avait pas eu ce maudit voyage au Rwanda.

— Pouvez-vous m'en parler ? En détail. Audrey et Ludovic randonnaient dans la vallée de la Rusizi ? C'était le matin, n'est-ce pas, et…

Madame Colombel redresse soudain la tête. Derrière les larmes, ses yeux lancent des éclats de colère.

— J'ai déjà tout raconté à vos collègues ! Par téléphone. Plusieurs fois ! Pourquoi vous intéressez-vous à cet accident qui remonte à cinq ans plutôt qu'à l'assassin de ma fille ? Ma fille dormait. Elle ne pouvait pas prévoir que Ludovic irait se promener au-dessus de la falaise, qu'il glisserait… Qu'est-ce que vous cherchez, inspecteur ? À salir le passé d'Audrey ?

Les yeux de madame Colombel s'emplissent à nouveau de larmes. En signe de paix, Amiel lui tend un mouchoir blanc.

— Audrey s'en est beaucoup voulu ! poursuit madame Colombel. Elle a tellement culpabilisé. Elle avait tant de souvenirs avec Ludo. Éthiopie, Bali, Tibet. Elle n'a jamais pu retourner ensuite dans ces pays. C'est pour cela, comprenez-vous, inspecteur, qu'elle ne voulait pas revenir en Guadeloupe.

Amiel laisse tomber le mouchoir blanc. Il flotte doucement dans l'air avant de se poser sur le parquet ciré.

— Comment cela, « revenir en Guadeloupe » ? Je croyais que votre fille n'y avait jamais mis les pieds ?

Morgue du CHU, Les Abymes, 12 h 03

— Il faut à tout prix que je vous parle, madame Sadji.

— Je comprends, capitaine, mais les hôtesses nous appellent. Nous montons dans l'avion.

Jolène s'est garée sur le parking de l'hôpital. Elle continue de coller son téléphone contre son oreille et calcule vite dans sa tête. Neuf heures de vol. La mère et le frère de Chaïma ne seront pas à Pointe-à-Pitre avant 21 heures. Elle doit engranger le maximum d'informations avant qu'ils s'envolent.

— Restez avec moi jusqu'au bout. Jusqu'à ce que l'avion décolle. Chaque seconde peut compter. Chaque détail dont vous me parlerez aussi.

Musard et Levif ont déjà eu une longue conversation avec madame Sadji. Jolène lit leur fiche. Cinquante ans. Divorcée quelques années après la naissance de Kenzi, le frère de Chaïma, son cadet de trois ans. Madame Sadji est chef de rayon à la jardinerie de Bobigny. Une vie aussi ordinaire que celle de sa fille Chaïma.

— Madame Sadji, avant cette semaine, votre fille n'était jamais venue en Guadeloupe, vous le confirmez ?

— Jamais ! confirme sa maman. Je l'ai élevée seule. À vingt-sept ans, elle habite encore chez moi. Je sais ce qu'elle fait chaque jour, chaque week-end ! Non, capitaine, ma fille n'a jamais mis les pieds sur votre île, avant… avant de casser son PEL pour rejoindre ce Ruby dont elle ne connaissait rien !

Jolène frissonne à chaque fois que madame Sadji emploie le présent.

Elle habite encore chez moi…

Je sais ce qu'elle fait chaque week-end…

Comme si, pour sa mère, Chaïma n'était pas morte, ne pouvait pas l'être…

— Votre fille vous a-t-elle parlé de ce Ruby ? poursuit Jolène. Que savez-vous de lui ?

— Madame, il faut ranger votre téléphone !

Jolène reconnaît l'intonation calme mais autoritaire d'une hôtesse de l'air.

— L'avion va décoller, s'excuse presque madame Sadji, je dois raccrocher.

Un pressentiment taraude Jolène. Elle ne doit pas couper la communication, elle ne doit pas laisser cette femme et son fils s'envoler dans cet avion, elle doit réfléchir, à toute vitesse, et poser la bonne question.

— Madame, s'il vous plaît, répète l'hôtesse. Il faut éteindre tous les appareils électroniques.

Jolène a beau fouiller dans sa tête, elle ne capte aucune intuition, aucune illumination providentielle.

— Bon voyage, madame Sadji. Je vous retrouve dans neuf heures, dans le hall de l'aéroport.

La capitaine s'apprête à éteindre son portable quand elle entend, entre les consignes de l'hôtesse de l'air et la lourde respiration de madame Sadji, une petite voix timide.

— Attendez !

Une voix masculine. Sans doute celle de Kenzi, le frère de Chaïma.

— S'il vous plaît, surtout, ne raccrochez pas.

58

Aéroport Pôle Caraïbes, Les Abymes, 12 h 07

Madame Colombel, surprise par l'intonation presque agressive d'Amiel, s'est arrêtée de pleurer. Elle observe longuement le capitaine, le mouchoir blanc tombé sur les planches d'acajou, le décor moderne, or et ivoire, du salon VIP d'Air Caraïbes. Monsieur Colombel s'est lui aussi redressé, décollant son dos de la chaise design, prêt à bondir, fixant avec méfiance le policier.

— Votre fille était déjà venue en Guadeloupe ? répète Amiel en s'efforçant d'adoucir le ton. Fabien Colin nous a pourtant affirmé le contraire !

Les traits du visage de madame Colombel se font plus sévères, comme si elle pouvait diluer un peu de sa douleur dans sa colère.

— Fabien n'est qu'un idiot. Un petit chef ennuyeux qui n'a pas été capable de protéger ma fille. Un simple compagnon de promenade. Audrey tenait à lui comme on tient à un chien. Elle n'allait pas lui ouvrir son cœur, et encore moins lui montrer ses cicatrices.

Monsieur Colombel acquiesce de la tête.

— Avec l'Éthiopie, Bali et le Tibet, la Guadeloupe était l'un des souvenirs qu'elle voulait chasser, parce qu'elle l'avait découverte avec Ludovic. C'était même son premier grand voyage. Elle avait à peine dix-neuf ans, ils n'étaient partis qu'avec un sac à dos. Elle avait travaillé au KFC de Chatou pendant six mois pour se payer le billet d'avion.

— Mais elle a fini par revenir, insiste Amiel. Pourquoi ?

Il connaît déjà la réponse.

Parce que l'assassin de l'aube l'a piégée avec une offre commerciale alléchante ; parce que ce tueur voulait faire revenir Audrey en Guadeloupe, vingt et un ans plus tard… Qu'a-t-elle vu au cours de ce séjour ? Qu'a-t-elle fait ? Quel secret a-t-elle dissimulé pendant des années ?

— Je ne sais pas, inspecteur, finit par répondre madame Colombel. Je ne sais pas ce qu'elle est revenue faire sur votre île de malheur. Je sais juste que je veux voir ma fille. Et la ramener chez moi ! Vous entendez ? CHEZ MOI !

Monsieur Colombel continue de hocher la tête, tels ces chiens de plastique posés sur les tableaux de bord. Est-ce également ainsi que madame Colombel tient à lui ? Comme à un toutou ? Un compagnon muet, obéissant et doux ?

Morgue du CHU, Les Abymes, 12 h 09

— Je t'écoute, dit Jolène, sans trop savoir pourquoi elle tutoie Kenzi. Le frère de Chaïma a plus de vingt ans et elle ne l'a jamais rencontré.

Parce que pour elle, il n'est que le « petit frère », ou que sa voix paraît aussi timide que celle d'un adolescent après une fugue ?

— Je dois… je dois vous avouer quelque chose, capitaine.

Il s'arrête soudain. Jolène comprend, aux éclats de voix, à l'agitation qu'elle perçoit, que l'hôtesse a perdu patience et exige que Kenzi coupe immédiatement son téléphone.

— Passe-la-moi !

— Qui ça ? s'étonne le garçon.

— L'hôtesse !

Jolène laisse filer un silence de quelques secondes, le temps que le portable change de main, puis explose.

— Capitaine Marjolaine Dos Santos. Police judiciaire de Pointe-à-Pitre. J'enquête sur l'affaire du harponneur. Je suppose que vous voyez de quoi je parle, votre avion est sûrement à moitié vide parce que les métropolitains ont la trouille de venir sur une île où se balade un tueur qui poignarde les touristes. Les deux passagers avec qui je suis en communication sont la mère et le frère de sa dernière victime. Assassinée il y a six heures. Alors vous allez dire au pilote de l'avion de mettre les commandes au point mort, d'aller boire un café ou griller une cigarette, parce que votre avion va prendre quelques minutes de retard. Ou peut-être même une heure, je m'en fous, mais repassez-moi le jeune homme, j'ai besoin de lui parler !

Un nouveau silence de quelques secondes. Le téléphone a changé de main. L'hôtesse est sans doute partie consulter sa direction.

— Vas-y, Kenzi, qu'est-ce que tu as à me dire ?

La voix est toujours aussi timide.

— Chaïma n'en a jamais parlé à personne. Juste à moi. Des années plus tard.

— Je t'écoute...

Jolène a compris qu'elle ne devait pas le brusquer.

— Papa, quand on était petits, ne s'occupait pas beaucoup de nous. Mais il nous prenait des fois avec lui, un week-end, ou une semaine, tous les deux avec Chaïma. Ou juste Chaïma toute seule. Maman n'aimait pas trop qu'on aille chez lui. Avec lui, on faisait tout ce qui était interdit. Le suivre dans les bars. Monter à l'arrière de sa moto. Nous coucher tard...

L'avion est parti pour avoir trois heures de retard, pense Jolène.

— Une fois, quand Chaïma avait sept ans, papa l'a emmenée une semaine dans le Sud, tu te souviens, maman ?

Madame Sadji s'est à nouveau approchée du téléphone.

— Vous m'entendez, capitaine ? Oui, je me souviens. Chaïma était censée rester une semaine avec son père, dans son appartement du Blanc-Mesnil. Je n'ai eu aucune nouvelle pendant sept jours, j'étais totalement paniquée, mais il me l'a ramenée le dimanche comme prévu… toute bronzée ! Il a fini par m'avouer qu'ils étaient partis à Palamós, sur la Costa Brava, qu'il n'avait pas osé m'en parler parce que j'aurais refusé. Il avait raison, d'ailleurs !

Jolène reprend la main.

— Merci. Kenzi, tu m'entends, tu es toujours là ? Que s'est-il passé, pendant cette semaine à Palamós ?

— Rien… rien de particulier. Chaïma avait adoré. Sauf… Chaïma me l'a avoué des années après, en me faisant jurer de ne jamais le répéter. Sauf qu'elle n'était pas à Palamós… Papa n'avait pas emmené Chaïma en Espagne, mais dans une île, une île très loin, très chaude, elle n'a été sûre qu'il s'agissait de la Guadeloupe que quand elle a comparé ses souvenirs d'enfant avec des photos sur Internet. Papa savait se débrouiller, il avait un plan pour un appartement chez le copain d'un copain, il avait déniché des billets pas chers, il n'allait pas laisser filer l'occasion, ni pour lui, ni pour Chaïma. Il lui a juste fait promettre de ne rien dire à maman. Jamais elle n'aurait accepté qu'ils prennent l'avion, qu'ils partent tous les deux.

Les pleurs de la mère de Chaïma sont si bruyants que Jolène les entend.

— Madame Sadji, demande la capitaine en prenant sa voix la plus douce. Avant que votre avion décolle, pouvez-vous me donner l'adresse ou le numéro de téléphone de votre ex-mari ?

Le ricanement soudain de la mère de Chaïma glace le sang de la policière.

— Le téléphone de ce salaud ? Ça m'étonnerait qu'il vous réponde, capitaine. Mon ex-mari est mort, il y a sept ans. Un accident de moto, avenue de la Plaine-de-France, alors qu'il se rendait au boulot. Un matin, très tôt.

59

Direction zonale de la police judiciaire,
Les Abymes, 15 heures

Assis à son bureau, Valéric entre dans l'ordinateur chaque information recueillie par ses adjoints. Debout derrière lui, Jolène et Amiel, silencieux, vérifient les lieux et les dates qui s'affichent sur l'écran.

> Jacob Santamaria se trouvait en Guadeloupe,
> avec sa maîtresse Janet Jimenez,
> entre le 4 et le 11 avril 2003.
> Audrey Colombel se trouvait en Guadeloupe,
> avec son compagnon de l'époque Ludovic Rossi,
> entre le 28 mars et le 12 avril 2003.
> Chaïma Sadji se trouvait en Guadeloupe, avec son père,
> entre le 5 et le 12 avril 2003.
> Tous les six sont morts, assassinés ou victimes d'accidents.
> Il n'existe aucun point commun entre les victimes
> du harponneur, hormis le fait qu'elles se trouvaient
> en Guadeloupe
> entre le 5 et le 11 avril 2003.
> Qu'ont-elles vu ? Qu'ont-elles entendu ? Pourquoi vouloir
> les assassiner plus de vingt ans plus tard ?
> Y compris une fillette qui avait sept ans en 2003 ?
> Pourquoi maquiller trois autres crimes en accidents,
> des années auparavant ?

Valéric enregistre le fichier. Il sera envoyé à chaque agent de la DZPJ. Il n'y a plus désormais qu'une priorité : reconstituer, par tous les moyens possibles, le parcours en Guadeloupe de ces trois couples. Les collègues de métropole se chargent de passer au crible les affaires personnelles des victimes : albums photo, disque dur d'ordinateur, boîtes à souvenirs. Ceux de Guadeloupe vont ratisser l'île : il existe forcément des témoins, des registres d'hôtel, de location de voiture, des factures de restaurant… Ces trois couples ne se cachaient pas, ils étaient en vacances ! 2003, ce n'est pas la préhistoire, Internet existait, ainsi que les réseaux sociaux et les premiers appareils photo numériques. Ils ont obligatoirement laissé des traces derrière eux. Une fois leur parcours connu, la solution s'imposera d'elle-même : au point d'intersection de leurs trois itinéraires.

C'est du moins ce que Valéric espère.

Avril 2003…

C'était quelques semaines après le procès de son père ; quelques semaines avant son départ en métropole. Quelques semaines de sa vie qu'il a tant essayé d'oublier, depuis.

Préfecture de Pointe-à-Pitre, 16 heures

Valéric a été convoqué chez le sous-préfet Lecocu dans l'après-midi. Le commandant comprend vite qu'il risque, au minimum, un blâme sévère, ou plus vraisemblablement qu'on lui retire l'affaire. Il a le parfait profil du bouc émissaire. Lecocu, assis derrière son bureau, a préparé ses arguments : une enquête qui patine, quatre morts déjà, une île au bord de la rupture faute de résultats, un meurtrier qui se moque des autorités, et surtout, une proximité TRÈS inappropriée avec Marie-Douce Lénervé.

Proximité ? Inappropriée ?

Valéric est un policier expérimenté, il se tient au garde-à-vous mais a préparé sa défense. Sans le contact de Madou Lénervé, il n'aurait pas retrouvé aussi vite ce photographe, Anicet Larmure, il n'aurait rien su de Janet Jimenez, la maîtresse de Jacob Santamaria...

— Imaginez-vous vraiment, monsieur le sous-préfet, que j'ai pu confier à Marie-Douce Lénervé des informations confidentielles sur l'enquête ?

— Non, bien sûr que non, commandant.

Valéric est un policier prudent. Avant même que le sous-préfet ait le temps de développer ses arguments, il pose sur son bureau le dossier *Avril 2003*.

— J'ai besoin d'une mobilisation générale. Policiers, gendarmes, CRS, armée. Appel à témoins dans tous les médias.

L'inquiétude change aussitôt de camp. Valentin Lecocu feuillette les documents. *Avril 2003*. C'est l'année de son entrée au lycée, il avait quinze ans, il envisageait sérieusement de travailler dans l'humanitaire, la défense des migrants, l'environnement...

Il ferme le dossier et lève les yeux, prudent.

— Une mobilisation générale ? Il faut être réaliste, commandant. Mes gardes mobiles sont occupés à dégager les ronds-points. Dès qu'ils en libèrent un, trois autres sont occupés. Quant à votre appel à témoins dans les médias, ne va-t-il pas entraîner une nouvelle panique ?

— Ce qui entraînera une panique, monsieur le sous-préfet, c'est qu'un nouvel îlien soit retrouvé harponné. Faites-moi confiance. Seule l'arrestation de l'assassin libérera vos précieux ronds-points.

Lecocu hésite encore, se penche à nouveau pour lire le dossier, tourne les pages, finit par le refermer, se redresse, s'enfonce dans son fauteuil, le fait pivoter comme pour bercer ses pensées, puis il se décide d'un coup.

— C'est d'accord. Mobilisez autant d'agents que vous voudrez, et carte blanche pour l'appel à témoigner. Ne me décevez pas, commandant. Et surtout, évitez désormais de collaborer avec cette Marie-Douce Lénervé !

— Je ne crois pas, monsieur le sous-préfet, qu'elle soit le genre de femme à accepter de collaborer.

Route de la Traversée, 17 h 30

Tout en repensant aux derniers mots du sous-préfet, Valéric enchaîne les virages de la route de la Traversée. La seule voie permettant de relier l'est et l'ouest de Basse-Terre paraît avoir été coupée à la machette dans la forêt tropicale, puis bitumée sur-le-champ, avant que les arbres géants ne repoussent de tous côtés.

Le commandant s'accorde une pause chez lui avant de retourner à la DZPJ. Une sieste de quelques heures, s'il parvient à s'endormir. Il a prévu d'être à la prison de Baie-Mahault avant minuit et d'y passer la nuit. Si Évariste Pigeon a de nouvelles visions nocturnes, il tient à être présent, cette fois, et à réagir sans perdre de temps.

La route prend des allures de tunnel percé dans la jungle, le jour disparaît presque sous la canopée. Tous phares allumés, Valéric atteint le sommet du col des Mamelles. Il n'aura plus ensuite qu'à redescendre sur Malendure. La radio du soir égrène depuis une demi-heure les avis de décès de la semaine : le nom, les multiples prénoms et le surnom des disparus ; la liste interminable des proches qui s'associent à la douleur ; la date et le lieu de la veillée des corps, des obsèques, des inhumations.

Valéric avait oublié cette macabre tradition antillaise… Il hésite à changer de fréquence, à en trouver une qui ne diffuse que de la musique, quand le présentateur annonce le décès de Niels Auvray, le jeune pêcheur de Pointe-Noire assassiné sur la plage de la Perle…

… rappelé à Dieu au cours de sa vingt-quatrième année. Les obsèques de Niels Auvray se tiendront en l'église Saint-Pierre-et-Saint-Paul de Deshaies. Associons-nous maintenant à la tristesse des quatre enfants d'Antoinette Biabiany, dite Nana, partie ce 10 avril, dans sa quatre-vingt-seizième année, rejoindre son bien-aimé mari André. La veillée de son corps aura lieu…

Valéric coupe le son !

Moins de dix minutes plus tard, il se gare devant sa case, le long de la rue du Bois-Malher. Il considère avec résignation la toiture rouillée, la façade fatiguée… S'il veut que sa maison résiste au prochain cyclone, il devra consolider la charpente, changer les fenêtres, lasurer les volets…

— Bonjour, commandant.

Marie-Douce Lénervé, forcément.

60

Ravine du Bois-Malher, Bouillante, 18 heures

La journaliste a troqué sa tenue de plaisancière antillaise pour un jean moulant et un chemisier blanc. Changement saisissant. Contraste troublant.

Attirante et dangereuse. Valéric s'avance. La prudence est mère de lâcheté.

— Bonjour, Madou. Savez-vous que je viens de me faire taper sur les doigts à cause de vous ? Interdiction officielle désormais de collaborer !

Madou sourit, sûre d'elle.

— Nous aurions collaboré, commandant ?

— Interdiction de vous parler !

— Allons, Valéric, je ne représente plus aucun danger. Mon site Akansyel a été fermé. Ordre de la République pour maintenir l'ordre public.

— Vous en ouvrirez un autre demain matin.

Madou rit franchement, cette fois.

— Bien entendu ! Je n'ai pas d'affection particulière pour le monde moderne, mais il faut au moins lui accorder ce progrès : il est aujourd'hui impossible d'empêcher la vérité de circuler. Qui veut la connaître trouvera toujours un moyen de s'informer.

— J'ai lu vos éditos, Madou. Celui de ce matin en particulier. On pourrait presque croire que vous admirez le tueur.

Et je refuse de vous suivre quand vous sous-entendez que l'État ait pu faire exploser ce Boeing 707…

— Je ne sous-entends rien, Valéric. Je ne suis qu'une lanceuse d'alerte, je me contente de poser des questions, d'énoncer des faits. Nous sommes tous soumis à une propagande de masse. En accusant de complotisme tous ceux qui luttent contre elle, c'est notre capacité à douter que l'on veut briser. Mais… (Madou s'amuse visiblement) je croyais que vous aviez interdiction de me parler ? Imaginez, si quelqu'un nous voyait…

La rue est déserte, mais n'importe qui peut surgir.

— Vous voulez déjà me quitter ? s'étonne Valéric.

Madou observe le jeu de clés briller dans la main du commandant.

— Au contraire. Vous m'invitez à entrer ?

Ravine du Bois-Malher, Bouillante, 18 h 03

Madou a poussé les coussins de madras et s'est installée sur le canapé. Valéric a accroché son fédora près de la porte et tiré une chaise pour se placer face à elle. À deux mètres, la distance qu'il a estimé être le juste périmètre de sécurité. Il a trouvé dans un placard une vieille bouteille de rhum arrangé. Mangue-cannelle. Vingt et un ans d'âge minimum. À moitié vide. Bien assez pleine pour trinquer.

Valéric est conscient qu'il déconne. Il n'aurait jamais dû laisser entrer cette journaliste chez lui. Il devait dormir pendant ces quelques heures de pause. Il ne peut s'empêcher de repenser aux paroles de ce crétin de Lecocu.

Proximité inappropriée ?

En quoi Marie-Douce serait-elle moins fréquentable que n'importe quel flic, fonctionnaire, médecin ou autre journaliste de l'île ? Parce qu'elle défend des positions radicales ? En quoi cela concerne-t-il la police ? Un flic n'a pas le droit d'être réac, ou communiste, ou anticolonialiste, du moment qu'il fait correctement son métier ?

Il connaît la ligne rouge. Ne rien révéler de l'affaire ! Et ce n'est pas en vidant un demi-verre de rhum qu'il va la franchir.

Marie-Douce n'y a pas encore touché. Elle scanne la case du regard, et finit par s'arrêter sur la photographie des parents de Valéric, devant la cascade du Trou à Diable. Le commandant résiste à l'envie de se lever pour aller décrocher le portrait.

— Vous avez vraiment connu ma mère, Madou ? Ou c'était une ruse pour m'approcher ?

Le regard sépia de la journaliste se fait infiniment tendre.

— Je l'ai vraiment connue. Elle vous ressemblait.

— Vraiment ? s'amuse Valéric.

Les points communs entre son visage clair de chabin et la peau ridée de sa mère ne lui paraissent pas frappants.

— Oui, vraiment. Vous... vous possédez tous les deux cette aptitude rare à vous sacrifier.

Valéric accuse le coup. Ainsi Madou n'a pas menti.

Elle pose son verre sur la table basse, traverse la pièce pour aller chercher une chaise et la pose un mètre en face de celle du commandant. Bien à l'intérieur du périmètre de sécurité.

— Racontez-moi, Valéric. J'ai envie d'entendre votre version. Pas celle qu'on colporte dans le quartier.

Une dernière fois, le policier hésite. Il y a d'autres urgences. Il doit se reposer. Et pourtant, il se voit vider son verre, frissonner quand l'alcool au parfum de cannelle lui brûle le palais. Il ne parvient à lâcher le regard insistant de la journaliste que pour fixer le portrait de ses parents, celui où son image a été déchirée. Il n'arrive pas à repousser cette voix qui insiste : *Pourquoi te taire ? Ton histoire personnelle n'a rien à voir avec l'affaire !*

Il se laisse une dernière fois hypnotiser par les yeux de Madou… et la digue se brise. Une crue de souvenirs, un flot de mots que rien ne semble pouvoir arrêter.

— Je porte le prénom de mes deux parents, Valérie et Éric. Fils unique ! Mes parents m'aimaient, beaucoup. Je les aimais tous les deux autant que chacun m'aimait. Deux fois plus, donc ! J'admirais ma mère. La plus parfaite des poto-mitans, comme on dit ici, la femme qui soutient sa maison, sa famille, son quartier, son île. J'admirais plus encore mon père, je voulais lui ressembler, chasser comme lui, pêcher comme lui, nager comme lui, boire comme lui.

« J'avais seize ans, je crois, quand j'ai compris. Quand j'ai remarqué pour la première fois les hématomes sur le visage de ma mère. Mon père s'arrangeait toujours pour la battre quand j'étais à l'école, au collège, au lycée. Jamais le week-end, jamais devant moi. J'ai mis des années à accepter la vérité. J'ai plusieurs fois essayé d'en parler à ma mère. Jamais elle ne m'a répondu. Si j'insistais, elle haussait le ton. *De quoi te mêles-tu ? Ce qui se passe dans la chambre des parents ne regarde pas les enfants ! Même si tu as aujourd'hui dix-neuf ans ! Étudie, mon fils. Tu as la chance d'apprendre vite. Choisis un beau métier, trouve une femme que tu aimes, fabrique-toi une belle vie, mais ne viens pas te mêler de la mienne. Je ne suis pas malheureuse ! Dieu m'a donné le plus intelligent des fils et le plus fort des maris. Alors construis-toi un bel avenir, sans te retourner. Je serai heureuse, la plus heureuse des femmes, si tu l'es.*

« Je l'ai écoutée. Je me suis éloigné. J'ai étudié le droit à Pointe-à-Pitre. Je suis entré à l'école de police, je revenais de moins en moins souvent à Bois-Malher. Chaque fois avec la boule au ventre. La gorge sèche. Mon père buvait, de plus en plus. Un Noël, j'ai retrouvé ma mère avec le bras en écharpe. Coude brisé. Pour quelques chatrous trop cuits, impossible de ne pas le deviner. L'été suivant, elle a failli perdre un œil. Un éclat de verre de lunettes planté dans l'iris. *J'ai juste raté une marche, mon fils, je me fais vieille, tu sais.*

« Je l'ai suppliée, une fois, deux fois, dix fois, dès que mon père n'était pas là, de porter plainte.

« Elle refusait. Elle niait. Elle finissait par me mettre dehors avant qu'il rentre, et j'acceptais, car je savais que si je croisais mon père, si je le défiais du regard, c'est sur elle qu'il se vengerait.

« J'ai décidé d'agir quand je suis entré en troisième année d'école de police. Je ne pouvais plus continuer à aider des inconnues, des mères, des filles, des gosses, à les tirer des griffes de salauds qui les brutalisaient, et fermer les yeux sur les souffrances de ma propre mère.

« J'ai patiemment collecté des preuves, des témoignages du voisinage, consigné des faits précis, et j'ai porté plainte contre mon père.

« Ma mère n'a pas voulu témoigner contre lui, a tout nié, mais le juge a tout de même condamné mon père. Les preuves étaient accablantes. La soumission de ma mère évidente. Il a été incarcéré à la prison de Baie-Mahault. Cinq ans ferme.

« Pour ma mère, l'enfer cessait. C'est ce que je croyais.

« Elle ne m'a jamais pardonné.

« Le lendemain du procès, quand je l'ai raccompagnée chez nous, elle m'a simplement dit : *Comment as-tu pu jeter ton père en prison ? Nous t'avons élevé, ensemble, et tu nous sépares ? Ne remets plus jamais les pieds ici ! J'ai aimé ton père bien avant toi. Et je l'aimerai toujours.*

« Mon père n'est jamais sorti du centre pénitentiaire de Baie-Mahault. Ma mère ne l'a plus revu que derrière la vitre d'un parloir. Il est mort trois ans plus tard, de fatigue, de manque d'alcool et de lumière. Ou il s'est laissé mourir.

« J'étais déjà en métropole. Je ne suis pas rentré en Guadeloupe pour son enterrement. Ma mère ne m'a pas invité, ne m'a même pas prévenu. Elle ne m'a pas prévenu non plus, il y a dix mois, quand le cancérologue lui a annoncé qu'elle était condamnée. Ce sont les voisins qui m'ont écrit quand elle a été hospitalisée. Je suis arrivé trop tard. Elle était déjà dans le coma, incapable de me reconnaître, même si elle l'avait voulu.

« Je ne vous dirai pas, Madou, si j'ai pleuré, si je me suis maudit, si je me suis demandé ce que je faisais là, loin de chez moi, mon autre chez-moi, en Normandie, là où habitent mon ex-femme et mes enfants, mes enfants qui ne connaissent pas cette île, qui ne connaîtront jamais leurs grands-parents, cette île dont j'ai eu honte, oui, honte, si souvent.

« En veillant ma mère, j'ai compris que je m'étais trompé toutes ces années. Je n'avais pas honte de la Guadeloupe, j'avais honte de moi. On croit toujours bien faire, Madou, même les tyrans croient bien faire. Les pires catastrophes sont toujours provoquées par des gens bien intentionnés.

Marie-Douce n'a pas prononcé un mot pendant la longue confidence du policier. Elle continue de le fixer avec une tendresse désarmante, presque gênante.

— Et vous ? demande Valéric. Parlez-moi de vous, Marie-Douce.

— Une autre fois.

Valéric remarque qu'elle n'a pas touché à son verre de rhum.

— Que fait-on, alors ? Je ne vous propose pas de boire…

La journaliste sourit. Pour la première fois, le policier semble percevoir une faille dans sa cuirasse de matador, une fragilité. Quoi qu'elle en dise, la fermeture administrative de son site l'a forcément touchée. Valéric tente de sonder, de tout l'éclat de ses yeux clairs, le regard brun de Madou.

— Je pourrais vous proposer de passer la nuit ici.

Une ombre voile les iris de la journaliste, une brève éclipse, un petit nuage triste, avant qu'ils ne brillent à nouveau de toute leur intensité.

— Pour… collaborer ? Désolée, commandant… Vous avez un meurtrier à arrêter. Je doute que le moment soit très approprié.

Valéric se sent idiot. Il hésite à vider le verre de Marie-Douce. Il n'a pas flirté avec l'ivresse depuis des années. Ce n'est pas cette nuit, surtout pas cette nuit, qu'il va recommencer.

— Vous avez raison, Madou. D'ailleurs, je n'avais pas prévu de passer la nuit ici. Je dois être à la prison de Baie Mahault dans… (Il consulte sa montre)… deux heures.

Marie-Douce se lève, déterminée.

— Venez, la nuit est tombée. Allons marcher.

Plage de Malendure, Bouillante, 19 h 11

Madou et Valéric marchent sur le sable noir de la plage de Malendure. Noir comme la nuit. Noir comme le mètre d'obscurité qui les sépare. Le policier a hésité un instant à prendre la main de la journaliste, puis a renoncé.

Proximité inappropriée.

Il ne perçoit de Madou qu'une fragrance vanillée, une silhouette sombre qui éteint les étoiles, le rythme étouffé de ses pas, une voix qui bouleverse la nuit.

— Nous avons ce point commun, Valéric. Avoir joué sur cette plage pendant notre enfance.

Le commandant se tourne vers les vagues, les entend à défaut de les voir. Toutes les îles, tous les îlets ont disparu.

— Mais nous ne sommes plus des enfants. Nous avons pris des chemins différents.

— En êtes-vous si sûr, commandant ?

Valéric n'est plus certain de rien. Il lève les yeux et cherche la Croix du Sud. Sans la trouver. Les quatre étoiles de son cerf-volant céleste semblent s'être éteintes elles aussi. Le policier et la journaliste, pendant de longues secondes, laissent le lent mouvement de l'océan remplir le silence. Madou est la première à le briser.

— Vous avez eu raison, pour votre maman. Porter plainte contre votre père était la meilleure des décisions. Il l'aurait tuée. Il n'y a pas de plus grand amour, vous savez. Accepter de perdre les gens pour les sauver.

Valéric se laisse bercer, par les mots, par les vagues.

— Je suis comme vous, poursuit Madou. Je prends le risque de dire les choses telles que je les crois. J'accepte qu'on ne m'aime pas, qu'on m'insulte et qu'on me bannisse, pour sauver cette île… Je vous l'ai dit, nous sommes dans le même camp.

L'ombre de la journaliste tourne autour de lui. Le commandant enfonce sa main dans la poche de son pantalon, lui ordonne d'y rester, de ne pas rechercher celle de Madou à tâtons.

— Non, se défend Valéric. Je ne sais même pas si j'appartiens à un camp. Je n'ai aucun avis sur toutes ces questions qui passionnent vos lecteurs, le néocolonialisme, le communautarisme… Ces deux extrêmes me font tout autant peur.

— Je vous fais peur ?

Valéric devine un profil à quelques centimètres de lui, une bouche, un souffle, une poitrine.

— Oui…

— Seulement peur ?

— Non, vous m'attirez aussi. C'est peut-être ce qui me fait peur, d'ailleurs.

Toutes les étoiles se sont éteintes. Madou s'est approchée et a avalé la nuit.

— Moi non. Je n'ai peur de rien, jamais. Je vais vous laisser, Valéric, j'ai un nouveau blog à rédiger, et vous un quimboiseur à veiller. Ce serait tellement plus simple si vous croyiez à la magie.

— Personne n'y croit. Ni vous ni moi.

— Oh si... La magie existe. Ici. Vous en voulez une preuve, monsieur le commandant ?

La journaliste se penche et l'embrasse, dans la nuit. Un baiser aveugle qui se pose sur un coin de lèvres. L'instant d'après elle disparaît.

Proximité inappropriée ?

Centre pénitentiaire de Baie-Mahault, minuit

Le commandant Kancel est le seul à veiller dans le poste central du centre pénitentiaire de Baie-Mahault. Il somnole depuis deux heures devant les écrans. Évariste Pigeon dort dans sa chambre de verre. Il se prend à espérer que le quimboiseur ne se réveille pas, qu'aucun nouveau fantôme ne vienne le hanter, qu'aucune image de mort ne vienne l'hypnotiser.

Il ne cesse de repenser à cette date clé, du 5 au 11 avril 2003.

Il ne cesse de repenser au procès de son père. À son incarcération, dans cette prison. Aux trois ans qu'il a passés ici, sans jamais sortir, jusqu'à y mourir.

Il ne cesse de repenser à cette bouteille de rhum arrangé, vingt et un ans d'âge.

Vidée à moitié, jamais terminée.

Il devine que quelque chose se cache dans son cerveau, une information dissimulée, une vérité refoulée.

Ce n'est pas ainsi, en piquant du nez toutes les trois pensées, qu'il va la déterrer.

Il se lève, fait le tour de la pièce, hésite à boire un nouveau café.

JEUDI 11 AVRIL 2024

L'INCENDIEUR DE L'AUBE

61

Centre pénitentiaire de Baie-Mahault, 5 h 55

— *Je vois des fusils.*

Valéric s'est à peine endormi quelques minutes. Il se réveille en sursaut.

Évariste est debout dans sa cellule. Les trois caméras dévoilent sur trois écrans, sous trois angles différents, ses bras tremblants, ses yeux hallucinés, ses lèvres grimaçantes qui ne parviennent plus à se refermer.

Si le quimboiseur joue un rôle écrit pour lui, c'est un acteur surdoué.

— *Je vois… je vois plusieurs fusils. Trois au moins. Et des hommes casqués. Dix. Non, onze. Ou douze.*

Alertés, une dizaine de gardiens, dont Gervais Bienvenu, ont rejoint le poste central. Valéric, d'un signe de la main, leur ordonne de ne faire aucun bruit, de ne prononcer aucun mot, même si Évariste ne peut pas les entendre.

— *Ils… mon Dieu ! Ils tirent… ils tirent sur la foule… je vois un homme, en vert, il s'écroule. Son tee-shirt blanc est taché de sang. Ils continuent… les hommes casqués continuent de tirer. C'est un carnage, la foule ne recule pas, les manifestants serrent les poings, ils vont tous se faire massacrer.*

Les policiers et les surveillants se sont figés. Évariste chancelle, ses jambes ne le portent plus, il s'accroche pourtant aux briques de sa cellule, doigts en éventail, paumes écorchées.

Son regard noir semble traverser le mur, traverser l'enceinte de la prison, traverser la ville.

— *Il… il n'en reste plus qu'un… il respire. Il respire encore. Je vois la flèche dans son cœur. Je sens aussi une odeur. Du rhum. Beaucoup de rhum. Et un parfum. Sucré. De la goyave. C'est de la goyave, pas du sang. Il n'est pas mort, il respire encore.*

Évariste s'écroule cette fois, laissant de longues traînées ensanglantées sur le mur de brique.

La prophétie est terminée.

Il ne parlera plus. Pas avant un nouveau meurtre. Déjà, le médecin pénitentiaire ouvre la chambre de verre et se précipite. Évariste mettra quelques heures à s'en remettre, comme les jours précédents. La voix de Valéric tonne dans le poste central.

— Nom de Dieu, des manifestations sont-elles prévues ce matin ?

— Plusieurs, répond Gervais Bienvenu. La première part de la place de la Victoire, le rassemblement commencera vers 7 heures du matin, dès que le soleil sera levé.

— Putain de merde ! Ils vont tirer. Vous avez entendu l'Œil noir ? Les CRS vont tirer dans la foule ! Il ne s'est jamais trompé !

62

Darse de Pointe-à-Pitre, 6 h 58

Victorius s'adosse contre le mur, sous la gigantesque fresque, et observe au loin l'animation du marché de la Darse de Pointe-à-Pitre : une succession de vendeurs de poissons, de pyramides de fruits et de rhums arrangés alignés comme des bocaux d'apothicaire. Tous attendent les touristes, même si rares sont ceux qui se lèvent aussi tôt.

Victorius a du mal à respirer.

Une tache rouge, à hauteur de sa poitrine, inonde son tee-shirt blanc.

Il pue, atrocement. Il est habitué, mais pas à cette odeur-là.

Goyave-rooibos.

Victorius ne peut s'empêcher d'éclater de rire.

S'il s'endort avec cette tache sur le cœur, les passants vont croire qu'il est mort.

Les touristes, au moins. Pas les pêcheurs, ni les vendeurs de fruits exotiques et autres cochonneries créoles, ceux-là ne le voient plus. Il fait partie du décor, depuis des années, comme les frégates et les pélicans. Ils ne s'étonnent plus de le voir poser sa couverture à l'ombre, sa bouteille à portée de lèvres, et dormir toute la journée.

Victorius tente d'attraper une odeur du port, n'importe laquelle portée par le vent de la baie, celle des poissons morts, de la fiente d'oiseaux, des fruits pourris que les vendeurs ont abandonnés, n'importe laquelle pourvu qu'elle couvre celle qu'il porte sur lui.

Le rhum goyave-rooibos de Mère Confiance est un nectar à boire, mais renversé sur lui, le mélange lui donne envie de gerber.

Et de pleurer. Quel gâchis !

Il fixe, incrédule, la bouteille presque vide. Mère Confiance la lui a offerte hier et il a trouvé le moyen d'arroser le goudron et ses fringues avec.

Dormir ! Respirer quand même, mais ne plus rien sentir.

Si seulement ils faisaient moins de bruit, tous. Il entend les cris venant de la place de la Victoire, si calme d'habitude aussi tôt le matin. Il a entendu des pêcheurs parler de la manifestation. Manquerait plus qu'ils défilent sur le port ! Manquerait plus qu'ils le piétinent ! Manquerait plus que les CRS chargent, lui balancent leurs lances à eau ou leur gaz.

Cette ville est devenue invivable, elle concentre tous les cons.

Il était si bien, avant, tout seul, dans sa plantation.

Par réflexe, Victorius déplace de quelques centimètres la bouteille de rhum. Il suit la course du soleil, à l'inverse, pour qu'elle reste toujours à l'ombre. Il sait par habitude qu'il va passer dans dix minutes au-dessus du collège Nestor de Kermadec, c'est ainsi chaque matin, que ses rayons vont mitrailler le port et qu'il devra alors se recroqueviller contre le mur de la fresque pour ne pas finir comme un criquet grillé.

Une ombre inhabituelle vient pourtant troubler la mécanique du soleil.

L'ivrogne lève les yeux, étonné.

— Bonjour, Victorius, tu ne me reconnais pas ?

63

Centre pénitentiaire de Baie-Mahault, 7 h 01

— Ils vont tirer, monsieur le sous-préfet. Nous sommes une dizaine à l'avoir entendu. Dix agents assermentés ! Tout ce qu'a dit Évariste Pigeon a été enregistré. Des CRS vont tirer dans la foule.

Valentin Lecocu semble à peine réveillé. Valéric l'a entendu, alors qu'il lui répondait au téléphone, descendre un escalier, ouvrir la porte d'un frigo, faire couler un café.

— Allons, Kancel. Pas de panique. Prenons le temps de réfléchir calmement.

— La manifestation part dans une heure, monsieur.

Un son de cuillère qui tourne dans une tasse de porcelaine.

— Et vous voulez que je fasse quoi ? L'interdire ? Les manifestants viendront quand même, et si j'ordonne à mes hommes de les évacuer, ce sera encore pire.

— Donnez des consignes. Désarmez les forces de l'ordre. Qu'ils viennent sans fusils !

Un bruit de poubelle qui se referme.

— Vous plaisantez, commandant ? Livrer mes hommes sans défense à une foule hostile ? Pour être franc avec vous, je ne vois vraiment pas ce qui vous inquiète.

Valéric s'étrangle.

— Vous… vous ne voyez pas ?

Un bruit de porte, tout de même pas celle des chiottes ?

— Soyons clairs, Kancel. Vous n'allez pas vous mettre à y croire vous aussi ? À considérer que votre Œil noir peut réellement lire l'avenir ? Que votre quimboiseur se soit laissé enfermer en prison après avoir appris par cœur la liste des futurs crimes de son complice, je veux bien l'admettre. Mais comment pourrait-il deviner qu'un policier ou qu'un CRS va craquer face à la foule, et tirer ? C'est du bluff, commandant, pour détourner notre attention.

— Dites au moins à vos troupes d'éviter toute provocation. Qu'ils doivent être exemplaires. Calmes. Prudents. Modérés.

Un bruit de chasse d'eau.

— Ils le seront. Ils le sont toujours, commandant. Je peux vous l'assurer.

64

Darse de Pointe-à-Pitre, 7 h 02

Je savais, Victorius, que tu ne me reconnaîtrais pas.

La vie vous change en vingt ans.

La vie t'a changé, toi aussi, peut-être plus encore que moi.

De quoi te souviens-tu, Victorius ?

De ta plantation ? De tes champs ? De ta canne à sucre ? La meilleure de l'île, disais-tu. Réservée aux cuvées prestige des rhums d'exception. Pas pour cette merde que tu bois toute la journée, ces mélasses que les vendeurs du port veulent bien te laisser voler.

— On se connaît ?

Pauvre Victorius.

Qu'es-tu devenu ? Tu l'as dit si souvent. Ce n'est pas ta faute. C'est la faute aux traditions. C'est la faute de ton père, de ton grand-père, du père de ton grand-père et de tes ancêtres jusqu'à huit générations. Tous pratiquaient de la même façon. C'est la faute à la nature, à la malchance.

— Oui, on se connaît, Victorius. On s'est déjà rencontrés. Une fois. Il y a longtemps.

— Dans une autre vie alors, ricanes-tu.

J'entends des cris au loin, des percussions de tambours sur un rythme frénétique de gwoka. Les manifestants s'impatientent, la foule trépigne, le carnaval va bientôt commencer. Je dois me dépêcher. Je regarde autour de moi. Les pêcheurs sont occupés à trier leurs chatrous, à écailler leurs balaous, à décapiter leurs coulirous. Les vendeurs sont tournés vers les bruits du cirque qui va bientôt déambuler. J'observe longuement la fresque face à moi, j'en connais tous les détails, puis j'écarte ma veste et je pointe mon pistolet harpon.

Tu as un mouvement de recul, Victorius. Trop brusque. Ta bouteille de rhum se brise sur le bitume.

J'ai peur un instant que le bruit attire un des habitués du port, mais non, aucun ne prête attention à ce Créole saoul qui a trouvé une bonne âme à qui quémander une pièce.

Tu m'offres ton sourire édenté. Le harpon, ou le verre brisé, ont réveillé tes souvenirs.

— Bien sûr, je sais qui tu es...

Il est trop tard pour discuter. Je m'accorde juste le temps de la tirade que je t'ai préparée.

— On ne peut pas se venger du vent, Victorius, de la malchance ou de la fatalité...

Tu écarquilles tes yeux rouges, tu continues de me regarder et tu avoues.

— On a passé pas mal de nuits ensemble, toi et moi. Tu m'as sacrément empêché de dormir. J'ai dû boire, beaucoup, pour t'oublier.

— ... on ne peut se venger que des gens, Victorius.

Je tire.

Tu ne sembles même pas souffrir.

Ton sang ne semble même pas couler, ta poitrine était déjà rouge.

Tes yeux se ferment doucement, apaisés.

Tu ne sembles même pas déçu que la vie te quitte. Tu étais déjà mort, Victorius, depuis des années.

65

Darse de Pointe-à-Pitre, 7 h 47

Valéric, Jolène et Amiel, ainsi qu'une dizaine d'autres policiers, se tiennent devant la fresque murale en hommage aux victimes de mai 1967. Musard et Levif ont établi un cordon de sécurité pour que les nombreux badauds du port, pêcheurs, commerçants ou passants, n'approchent pas.

Amiel lève les yeux, presque amusé, en direction du tableau monumental : à gauche sont peints des militaires, gardes mobiles et CRS, casqués et fusils braqués, à droite une foule de manifestants désarmés, dont les premiers tombent sous les balles.

— C'est donc ce tableau qu'a vu l'Œil noir ? Et la mort a frappé au pied de cette fresque !

Un homme gît devant le mur, dans une flaque de sang et de rhum, partiellement dissimulée par la couverture qui lui sert de lit. Un harpon planté dans le cœur. Le commandant observe le corps allongé, sans parvenir à dissimuler son soulagement.

— Je suis désolé pour ce pauvre Créole, mais je préfère ça à un fou qui tire sur une foule en colère.

Jolène, gants de latex aux mains et charlotte de plastique sur la tête, s'est penchée sur le corps.

— Nous faire croire à une fusillade en pleine rue… Notre quimboiseur est un sacré blagueur !

Elle soulève entre ses doigts une petite carte déposée sur la poitrine ensanglantée de Victorius.

Séverin Boniface **Né le 14 septembre 1936, à Petit-Bourg** **Mort le 26 mai 1967, à Pointe-à-Pitre**

— Presque autant que le harponneur !

Amiel examine avec attention la carte et le nom.

— Je suppose que ce Boniface est l'un des manifestants tombés place de la Victoire, le 26 mai 1967. Mais ce sera sûrement impossible de le confirmer. Officiellement, les massacres de mai 1967 n'ont fait que huit morts, alors qu'en réalité…

— Tu nous feras un cours d'histoire plus tard, coupe le commandant. On va d'abord se concentrer sur la victime !

Jolène, toujours accroupie devant le corps, confirme de la tête.

— Et on lira tous les détails dans quelques heures… Sur le nouveau site de Marie-Douce Lénervé.

Valéric ne relève pas l'ironie de son adjointe. Il est encore trop tôt pour que l'assassin de l'aube ait signé son crime par courrier. Amiel lit lentement les notes griffonnées sur son carnet.

— La victime s'appelle Victorius Quatre-Bras. Il était une sorte d'institution sur le port. Il y vivait, buvait, mangeait, dormait depuis une dizaine d'années. Ni méchant, ni agressif. Les pêcheurs lui balançaient leurs restes de poissons et de crevettes, comme ils les jettent aux pélicans. Les marchands de fruits lui en laissaient toujours un peu, et Mère Confiance, la vendeuse de rhum, le ravitaillait en alcool. Le genre de type que tout le monde aime bien ou qu'en tout cas, personne ne déteste.

Valéric relève son chapeau, signe d'étonnement.

— Étrange, poursuit Amiel. Les trois autres victimes, Jacob, Audrey et Chaïma, étaient des étrangers, ou des métropolitains, choisis pour représenter les bétonneurs, les chasseurs, les envahisseurs d'aube… Mais Victorius Quatre-Bras est un pur Guadeloupéen. Avant d'être noyé par le rhum, il était fermier, planteur de canne à sucre dans le nord de Grande-Terre. Tout comme ses parents et grands-parents avant lui… Une institution, je vous dis.

Jolène a profité de la tirade d'Amiel pour s'éloigner. Le commandant et le capitaine la regardent, surpris, enjamber les rubalises et se diriger vers les boutiques ambulantes du port.

Darse de Pointe-à-Pitre, 8 h 01

La police scientifique a pris possession des lieux. Un crime tous les matins, ça devient presque une routine. Amiel marche sur le port, téléphone collé à l'oreille pour rassembler le maximum d'informations sur Victorius Quatre-Bras.

Valéric, à l'inverse, n'arrive pas à détacher son regard de l'homme mort à ses pieds. Ce visage mangé par une longue barbe, ces joues creuses, ces yeux bridés par trois rangées de cernes… un visage de vieillard de soixante-dix ans qui en a vécu vingt de moins, une épave que sa mère ou ses enfants ne reconnaîtraient pas.

Et pourtant…

Même si Valéric sait que c'est impossible, il ne peut ôter de son esprit cette certitude qui s'entête.

Il a déjà vu Victorius. Dans une autre vie. Avant qu'il ne devienne une épave.

Où ? Quand ? Pourquoi ?

Valéric a beau fouiller sa mémoire, rien ne vient. Il n'a pas assez dormi. Plus il tente de se plonger dans ses souvenirs et plus ils se bousculent, deviennent confus et flous. Il a pu croiser Victorius dans les rues de Pointe-à-Pitre, sans l'avoir remarqué, ou s'occuper d'un SDF qui lui ressemblait, ça ne manque pas dans le centre-ville... Le préfet leur demande régulièrement de faire le ménage. Les jours de manifestation par exemple. Des jours comme aujourd'hui.

Valéric entend, au loin, des cris et des tambours. Le défilé a commencé. Il espère qu'ils ne se sont pas trompés, que l'Œil noir décrivait la fresque, pas de vrais tireurs embusqués.

Darse de Pointe-à-Pitre, 8 h 11

Amiel a lâché son téléphone et s'est accroupi près du corps de Victorius. Il passe son doigt ganté dans la petite flaque de sang hérissée d'éclats de verre.

— Sacré cocktail, fait la voix de Jolène derrière lui.

Elle croque une banane-pomme à pleines dents.

— Mélange d'hémoglobine-rhum-goyave.

Valéric a lui aussi repéré, dès qu'il est arrivé sur la scène de crime, l'odeur sucrée caractéristique de la goyave. Cette odeur qu'Évariste Pigeon a évoquée dans ses visions...

— Goyave-rooibos, précise la capitaine. Une sorte de thé rouge sans théine, trois pincées par litre mais Mère Confiance y tient. D'après elle, son rhum arrangé est le meilleur de Grande-Terre, en vente exclusive sur le marché de la Darse de Pointe-à-Pitre. Je viens de l'interroger. Elle a offert ce nectar à Victorius hier matin. En général, elle lui offre une bouteille par semaine...

— Toujours une bouteille de goyave-rooibos ? demande Valéric.

Le commandant et les capitaines observent les débris de verre brisé sous la fresque.

— Non ! répond Jolène en se léchant les doigts. Mère Confiance m'a confirmé qu'elle a choisi au hasard une bouteille dans sa réserve. Victorius n'allait pas faire le difficile. Elle lui a donné un flacon de goyave-rooibos, mais ça aurait tout aussi bien pu être gingembre-passion ou coco-papaye. Pour le dire autrement, personne ne pouvait savoir, avant hier matin, si le cadavre de Victorius baignerait dans du jus de goyave, de banane, ou d'ananas… Mais Évariste Pigeon le savait, lui. Et pourtant, depuis hier matin, personne ne lui a parlé… à part toi, patron !

66

Pointe-à-Pitre, 8 h 45

Valéric roule en direction de la rue Lethière, sans respecter la moindre limitation de vitesse. Radio-flic, fréquence 27.225, lui indique en temps réel les routes coupées par les manifestations. Il a l'impression de conduire dans un labyrinthe, un jeu de Pac-Man dans lequel il risque de se faire dévorer par un monstre à chaque bifurcation. Un monstre à cent têtes bloquant la rue, et il n'aura alors pas d'autre solution que d'abandonner sa voiture et de continuer à pied.

Hors de question ! Il n'a pas le choix, il doit arriver au 129 rue Saint-John-Perse avant 9 h 15.

Tout en conduisant, le commandant reste en communication avec Jolène, Amiel et les autres collègues. Il jongle entre le téléguidage routier, les premières expertises de la scène du meurtre de Victorius Quatre-Bras et les informations parvenues de métropole pendant la nuit.

À sa grande déception, les policiers français n'ont découvert aucun élément nouveau sur les séjours en Guadeloupe, en avril 2003, de Jacob Santamaria, Audrey Colombel et Chaïma Sadji. Vingt et un ans se sont écoulés. Aucun témoin ne s'est manifesté. Jacob et Janet semblent avoir passé des vacances discrètes, peut-être sous de fausses identités. Audrey et Ludovic pratiquaient le camping sauvage. Chaïma et son père logeaient chez l'habitant. Quel habitant ? Et que vient faire Victorius Quatre-Bras dans leur odyssée ?

Dans son cerveau embrumé, Valéric devine pourtant que la solution est là, tout près.

Boulevard Faidherbe occupé, annonce Radio-flic. *Barricades improvisées. Couper par la rue Bébian et sortir rue Gosset.*

Un labyrinthe dont lui seul est capable de trouver la sortie.

129 rue Saint-John-Perse, 9 h 13

Valéric s'est garé devant le cabinet JISTIS-971 une trentaine de secondes avant que la fourgonnette du facteur ne surgisse. Le postier bénéficie-t-il lui aussi d'une fréquence Pac-Man lui permettant d'éviter les monstres à cent têtes ?

Le commandant attend que le facteur descende et se dirige avec sa pile de lettres vers le numéro 129. Le stagiaire cravaté sort aussitôt du cabinet d'avocats, Valéric accélère le pas. Il intercepte le facteur en premier, trois mètres avant l'entrée du cabinet, et agite sa carte de police sous le nez du préposé.

— C'est moi qui récupère le courrier aujourd'hui !

Le facteur hausse les épaules et confie la pile au policier.

— Vu le bordel ce matin, vous voulez pas aussi faire ma tournée ?

Ils échangent un sourire complice de fonctionnaires contrariés, avant que le facteur ne fasse demi-tour, résigné. Le commandant feuillette les lettres devant le regard consterné du stagiaire.

— Ça c'est pour vous, ça c'est pour vous, ça c'est pour vous.

Il donne une à une les lettres inutiles à l'apprenti avocat.

— Ça c'est pour vous, ça c'est pour vous. Ah, ça, je garde !

Évariste Pigeon
Aux bons soins de maître Le Cram
JISTIS-971
129 rue Saint-John-Perse
97110 Pointe-à-Pitre

— Vous n'avez pas le droit !

Célanie Le Cram est sortie, accompagnée d'une dizaine de collègues. Bras croisés. Regards outrés. Tout juste s'ils n'ont pas sorti eux aussi les matraques et les crans d'arrêt.

— Vous n'avez pas le droit, répète l'avocate.

— Je vais me gêner !

Sans sommation, Valéric déchire l'enveloppe, l'ouvre, et en tire une feuille.

Sans surprise, elle contient une photo de Victorius Quatre-Bras, allongé devant la fresque de mai 1967, sa bouteille de rhum posée à côté de lui. On peut distinctement lire la première phrase inscrite sur le tableau mural.

Il n'est pas de devoir de mémoire sans connaissance des faits.

Sous la photo, un mot a été écrit à la main :

Il n'est pas question de livrer le monde
aux incendieurs d'aube.

Lecocu va en faire une nouvelle attaque, pense aussitôt Valéric, et Madou se régaler !

— Ce courrier m'est destiné, commandant, insiste maître Le Cram. Ainsi qu'à mon client. Vous avez délibérément violé l'article 226-15 du code pénal. Vous n'ignorez pas qu'une telle faute dans la procédure entraînera de fait la libération de mon client.

Les dix autres avocats hochent la tête en cadence, solidaires. Le commandant se retient d'exploser.

— Je vais saisir le juge des libertés et de la détention, poursuit la petite-fille d'Évariste, n'en déplaise au juge Koury ou au procureur de la République. Je vous ai suffisamment prouvé ma bonne foi en collaborant avec la police…

Valéric se plante devant l'avocate. Il mesure trente centimètres de plus qu'elle.

— Écoutez-moi bien, Célanie.

— Je ne vous permets pas de…

— J'ai un cinquième mort sur les bras ! En quatre jours, et le harponneur ne va pas s'arrêter là ! J'ai besoin de gagner du temps.

Il se dirige vers le Duster, la feuille et l'enveloppe à la main. Célanie galope à petits pas derrière lui.

— Ah ça, vous allez en gagner. Tout le cabinet JISTIS-971 va se mobiliser pour vous en faire gagner. Nous allons vous casser, commandant. Nous allons harceler le juge, le proc et préfet jusqu'à ce qu'on vous retire cette affaire ! Et qu'on libère mon grand-père.

67

http://www. Kimbé-rèd[1]*.fr*

Devoir de mémoire
par Marie-Douce Lénervé

Il n'est pas de devoir de mémoire sans connaissance des faits.

C'est écrit, noir sur blanc, sur cette fresque devant laquelle des milliers de Guadeloupéens passent chaque jour.

Impossible de ne pas la voir ! Mais qui la lit ?

Je veux savoir pourquoi, quarante ans après, tout un pan de notre histoire demeure méconnu.

Cette question fut gravée sur le monument, lors de son inauguration, il y a presque vingt ans aujourd'hui.

On pourra toujours taire le passé, se boucher les yeux et le nez, prétendre que la repentance rouvre les blessures, que toute excuse est un parjure,

On pourra toujours interdire les sites qui disent la vérité, une autre vérité, au nom d'une prétendue unité,

On pourra toujours nous laisser pleurer les morts, transformer les bourreaux en héros,

On dira qu'employer le « on » est déjà une forme de conspiration,

Mais si j'emploie le « nous », alors je devrais accuser le « vous », « vous » qui prenez pourtant bien soin de rester dissimulés derrière le « on »,

---

1. « Tiens bon ».

prétendant être à la fois le « nous » et le « vous », être l'intérêt général contre les intérêts particuliers, être l'avenir contre les réécritures du passé.

Vous qui brandissez, contre l'idéal libertaire, égalitaire et fraternel révolutionnaire, votre nouvelle devise républicaine. Unité, Sécurité, Vérité.

Pas plus qu'on ne construit une famille sur les mensonges racontés aux enfants, qu'ils ne croient plus une fois grands, on ne construit une démocratie sur des mensonges racontés aux citoyens, qu'ils ne croient plus une fois informés.

Vous fermerez ce site, un autre fleurira. Vous m'enfermerez, une autre parlera. Vous nous tuerez, un nouvel espoir germera.

Une terre dont on arrache les racines devient un désert. Même si chaque homme et chaque femme est né des racines du mal.

Il n'est pas de devoir de mémoire sans connaissance des faits.

J'en viens aux faits, donc.

J'ai déjà été trop longue, je les résumerai.

Tout commence par un commerçant blanc qui lâche son chien sur le nègre ayant installé son étal face à sa vitrine.

Tout continue par une grève massive et pacifique pour réclamer l'égalité.

Tout se terminera dans le sang, le 26 mai 1967, pierres, bouteilles et conques de lambi contre fusils.

Et la répression, violente, aveugle, les jours suivants.

S'il existe un devoir de mémoire, pourquoi l'enquête sur ce massacre a-t-elle été classée secret défense pendant cinquante ans ?

Pourquoi certaines archives sont-elles encore interdites... et d'autres détruites ?

Pourquoi n'a-t-on comptabilisé que huit victimes en 1967, alors que plus de 80 familles, dont sans doute celle de Séverin Boniface, pleuraient leurs morts ?

N'y a-t-il pas d'état civil en France ? Les habitants de l'île sont-ils à ce point des fantômes qu'ils peuvent mourir sans identité ?

Pourquoi a-t-il fallu attendre quarante ans pour que les ministres de la République reconnaissent enfin l'évidence : le 26 mai 1967, la gendarmerie mobile, les képis rouges, a tiré sur une foule et tué plus de 80 civils.

Les noms de ces martyrs ne figurent sur aucun monument, ne sont gravés sur aucune stèle, ils sont tombés dans l'oubli avant même de tomber sous les balles des fusils.

Il n'est pas de devoir de mémoire sans connaissance des faits.

Nous connaissons les faits.

Souvenons-nous.

Et agissons selon notre devoir.

68

Centre commercial Milenis, Les Abymes, 9 h 30

Un rideau de gendarmes mobiles protège l'accès au centre commercial Milenis, la plus grande galerie marchande de Pointe-à-Pitre, un temple de verre à l'allure de stade de football futuriste. Les boutiques ont été provisoirement fermées et les clients restent coincés à l'intérieur, Caddies, sacs ou poussettes à la main, alors qu'une centaine de manifestants investissent le parking, brandissant les pancartes *Non à la profitation*.

— Allô, Anne-So ? Oui, c'est Valentin. Chérie, ne sors surtout pas faire de courses aujourd'hui. Ni toi ni les enfants, et téléphone à toutes tes amies. Ça chauffe, ici.

— Tu es où ? s'inquiète Anne-Sophie.

— Sur place ! Au Centre commercial Milenis.

Valentin entrouvre la vitre de sa Mercedes blindée. Quatre gendarmes la protègent, et il s'est prudemment garé à une centaine de mètres de l'affrontement, hors du parking, pour ne pas se faire piéger ; derrière une rangée de palmiers pour ne pas se faire repérer.

— J'entends des pétards ? Des cris ? Des tirs ? Sois prudent, mon chéri.

— Je le suis. Mais je n'ai pas le choix, pour rétablir l'autorité, je dois être en première ligne.

Le sous-préfet observe les fumigènes et ferme rapidement la vitre, autant pour éviter les odeurs de gaz que pour couvrir le bruit des détonations.

— J'ai une question à te poser, Anne-Sophie. Une question de stratégie.

— Tu n'as pas appelé Gildas ? D'habitude c'est lui qui...

— Il ne répond plus, coupe Valentin. J'ai dû le vexer la dernière fois. Ou il regarde en boucle les infos sur La Première en se marrant dans son canapé ! Il m'a bien refilé le mistigri, cet enfoiré. J'en viens à ma question, Anne-So. C'est à propos du commandant Kancel. Est-ce que je dois le virer ?

Une explosion, parfaitement audible à travers les vitres blindées, le fait sursauter. Sur le parking, des gendarmes cavalent après des manifestants. Valentin hésite à s'éloigner davantage.

— Qu'est-ce que c'était ? s'écrie Anne-Sophie.

— Rien, des échauffourées. Tout est sous contrôle.

— Je te fais confiance, chéri, assure sa femme, aussi inquiète qu'admirative.

— Tu peux ! J'en reviens à mon commandant. Pour commencer, suite aux dernières hallucinations de ce fameux quimboiseur, il a vraiment cru que les gendarmes allaient tirer dans la foule ! En réalité, son Œil noir parlait d'une fresque. Si je n'avais pas gardé mon sang-froid, on se couvrait de ridicule. Pour continuer, j'ai le plus grand cabinet d'avocats de l'île qui me harcèle, ainsi que le juge Koury, le proc, jusqu'au ministre. Ils veulent la peau de Kancel ! Et j'ai toutes les raisons de la leur donner, parce que ce con va finir par faire invalider toute la procédure.

« Mais il y a pire. Un de ses cheveux retrouvé sur la scène de crime prouve qu'il avait de l'alcool et du crack dans le sang, même si ça remonte à vingt ans. Qu'est-ce que ce poil fichait là ? Sans oublier qu'il est le descendant de cet

Anatole Cegnevane, le premier inconnu désigné par le harponneur. Et pour couronner le tout, il se sert du Zodiac de la police pour s'offrir une petite balade privée avec Marie-Douce Lénervé.

— Vire-le !

— Attends, Anne-So, ce n'est pas aussi simple et…

— Vire-le, je te dis ! Tu voulais mon avis, je te le donne : vire-le. Il est dangereux.

— Chérie, il y a aussi du poids de l'autre côté de la balance. Un dossier impeccable en métropole. Tous les flics de la DZPJ qui le respectent et le soutiennent. Il a plutôt fait du bon boulot jusqu'à présent…

— Cinq morts ! Un tueur qui cavale encore ! Une île au bord de l'asphyxie ! Les manifestants qui prennent d'assaut les bijouteries et les parfumeries !

— Je risque d'en faire un bouc émissaire. C'est un chabin, ici les gens l'aiment bien.

Une nouvelle explosion les fait tressaillir. Le toit du centre commercial ressemble au sommet de la Soufrière, enveloppé dans un brouillard de fumée. Valentin ne doit pas attendre que le nuage le recouvre lui aussi, sa présence ne ferait que compliquer les choses. Il doit se replier, il a toute confiance dans le colonel de gendarmerie qui commande l'escadron. Un type du cru, assez expérimenté pour maîtriser la situation.

— Toi aussi les gens t'aiment bien, continue Anne-Sophie. Ils peuvent, avec tout ce que tu fais pour eux ! Ne sois pas trop sentimental, mon chéri, c'est moi qui te réclame la tête de ce commandant abruti !

— D'ac… d'accord.

— Et j'ai une question, moi aussi.

— Ah ? (La nappe de brouillard coiffe déjà la tête des deux gendarmes en faction devant le capot de la Mercedes.) Fais vite, chérie.

— Tu me promets que, dès que cette affaire est réglée, on quitte cette île de fous ?

— Et la piscine ? Les iguanes ? Le lagon, les poissons ?

— J'ai grandi à Avignon, chéri. Je n'ai pas attendu les Caraïbes pour vivre au soleil toute l'année. Les colibris et les oiseaux de paradis, je m'en fous !

69

Direction zonale de la police judiciaire,
Les Abymes, 10 h 05

Valéric a donné rendez-vous à Jolène et Amiel devant l'entrée de la DZPJ. Pas le temps de paresser en terrasse, juste celui d'attraper un café et des beignets au lolo d'à côté, et de débriefer quelques minutes afin de se coordonner. Les manifestations dégénèrent un peu partout, la ville est bloquée, des voitures sont en flammes, des vitrines brisées, mais aucun coup de feu n'est à déplorer. Depuis soixante ans, les gendarmes ont appris à gérer. Tout ce qui flambe peut se reconstruire, ou se réparer. Ça enrichit encore les békés. Il n'y a que les vies brûlées qu'on ne peut pas racheter.

— Faut que j'y aille, annonce Valéric après avoir survolé le planning de la journée des quinze enquêteurs de son service.

Amiel fixe avec étonnement son chef. Jamais il ne l'avait vu aussi fatigué. Négligé. Yeux bleus vitreux. Cheveux blonds décoiffés. Chapeau oublié.

— Où ça ?

— À la prison de Baie-Mahault. Je dois rencontrer Évariste Pigeon. Tenter une dernière fois de percer son secret. Je n'ai pas beaucoup de temps.

Jolène s'arrête. Depuis le début du débriefing, elle alterne entre gorgées de café et bouffées de cigarette.

— Pas beaucoup de temps ? Notre quimboiseur ne sera pas libéré avant ce soir, patron, même si une meute d'avocats harcèle le juge Koury pour obtenir la levée de sa détention. Ça peut même prendre plusieurs jours, vu le bordel dehors !

— Je n'ai pas beaucoup de temps avant de me faire virer, précise Valéric.

Jolène s'étrangle, Amiel s'étouffe.

— Ça va. Pas la peine de jouer les étonnés. Plus cette affaire s'accélère et plus elle se resserre autour de moi... Et plus je multiplie les erreurs et les mauvais choix ! Avouez-le, vous avez des doutes. Je l'espère, du moins, car sinon vous seriez de sacrés mauvais flics ! Moi le premier, je commence à me poser des questions.

— Des questions sur quoi ?

— Sur moi !

Les deux adjoints observent le commandant sans savoir quoi répondre.

— Je peux vous demander une chose importante ? À tous les deux ?

Amiel opine, Jolène confirme.

— Quoi qu'il arrive, si on me retire l'affaire, continuez de labourer dans les sillons qu'on a creusés. On dispose de toutes les pièces du puzzle, elles s'emboîtent forcément ! Il suffit de trouver la bonne combinaison.

Amiel ne laisse pas le choix à Valéric et le serre contre son cœur.

— Compte sur nous !

Jolène hésite un instant, troublée, puis en fait de même.

— T'inquiète pas. On est avec toi !

Direction zonale de la police judiciaire,
Les Abymes, 10 h 23

Amiel vide son café et observe le Duster de Valéric s'éloigner.

— T'en penses quoi ?

— De Valéric ?

— Ouais. Si on veut être objectifs, ça ne fait que six mois qu'il est revenu sur l'île. On ne connaît pas grand-chose de lui.

— Et moi, ça fait juste quinze mois que je suis là. T'en connais pas beaucoup plus sur moi !

Le capitaine doit admettre que Jolène a raison. Après plus d'un an, il n'a toujours pas percé la personnalité de sa partenaire. Femme libérée ou complexée ? Exilée passionnée ou déprimée ? Mutée aux Antilles pour croquer la vie ou pour tromper l'ennui ?

— Assez pour savoir que t'es une flic remarquable. Têtue comme une Bretonne et bosseuse comme une Portugaise. Tout ce qui nous manque ici.

Jolène sourit et apprécie.

— Eh bien moi, perso, je fais confiance à Valéric. Je veux bien qu'il existe des flics ripoux qui trafiquent avec des dealeurs, des receleurs ou des proxénètes, mais un commandant de police complice avec un tueur qui harponne des touristes, désolée, j'y crois pas !

Amiel consulte son téléphone, par réflexe.

— Moi non plus... Mais notre chef se traîne quand même de sacrées casseroles... Comme s'il s'était passé un truc, il y a vingt et un ans... En 2003... Avant qu'il ne quitte la Guadeloupe pour la métropole et que Jacob, Audrey et Chaïma viennent la visiter.

— Quelqu'un chercherait à le piéger ?

Amiel range son téléphone, agacé.

— Peut-être. Tout comme Jacob a été piégé par un faux promoteur, Audrey par une fausse publicité, Chaïma par un faux prince charmant. On tourne en rond ! Qui ? Pourquoi ? Mirelle et tout le service informatique travaillent sur leurs traces numériques depuis deux jours, textos, mails, cookies, sans rien trouver.

Jolène jette son gobelet, écrase son mégot dans le cendrier, et sort à son tour son téléphone. Amiel la fixe un instant, pensif, avant de se lancer.

— J'ai peut-être une idée !

70

Centre pénitentiaire de Baie-Mahault, 11 heures

Évariste Pigeon est assis sur la couchette de sa cellule. Valéric reste debout près de la porte. Le commandant a demandé à Pellissier, le directeur du centre pénitentiaire, de couper tous les micros et toutes les caméras.

« On ne l'a jamais tenté, a-t-il argumenté. Depuis sa première vision, sur le port de Petit-Canal devant les Marches des esclaves, il a toujours été surveillé, encadré par des flics, filmé. Peut-être qu'il parlera en tête à tête. D'homme à homme. Qu'est-ce qu'on risque ? »

Serge Pellissier a accepté. Après tout, s'il a lui aussi eu vent de rumeurs concernant le commandant, c'est toujours Kancel qui pilote l'affaire. Et voir en permanence une vingtaine de journalistes tourner devant les murs de sa prison commence à l'agacer. Vivement que le quimboiseur balance tout ce qu'il sait, ou soit libéré !

Valéric s'avance vers Évariste. Le vieil homme est assis au bord du lit comme on le serait au bord d'un précipice, il paraît pouvoir basculer à chaque instant : dos trop courbé, fesses maigres à peine posées, mains tremblantes incapables de le rattraper. Ses yeux peinent à rester ouverts. Ses paupières paraissent écraser ses joues à chaque fois qu'elles se ferment, creusant un peu plus son visage à chaque clignement.

Un plateau de petit déjeuner est posé à ses pieds, Évariste n'y a pas touché. Selon Pellissier, il ne s'alimente plus. Valéric doit admettre que Célanie Le Cram et sa horde d'avocats ont raison : son grand-père est malade, son état de santé se dégrade, il devrait a minima être hospitalisé. La stratégie d'isolement n'a rien donné, sinon semer encore davantage le doute.

Et s'il n'y avait pas de truc ? Et si Évariste sentait réellement la présence de la mort ?

Le commandant s'arrête devant le quimboiseur. Il a l'impression de se tenir devant un enfant mutique. Il s'accroupit à hauteur de ses yeux noirs.

— Nous sommes seuls, Évariste. Personne ne nous voit. Personne ne nous entend. Si tu veux parler, c'est le moment ! Tu as déjà essayé. Tu as tenté de nous avertir, mais pour quel résultat ? Tu n'es parvenu à empêcher aucune mort ! Alors parle, Évariste, parle si tu veux que toute cette folie s'arrête.

Évariste tangue. Il paraît à peine entendre la tirade du commandant. Perdu dans un monde où il déjeune avec la mort. Valéric résiste à l'envie de le prendre par les épaules, de le secouer.

— Qui t'a dit pour la robe aux papillons bleus ? Et pour l'odeur de goyave ? Ce n'est pas moi, alors qui ?

Le commandant, toujours accroupi, observe les micros, les caméras, les enceintes fixées aux quatre murs de la chambre de verre. Le poste central, unique lien avec la cellule, est gardé jour et nuit. Il refuse d'imaginer une complicité interne, la corruption d'un membre du personnel de la prison. D'ailleurs, toutes les bandes vidéo sont enregistrées et ont été visionnées. Même la plus rusée des taupes n'aurait pas pu entrer en contact avec Évariste.

— *Je...*

Les yeux d'Évariste se sont brusquement allumés. Deux lasers noirs dans un écrin blanc. Un instant, Valéric pense avoir convaincu le détenu, mais l'éclat de ses pupilles dilatées le traverse. Comme s'il n'existait pas.

— *Je vois un champ... un champ de canne à sucre. À perte de vue.*

Le policier, toujours en appui sur ses cuisses, sent ses muscles se tétaniser. Il ne doit pas bouger, il doit rester ainsi, regard contre regard, ses yeux clairs à quelques centimètres des yeux noirs, même si Évariste regarde bien au-delà.

— *Je vois une habitation... une très grande habitation.*

Les pupilles d'Évariste semblent déjà s'éteindre. Le commandant doit en savoir plus. L'île est couverte de champs de canne à sucre, la moitié des maisons, gîtes, musées, ont pris le nom d'« habitation ». Il s'efforce de maîtriser sa voix.

— Décris-la-moi.

— *Je sens... je sens la chaleur aussi. Il fait chaud, tellement chaud.*

— Oui, très chaud. Plus de vingt-neuf degrés aujourd'hui. Parle-moi de l'habitation. Donne-moi des détails.

— *Je vois un toit rouge. Un balcon de bois blanc... je vois une cheminée d'usine. Derrière l'habitation, plus haute que les palmiers.*

Une sucrerie, pense immédiatement Valéric, il y en a peu dans l'île qui ont conservé la cheminée de leur distillerie.

— Sois plus précis. Y a-t-il un nom ? Un lieu ? La mer à proximité ? Une rivière ?

— *Il... il n'y a rien... tout a brûlé.*

Tout a brûlé ?

Un éclair foudroie Valéric. Une entaille béante dans son cerveau, un coup de poignard à crâne ouvert.

Une habitation ?

Un champ de canne à sucre ?

Des images réapparaissent devant ses yeux. Crues, nues.

— *La mort est là*, continue de prophétiser Évariste. *Elle rôde, elle mord, elle frappe... plusieurs fois... tant de fois.*

Pour ne pas perdre l'équilibre, Valéric pose les deux mains à plat sur le sol. Des gouttes de sueur coulent le long de ses tempes. La cellule est devenue un four incandescent.

— *Je vois... je vois un uniforme... un uniforme de policier. Il va mourir... il... il...*

Tais-toi, hurle une voix dans la tête de Valéric. Tais-toi !

— *Il a les yeux clairs. Les cheveux clairs aussi... il est créole... mais différent... c'est... c'est un chabin.*

Les yeux d'Évariste s'animent soudain, paraissant sortir d'un profond sommeil et apercevoir pour la première fois les murs gris de la cellule, la porte d'acier, les caméras braquées. Et l'homme accroupi à quelques centimètres de lui.

Son regard noir scanne le visage de Valéric. Le quimboiseur ne semble pas croire ce qu'il voit. Ses mains tremblantes touchent la peau du policier, comme pour vérifier qu'il existe vraiment.

— *C'est vous... c'est vous le prochain mort, commandant !*

71

Tour Massabielle, Pointe-à-Pitre, 11 h 30

Jolène observe l'appartement de Joshua. L'informaticien habite au quinzième étage de la tour Massabielle, la vue la plus sublime de tout Pointe-à-Pitre, dans l'immeuble le plus pourri. Apparemment, Joshua se moque des deux, du panorama comme de la vétusté. Son studio ressemble à un décor de cinéma dont les accessoiristes n'auraient eu que deux mots pour consigne : geek et garçonnière. La pièce est encombrée d'une quinzaine d'ordinateurs, de toutes tailles et de toutes épaisseurs, de disques durs empilés, de cordons qui pendent, de tours qui tanguent. On enjambe des claviers. Des souris sans fil grignotent les miettes sur le tapis et les restes de repas moisis.

Jolène hésite à s'asseoir. Joshua a poussé la décoration jusqu'à poser sur chaque chaise un coussin en forme de carton à pizza. La capitaine se concentre sur l'accumulation de matériel informatique autour d'elle.

— Impressionnant, ton équipement ! Moi qui croyais qu'aujourd'hui on pouvait envoyer une fusée sur Pluton avec un smartphone…

— La miniaturisation de l'informatique, c'est du baratin ! Si tu veux une grosse intelligence, il te faut un gros cerveau !

Joshua vérifie discrètement la taille de son périmètre crânien dans le reflet poussiéreux d'un écran, puis fait tourbillonner façon frisbee un carton à pizza.

— Assieds-toi. Merci de m'avoir rappelé.

Jolène reste debout, elle préfère le dominer, même d'une demi-tête.

— Tu as piraté mon 06 ! Tu as laissé exactement trente-sept textos. Ne recommence jamais !

Joshua se redresse de quelques centimètres d'ego supplémentaires.

— J'ai eu raison, non ? Ça a marché, tu m'as rappelé.

— Un appel professionnel. N'oublie pas, je t'ai mis en main le contrat, alors commence pas à renégocier.

— T'inquiète, je vais signer ! Mais parfois, y a des petites lignes qu'on n'a pas vraiment lues… ou des formulations ambiguës.

— Aucune ambiguïté ! tranche Jolène. Ne va pas t'imaginer que j'avais envie de te revoir. Je suis ici comme flic dans le cadre d'une procédure judiciaire, et j'ai besoin de ton talent.

Joshua secoue sa tignasse frisée pour confirmer qu'il est d'accord, mais l'éclat de son regard signifie qu'il est convaincu de l'inverse.

— Je t'écoute. Tu vas le kiffer grave, mon talent…

Jolène soupire.

— Tout est là.

La capitaine sort de son sac une clé USB dans laquelle est archivé l'historique des trois téléphones de Jacob Santamaria, Audrey Colombel et Chaïma Sadji. C'est Amiel qui lui a suggéré l'idée. *Pourquoi tu ne demanderais pas à ton geek de nous aider ? On gagnerait du temps, on en a sacrément besoin.*

— Ne te fais pas d'illusions, Joshua, le service informatique de la police a lui aussi du talent ! La petite Mirelle Fontanel est elle aussi une surdouée dans son genre, secrète et discrète, une geek encore plus bizarre que toi. Sauf que ses moyens d'investigation sont limités par les demandes d'autorisation auprès du juge et des fournisseurs d'accès. Bref, tu vois, elle doit respecter la loi. Il faut parfois des semaines pour obtenir le bornage d'un téléphone portable, et plus de temps encore pour rechercher l'IP d'un ordinateur qui envoie des messages sous une identité cryptée.

Joshua hausse les épaules, il ne s'embarrasse pas de ce genre de détails.

— Tu ne trouveras pas plus rapide que moi sur le marché ! Tu cherches quoi ?

— Un lien entre les victimes du harponneur. Victorius Quatre-Bras ne possédait pas de téléphone, mais tous les autres, à l'exception de Niels Auvray, ont été piégés à distance. Jacob Santamaria par un faux promoteur, Audrey Colombel par une fausse publicité, Chaïma Sadji par un faux amoureux sur Badoo. Je veux que tu examines ces messages et que tu remontes le plus loin possible.

— Et… c'est légal de passer par un free-lance tel que moi ?

— Si tu trouves du neuf, on officialisera notre relation.

— Waouh, c'est presque une demande en mariage !

Jolène sourit. Joshua a de la répartie. Pendant qu'il enfonce la clé dans l'une des tours et commence à taper sur un clavier, la capitaine examine avec un peu plus d'attention le joyeux bordel de la chambre du garçon. Presque autant que chez elle !

Joshua ne doit pas inviter tous les jours des filles dans son bunker sous les toits… mais il a fait un minimum d'efforts pour la recevoir. Pour dégager la table basse, il a élevé un donjon branlant de magazines d'informatique et de jeux vidéo. Il a renversé un paquet de chips dans un bol fêlé, posé sur la table une bouteille de vin vénézuélien et deux gobelets Star Wars, le tout sur fond sonore de jazzman virtuose reconverti dans la musique d'ascenseur, qu'on entend à peine derrière le souffle des ventilations.

— Ça tourne, fait l'informaticien. Tous mes PC sont connectés, ils vont se débrouiller tout seuls comme des grands, mais la température va grimper ! Tu veux un verre ?

Joshua n'attend pas sa réponse et passe son éternel pull à col roulé au-dessus de sa tête. Sa boule de cheveux paraît s'électriser. Le geek est encore plus maigre sans sa couche de laine. Au dernier carnaval de Pointe-à-Pitre, il lui a suffi de se teindre les cheveux en rouge pour se déguiser en allumette.

— Du vin ? insiste Joshua. Je ne sais pas s'il est bon, je fais toutes mes courses dans l'épicerie en bas, ils n'ont pas trop de choix.

Il saisit un tire-bouchon, essaye d'en comprendre le fonctionnement, puis se rend compte que la bouteille est fermée par un capuchon de métal qu'il suffit de dévisser. Le geek verse une rasade jusqu'au menton de Han Solo, puis dépose une paille sabre-laser dans le verre. Jolène a eu le temps de jeter un coup d'œil sur l'étiquette.

2,50 euros. Qui a dit que la vie était chère en Guadeloupe ?

— On trinque ?

Le gobelet de Chewbacca carillonne joyeusement avec celui de Han Solo. Jolène boit, manque de tout recracher. 2,50 euros cette piquette ? Il y aurait de quoi manifester contre la profitation et pendre tous les békés.

Joshua écarte les doigts façon tractopelle et vide le bol de chips en une poignée. Il avale le tout, son squelette semble croustiller. Le geek consulte l'un des écrans de l'ordinateur, hésite.

— J'aurais adoré n'avoir qu'un vieil ordi pourri. Ou te dire que les traitements vont prendre toute la journée, peut-être toute la nuit, mais…

Jolène s'est approchée.

— Mais quoi ?

— On ne va pas commencer notre vie ensemble sur un mensonge. Je suis un petit génie, ta recherche est déjà finie !

La capitaine esquisse un rictus.

— T'emballe pas quand même…

Pour la première fois, une pointe de mélancolie trouble l'iris du geek.

— Je plaisante ! Je sais bien que j'ai aucune chance avec toi. Trop maigre à trente ans. Vu que je ne me nourris que de cochonneries, je serai obèse à cinquante. Je serai peut-être à peu près consommable aux alentours de mes quarante… Mais d'ici-là, tu te seras trouvé un gentil mari.

Ou pas, pense Jolène.

— Alors, ces résultats ?

Joshua dégage un second carton à pizza, rapproche les deux chaises libres, la flic et le geek se tiennent côte à côte, épaule contre épaule.

— Regarde. J'ai un traqueur spécial qui permet de repérer l'IP d'un ordi, son identifiant si tu préfères, même si le type utilise un VPN. Tu me suis ?

Jolène confirme de la tête.

— Tu peux lire l'IP de l'ordinateur des promoteurs immobiliers qui ont approché Santamaria ? C'est 197.239.129.68. Regarde maintenant l'IP de l'agence de pub qui envoyait des promos pour la Guadeloupe.

197.239.129.68.

— Et celui de Ruby, l'amoureux de ta pauvre teufeuse harponnée plage de la Perle.

197.239.129.68.

Joshua a le triomphe modeste. Il clique pour obtenir une capture d'écran. Une imprimante s'éveille derrière eux.

— T'as le lien que tu cherchais ! Tes trois victimes ont été piégées par le même type. Ou plusieurs types utilisant le même ordi.

— T'es un génie !

— Je sais.

— Tu peux retrouver le propriétaire de cet ordi ?

— Je suis un génie !

— Combien de temps il te faudra ?

— Une heure… ou une vie… tout dépend du nombre de portes blindées qu'il faudra percer.

Jolène prend appui sur l'épaule de l'informaticien et se lève.

— Ça t'ennuie si… si je te laisse continuer de chercher ? C'est un peu chaud dehors, dans la vraie vie. Une île qui commence à se barricader, un harponneur en liberté, un boss qui va se faire virer.

— T'inquiète. Je suis au courant.

Il clique à nouveau, différents sites d'information apparaissent sur les écrans, dont Kimbé rèd de Marie-Douce Lénervé.

— La vraie vie, comme tu dis, explique Joshua, elle tient tout entière là-dedans.

Jolène sourit. Joshua n'est pas déconnecté de la réalité, juste hyperconnecté.

— Tu m'appelles dès que tu as trouvé ?

La policière enjambe les piles de magazines, slalome entre les cartons à pizza, écrase quelques chips. Quand elle ouvre la porte, elle s'aperçoit que l'informaticien l'a suivie. Les yeux à la hauteur des siens, combien de temps tiendra-t-il ainsi perché sur la pointe de ses pieds ?

Elle hésite. Elle sait calculer.

Un baiser sur la joue, c'est minimum un abonnement à dix textos par jour. Sur les lèvres, c'est le pack illimité à perpétuité. Elle se contente de lui tendre la main, il l'accepte faute de mieux, une poignée molle et moite, accompagnée d'un regard de cocker qui observe sa maîtresse partir travailler.

Jolène le sait, elle ne doit pas s'attacher. *Remets ton pull, Joshua, tu vas attraper froid.*

Sa paume échappe aux doigts humides, elle ouvre la porte…

— Merci !

… avant de sortir sur le palier de la cage d'escalier, et de la refermer.

Tour Massabielle, Pointe-à-Pitre, 12 h 17

— Allô, Amiel ?
— Ouais, Marge ?
— Arrête avec ce surnom idiot !
— OK, te vexe pas, Jo. T'as du nouveau ?
— Oui… Peut-être une piste solide… mais toujours pas le nom de l'assassin, ni son portrait-robot. Et toi ?
— Moi ? Tu ne devineras jamais avec qui j'ai rendez-vous !

72

Grande-Terre, 12 h 25

Valéric roule vers le nord de Grande-Terre. La région la moins touristique de Guadeloupe. La plus plate aussi, le paysage se résume à des plaines bordées de falaises, et la plus inaccessible, par la terre comme par la mer. Loin des villes et loin des plages. La nationale 8 s'enfonce dans les champs de canne à sucre. Les tiges sont hautes de plus de deux mètres, formant un interminable horizon végétal. Le commandant a passé le dernier rond-point occupé, à Morne-à-l'Eau, il y a plus d'un quart d'heure.

Il sait qu'il file droit vers un piège.

Il a les yeux clairs… il est créole… mais différent… c'est… c'est un chabin.

Le piège que lui tend le harponneur.

C'est vous le prochain mort, commandant !

Sauf s'il admet l'impossible : Évariste n'est pas le complice du tueur, il cherche à empêcher ses crimes. Sauf s'il parvient à croire en l'œil noir…

De quoi pourrait-il avoir peur ? Le soleil brille à son zénith… et l'assassin ne tue qu'à l'aube !

Le Duster du commandant est toujours branché sur Radio-flic. Valentin Lecocu lui a officiellement signifié, à midi, qu'on lui retirait l'affaire.

« N'y voyez rien de personnel, Kancel. C'est venu de plus haut, du ministre en personne. On s'inquiète en métropole, faut se mettre à leur place, ils ne sont pas ici, sur le terrain, ils ont besoin de résultats, comme une équipe de foot, vous comprenez, on ne peut pas virer les joueurs alors on dégage l'entraîneur. Votre successeur sera nommé dans la journée, je vous avoue que je galère un peu pour le trouver, Dos Santos, votre adjointe, n'est pas assez expérimentée, et Amiel Ouassou est, hum, disons trop marqué. Quant aux autres gradés, ils ne se bousculent pas pour récupérer le bébé.

— Ne traînez pas trop, lui a juste répondu Valéric. Dans quelques heures, une nuit au plus, dès que le soleil sera levé demain, tout sera sans doute terminé. »

Le commandant tourne en direction des falaises du Nord, Porte d'Enfer et Trou du Souffleur.

Il a également appris, par Radio-flic, que le nouveau site Kimbé rèd a été interdit. Le procureur de la République a déposé plainte contre Marie-Douce Lénervé, pour diffamation envers les institutions nationales et trouble à l'ordre public. Le juge Koury a admis que la publication en ligne de l'article sur la manifestation de mai 1967 constituait une infraction délibérée à l'injonction de fermer le site Akansyel, puisque la même et unique journaliste en était l'auteure. Madou n'a pas répondu à sa convocation devant le juge. Les agents Musard et Levif, chargés de l'appréhender à son domicile ou au siège de son site, à Lamentin, n'ont trouvé que des locaux vides.

Madou est en cavale, s'amuse à penser Valéric.

Un peu comme lui…

Il quitte la route principale pour s'enfoncer dans les champs.

Je vois un toit rouge… un balcon de bois blanc. Une cheminée d'usine, derrière l'habitation, plus haute que les palmiers.

Il ne lui a fallu que quelques secondes pour identifier l'habitation dont Évariste parlait.

Valéric ralentit. Deux chemins creux, que le GPS ne connaît pas, s'ouvrent devant lui.

Doit-il prendre celui de droite ou celui de gauche ?

Il n'en a aucune idée. Il ne repère aucun indice. Les champs de canne à sucre, lorsqu'ils sont ainsi hauts de plusieurs mètres, forment d'inextricables labyrinthes. Il tente à droite, puis encore à droite, et débouche sur une nouvelle fourche.

Droite ou gauche ?

Il choisit une nouvelle fois celui de droite. Au pire, il reviendra au point de départ... à condition qu'il retrouve le chemin. Toutes les allées entre les plantations sont identiques !

Il prend à gauche cette fois, et désespère de voir émerger un arbre pour se repérer. Il a beau chercher, aucun ne dépasse de la ligne de cannes. Tant pis, le commandant continue de se perdre entre les champs, de tourner au hasard, en rond ou non, il finira bien par trouver...

Cling !

Son pneu a roulé sur une plaque de fer. Un déchet balancé au bord du fossé, que le Duster a mordu. Valéric s'arrête, portière ouverte. Il y a peu de chances qu'une voiture choisisse précisément cet instant pour le croiser dans ce désert vert. Il se penche sur la plaque cabossée et reconnaît un panneau de signalisation rouillé et noirci par le temps.

Habitation Wagram, 0,3 km.

Elle est donc là, tout près. Il tourne autour d'elle...

Il remonte dans le Duster, perdu dans ses pensées.

L'habitation Wagram, ou habitation W comme elle était le plus souvent appelée, est l'une des plus anciennes de Guadeloupe, fondée juste après la chute du Premier Empire, il y a deux siècles, par Samuel Quatre-Bras, un colonel de la Grande Armée décoré sur le champ de bataille. Il a nommé sa plantation en hommage à la victoire de Napoléon, et au soutien de l'Empereur aux colons assurant la prospérité des Antilles.

Valéric choisit de prendre à gauche à la bifurcation suivante. Une chance sur deux.

L'habitation W compta jusqu'à deux cents esclaves au plus haut de sa splendeur et vit s'élever l'une des plus hautes cheminées de sucrerie de l'île, surpassant les clochers des églises. Victorius, l'ultime descendant de Samuel Quatre-Bras, était propriétaire d'une habitation dont il n'était plus que le seul salarié, dont la surface avait été divisée de moitié, mais qui restait l'une des plus réputées de l'île…

Avant 2003.

Valéric a eu de la chance, cette fois.

Mais peut-on parler de chance ?

Le paysage s'est ouvert, une légère montée, il devine les falaises abruptes, plein nord. L'habitation W lui apparaît comme par enchantement après un dernier virage.

Il n'y a plus aucun toit rouge, plus aucun balcon de bois blanc, seulement les vestiges d'une cheminée éventrée, et les ruines de ce qui fut, il y a deux siècles, l'une des plus somptueuses maisons coloniales de Guadeloupe.

Valéric scrute la toiture effondrée, les murs béants, les arbres géants qui ont poussé entre les poutres noircies.

C'est un piège, forcément.

Il attrape son fédora.

Il est tard pour reculer, Valéric n'a pas d'autre choix que de s'y enfoncer.

73

Plage du Souffleur, Port-Louis, 12 h 26

Amiel raccroche. Il observe devant lui la plage du Souffleur. Sa plage préférée. C'est ici, à Port-Louis, qu'il a rencontré Raphaël, à deux pas de sa caserne. Depuis, il se persuade que le sable est ici plus blanc, les cuisiniers des food trucks moins lents, les touristes moins envahissants, la mangrove moins hostile si l'on marche vers le nord pour s'éloigner des gens, comme il l'a fait si souvent avec Raphaël, seuls au monde, pointe d'Antigues.

Amiel s'oblige à ne regarder que la mer. Il ne veut pas aimanter ses yeux au bitume gris du parking de Port-Louis. Il ne veut pas sursauter à chaque fois qu'une voiture ralentit. Il ne veut pas calquer son rythme cardiaque sur celui de la trotteuse de sa montre. Il ne veut pas que chaque seconde de retard soit un coup de poignard. Il ne veut plus souffrir, il veut guérir, il veut…

La fourgonnette rouge des pompiers surgit alors qu'Amiel fixe toujours l'horizon, perdu dans ses pensées. Elle se range à côté du capitaine. Raphaël en descend dans son costume de super-héros. Treillis bleu marine, bande rouge barrant sa poitrine et écusson tricolore cousu sur les pectoraux.

— Je t'attendais.

— Je sais.

— Depuis… depuis…

Raphaël regarde sa montre.

— Une minute trente. Je n'allais pas mettre le gyrophare pour si peu de retard.

Amiel sourit tristement.

— Je t'attends depuis beaucoup plus longtemps.

— Je… je sais… je suis désolé.

— Pas un appel. Pas un texto. Depuis quatre jours.

— Je… je suis là, Amy.

— Parce que mon chef te l'a demandé ! Valéric m'a aussi envoyé un message. Tu as quelque chose d'important à me dire ? Je suppose que ça concerne Victorius Quatre-Bras ou le harponneur…

Raphaël pose son casque argenté sur la table d'un carbet, ouvre le velcro de son treillis sur un tee-shirt blanc moulant. Sourire d'émail immaculé et abdominaux d'acier. Amiel sent son cœur s'affoler. Comment Raphaël parvient-il à trouver un équilibre aussi parfait entre force et décontraction, entre assurance et nonchalance, entre rudesse et tendresse ? Le capitaine n'a qu'une envie, prendre la main de son ami, presser son cœur contre le sien, goûter ses lèvres.

Des touristes, soucieux d'échapper aux manifestations des centres-villes, s'attardent sur la plage. Amiel se moque de leur présence. Un flic qui embrasse un pompier. Et alors ?

Raphaël paraît ne rien remarquer. Ni les badauds, ni le désir du policier.

— Tu as raison, Amy. Je suis là parce que ton boss me l'a demandé. Mais… pas uniquement.

Le pompier se dandine d'une jambe sur l'autre. Comment peut-on être à la fois aussi viril et puéril ?

— Ton patron m'a juste fourni un prétexte… enfin, une occasion. Je ne savais pas comment, euh, tu vois… comment faire le premier pas.

Une pointe d'espoir perce le cœur d'Amiel. Il s'efforce de l'arracher, il ne veut plus souffrir.

— Je ne te demandais pas grand-chose, Raph. Juste un texto. Seulement un ou deux mots. Rien que sept lettres, plus un blanc et une apostrophe. Un simple *je t'aime* aurait suffi.

— Toi non plus, se défend Raphaël, tu ne m'as pas écrit. Tu aurais pu m'appeler…

Amiel veut guérir.

— Plutôt crever !

Raphaël éclate de rire. Comment peut-on être en même temps aussi séduisant et méprisant ?

— C'était à toi de t'excuser, explose Amiel. Au nom de ta sainte famille ! De tes parents, de tes voisins, de tout ton putain de quartier de Blancs-Matignon des Grands Fonds ! Tu avais le choix. Eux ou moi. Tu les as choisis !

— Non !

— Si !

— Non, Amy. Je n'avais pas le choix. Je ne vais pas changer de père, de mère, de frères. Je leur ai parlé après ton départ. Et je leur ai dit qu'eux non plus, ils n'avaient pas le choix. Qu'ils pouvaient ne pas t'aimer, te faire fuir avec leur comportement odieux, mais que ça ne changerait rien… Ce serait tout de même un mec qui te remplacerait !

— Un autre que moi ?

— C'était une démonstration par l'absurde, Amy.

— C'est absurde ce que l'on vit ?

Raphaël lui prend la main.

— Arrête tes conneries ! Mes parents ont réfléchi. À partir du moment où ils ont intégré le fait que ce serait un mec ou rien, ils t'ont trouvé… plutôt bien.

— Plutôt bien ?

— Oui… Un flic, ça les a rassurés. Je leur ai tout balancé grâce à toi. Le nom de mes ex… Jean-Mi le prof. Sergio l'éduc spé… T'imagines, des communistes dans la famille ? Je crois qu'ils détestent plus les gauchistes que les gays !

Amiel éclate de rire.

— Alors c'est pour ça que tu les as plaqués ? Pas parce que tu m'aimais ?

Des passants observent, étonnés, l'étreinte entre le policier et le pompier, mais Raphaël ne le lâche pas et serre encore plus fort sa main entre ses doigts.

— Évidemment ! J'ai cherché un chasseur gay, ou un para, un député républicain qui aurait fait son coming out, mais j'ai pas trouvé…

Raphaël redevient soudain sérieux.

— J'ai un truc à te dire, Amy, un truc important.

Amiel ferme les yeux. Il attend juste deux mots. Sept lettres, plus un blanc et une apostrophe.

— Ça concerne les assassins de l'aube. C'était il y a longtemps, j'avais à peine seize ans. J'étais engagé volontaire. C'était… un peu avant Pâques 2003.

74

Habitation Wagram, nord de Grande-Terre, 12 h 45

Il ne reste rien de l'habitation W. Seulement des poutres brûlées, des pierres noires, une charpente ouverte au milieu des tamariniers, des squelettes tortueux des mapous gris et d'un arbre du voyageur émergeant des fougères. Un temple oublié, au milieu d'un jardin redevenu jungle, perdu dans un océan de canne à sucre. Valéric écarte les lianes d'un banian et s'avance. Il a sorti son SIG Sauer de son étui et le braque devant lui.

C'est un piège, forcément.

À chaque vision d'Évariste, le harponneur était là, avant eux. Il n'avait pas choisi sa victime au hasard, il l'avait attirée sur les lieux, selon un plan minutieux.

Trop tard pour reculer.

Contrairement aux autres victimes ciblées par le tueur, Valéric est averti, méfiant, armé. Un SIG Sauer contre un harpon de pêcheur, le rapport de force n'est pas en sa défaveur.

À moins qu'ils ne soient plusieurs…

Valéric entre dans les ruines de l'habitation et tente de se rassurer. Quel que soit le nombre des assassins, ils ne tireront pas tout de suite, l'aube est encore loin.

Le sol est recouvert de terre noire et de sable portés par les alizés, accumulés entre les murs effondrés. Aucune pluie récente n'est venue coller le fin brouillard de particules qui voltige à ses pieds. Ses semelles laissent des empreintes dans la poussière, elles lui permettent de se souvenir des pièces qu'il visite, façon Petit Poucet.

Toutes se ressemblent, le mobilier a disparu. Restent des canettes de bière, des bouteilles de rhum et des emballages de polystyrène éventrés. Les ruines de l'habitation W sont sans doute un spot réputé pour les ados souhaitant passer une nuit d'épouvante bien arrosée. Un véritable dédale, où chaque poutre menace de tomber, chaque porte de basculer, où…

Le commandant se fige.

Il a repéré une empreinte de pas sur le sol. Une empreinte nette, fraîche, tracée il y a à peine quelques secondes.

Plus petite que la sienne !

Quelqu'un est là, tout près, se promène.

Le traque ?

Aussitôt, Valéric colle son dos au mur le plus proche et pointe son SIG Sauer, balayant du bout de son canon chaque cachette potentielle de l'habitation. Le harponneur peut se dissimuler n'importe où. Surgir de partout. Le commandant n'entendra que le sifflement d'une flèche qui fend l'air… Il tend l'oreille, scrute le silence, mais ne perçoit que le souffle du vent dans les fougères.

Et soudain, un éclat de rire qui explose. Léger. Joyeux. Incongru dans ce décor horrifique.

— Holà, commandant. Vous n'allez pas tirer sur une femme sans défense ?

— V… vous ?

Marie-Douce Lénervé sort d'une ouverture rectangulaire ; une ancienne porte dont il ne reste que des planches calcinées. D'instinct, Valéric garde son SIG Sauer braqué.

— Qu'est-ce que vous faites là ?

Madou sourit, mais lève les mains.

— Mon travail… quoi d'autre ?

La journaliste s'avance, sans baisser les bras. Sa fine robe à bretelles épouse ses hanches et sa poitrine. Une preuve élégante qu'elle ne dissimule aucune arme, encore moins un pistolet harpon. Dans son sac à main, peut-être, mais il lui faudrait plusieurs secondes pour l'ouvrir, le saisir…

— Comment pouviez-vous savoir que je serais ici ? demande le commandant sans baisser son arme.

— Le plus simplement du monde, Valéric. Je vous ai suivi. Depuis la prison de Baie-Mahault. Ce n'était pas très difficile de vous y attendre.

Le policier ne relâche pas la pression.

— Impossible ! J'ai tourné pendant vingt minutes dans le champ de canne à sucre. Je vous aurais obligatoirement croisée.

Madou laisse échapper un nouvel éclat de rire.

— Je vous avoue, commandant, que j'ai eu de la chance. J'ai tourné moi aussi dans les champs, mais j'ai roulé sur le panneau rouillé cinq minutes avant vous. Cela m'a permis de trouver l'habitation W la première, de me garer un peu plus loin et de vous attendre. Vous n'aimez pas les surprises ?

La journaliste s'assoit sur un tronc de mapou gris à moitié dévoré par la mousse. Pose son sac à côté d'elle.

— Allons, de quoi avez-vous peur ? N'avons-nous pas désormais un point commun ?

Le commandant reste debout, dos au mur, muet.

— Nous avons tous les deux été virés, commandant ! On nous a retiré cette affaire. Dans ces ruines, vous n'êtes pas plus policier que je ne suis journaliste. Mais nous avons le même intérêt : découvrir l'identité de l'assassin de l'aube pour sauver notre réputation.

C'est un piège, Valéric en est conscient. Marie-Douce continue de sourire pourtant, sûre d'elle, décontractée. Le policier crispe sa main sur son pistolet.

— Je ne vous crois pas, Madou. Vous m'avez attendu devant ma case de Bois-Malher, hier, et il y a trois jours. Vous m'attendiez encore sur le port des Saintes. Puis dans cette ruine maintenant… Votre numéro de charme ne prend plus. Vous me cachez quelque chose !

La journaliste paraît follement s'amuser. Ses yeux noisette se teintent d'une pointe violette.

— Vous cacher quelque chose ? N'inversez pas les rôles, commandant. Si je vous suis, c'est au contraire pour connaître la vérité. Vous le savez autant que moi, je suis la seule à m'être approchée de votre secret. C'est donc à moi de vous retourner la question : qu'est-ce que vous faites là ?

Le commandant hésite. Cette femme possède l'art de retourner la situation en sa faveur. Tous les signaux d'alerte sont réunis pour qu'il se méfie, et pourtant, une voix stupide et naïve dans sa tête lui souffle de lui faire confiance.

— Allons, Valéric, pensiez-vous vraiment que personne ne ferait le lien entre votre histoire et ces événements ? L'habitation Wagram a brûlé le 11 avril 2003. La plantation appartenait à Victorius Quatre-Bras, assassiné ce matin, à l'aube. Toutes les autres victimes étaient elles aussi présentes sur l'île en avril 2003. Et vous aussi, commandant ! Vous avez rejoint la métropole quelques mois plus tard… après le procès de votre père, en mars 2003. Encore une coïncidence ?

— …

— Que s'est-il passé, Valéric ?

— …

— À qui d'autre que moi pouvez-vous en parler ?

Le commandant prend une longue inspiration. Il rumine ce souvenir depuis près de vingt-quatre heures. Les premiers flashs sont revenus lorsque cette date a été évoquée, avril 2003. Puis tout est apparu clairement, ce matin, quand Amiel a prononcé le nom de Victorius Quatre-Bras. Il avait oublié le reste, mais pas ce nom.

Il reste debout, ne baisse pas son pistolet, s'assure que la journaliste n'a dissimulé aucune arme près du tronc sur lequel elle s'est assise, que son sac à main reste hors de portée.

— D'accord… après tout, si vous y tenez. Vous allez être déçue, Madou. Cette histoire est d'une dramatique banalité. Tout commence par une tradition presque oubliée. La technique du brûlis pour récolter la canne à sucre. Elle est pratiquée partout dans le monde, y compris sur cette île. Brûler les champs de canne présente plusieurs intérêts : débarrasser les tiges de leurs feuilles mortes, faciliter le travail des coupeurs et des ramasseurs, faire fuir les serpents et autres animaux venimeux, éclaircir les rangs pour repérer les débris qui pourraient endommager les engins agricoles…

« Les feux de canne à sucre sont aussi spectaculaires qu'éphémères, les touristes eux-mêmes en redemandent. Une photo de champ de canne en flammes à l'aube vaut tous les levers de soleil ! Bref, que des avantages, à part une pollution inouïe, et le risque que le brûlis ne soit pas toujours contrôlé, par grand vent en particulier. Mais nombre de planteurs ne vont pas renoncer pour autant à une pratique aussi économique.

« Victorius Quatre-Bras n'a fait que reproduire une tradition ancestrale, une tradition qu'il pensait maîtriser. Il a suffi d'un mois de mars un peu trop sec, d'un vent un peu trop tourbillonnant, de fossés pare-feu pas assez creusés, et Victorius a tout perdu en quelques heures. L'habitation W a été la première à s'enflammer, puis l'incendie a atteint les premières branches de tamariniers, s'en est nourri, a grossi, s'est propagé aux champs voisins, traversant routes et chemins, ne s'arrêtant qu'aux premières falaises de la Grande Pointe et du Petit Chapeau.

« Ces accidents sont rares, Madou, et devant un champ de canne en flammes, les habitants ont toujours le temps de fuir. Sauf cette fois.

« Ce 11 avril 2003, une famille d'agriculteurs s'est retrouvée piégée. Par la fumée du brûlis des champs de l'habitation W. Leur voiture a basculé dans le fossé. Portières coincées. Ils n'étaient pas gravement blessés mais impossible pour eux de s'extirper du véhicule. Seule leur fille, une gamine d'à peine dix ans, a pu s'échapper. Elle a couru aussi vite qu'elle a pu pour chercher des secours. J'étais sur place, avec trois brigades de pompiers. J'ai recueilli la petite dans mes bras, mais il était déjà trop tard. Les pompiers n'ont pu dégager de la voiture que deux corps calcinés.

Marie-Douce garde le silence un long moment. Elle peine à retenir les larmes qui perlent au coin de ses yeux.

— D'une dramatique banalité… vous avez le sens de la formule, commandant.

— Non… juste celui des réalités. En vingt ans de service, je m'y suis habitué. Accidents de la route, accidents domestiques, crimes passionnels, suicides sous toutes les formes possibles. C'est devenu mon lot quotidien. Je vous le confirme, Madou, j'avais presque oublié l'incendie de l'habitation Wagram avant de me retrouver devant le cadavre de Victorius Quatre-Bras.

Marie-Douce lève des yeux tristes vers le policier.

— À mon tour de ne pas vous croire, commandant.

Valéric sursaute. Il s'aperçoit que son SIG Sauer pend au bout de son bras.

— Comme vous voulez. Il existe des archives, vous pourrez les consulter. Même si…

— Même si quoi ?

— Même si je connais votre goût immodéré pour le complotisme.

L'attaque est perfide, le policier l'assume, il crispe par réflexe ses doigts autour de la crosse du pistolet. La journaliste ne paraît pourtant pas vexée. Elle se contente de le dévisager avec une ironie désolée.

— Oh, je suis certaine que les dossiers rangés à la DZPJ confirmeront votre version, commandant. Mais je suis persuadée que vous ne dites pas toute la vérité.

Valéric essaye de se convaincre du contraire. Tous les faits qu'il vient de relater sont rigoureusement exacts. L'incendie de l'habitation Wagram n'a fait que deux victimes. Quand ils sont arrivés sur place, il était déjà trop tard pour les sauver, les pompiers lui ont confirmé. Il n'a rien, rien à se reprocher !

Le regard inquisiteur de Madou l'insupporte soudain, comme si elle était la détentrice d'un ordre moral supérieur.

— Je comprends maintenant, dit le commandant.

— Que comprenez-vous ?

— L'attitude de Valentin Lecocu et de tous les fonctionnaires vis-à-vis de vos sites Akansyel et Kimbé rèd. Je comprends à quel point vous les emmerdez ! À ne faire confiance à personne, à douter de tout.

Le regard pourpre de la journaliste pétille à nouveau.

— Ne changez pas de conversation, Valéric. Nous parlons de vous !

La tempête couve sous le chapeau du commandant, il se retient de hurler :

— Puisque je vous dis que…

Il ne termine pas sa phrase. Quelque part, près d'eux, il a entendu un bruit. Il braque son pistolet à l'aveuglette.

— Ne bougez surtout pas.

Le premier réflexe de la journaliste est de se lever.

— Restez ici, Madou.

La journaliste, comme déterminée à agir à l'inverse de chaque ordre du policier, a déjà franchi une porte noircie.

Valéric lui emboîte le pas, lentement, veillant à faire le moins de bruit possible, pointant son pistolet en direction de chaque planque pouvant dissimuler un sniper. Il existe des dizaines de cachettes potentielles, derrière chaque mur, derrière chaque tronc, le danger peut venir de partout.

— Attendez-moi, Madou.

Le policier franchit à son tour la porte noircie.

— Madou ? Madou ?

La journaliste a disparu. Volatilisée.

Le commandant est tiraillé entre l'envie de se ruer à la poursuite de Marie-Douce et la nécessité de ne pas se précipiter, d'examiner les lieux avec prudence, minutie.

Et si elle était en danger ? Et si l'assassin...

La douleur lui déchire l'aine.

Le harpon vient de se planter dans sa hanche. La douleur est si violente qu'il lâche son arme, s'effondre, se fracasse l'épaule en tombant sur un bloc de ciment. Il appuie à deux mains sur la plaie pour tenter de stopper l'hémorragie.

Le sang coule tout de même.

Son SIG Sauer est à deux mètres de lui.

Il est incapable de se relever, à peine de ramper.

Il n'est plus qu'une bête à terre, sans défense, qui attend que le chasseur vienne l'achever.

Ti-bo Lanmò. Le baiser de la mort.

75

Plage du Souffleur, Port-Louis, 12 h 50

Les derniers mots de Raphaël cognent encore dans la tête d'Amiel : *J'avais à peine seize ans. J'étais engagé volontaire. C'était un peu avant Pâques 2003.* Son amoureux a lâché sa main pour s'éloigner de quelques mètres face à la mer, à l'ombre des raisiniers. Il s'adresse au policier sans cesser de surveiller la plage.

— Ton boss, Valéric Kancel, m'a appelé ce matin, après la découverte du cadavre de Victorius Quatre-Bras. Il a tout de suite fait le lien avec l'incendie de l'habitation Wagram.

— Nous aussi, confirme le capitaine. Dès que Jolène a détaillé la biographie de Victorius. Avril 2003, ça ne pouvait pas être une coïncidence. Il nous a juste fallu un peu plus de temps que le commandant pour relier les éléments. Et j'ignorais que tu étais présent ce matin-là. Raconte-moi !

Amiel s'est approché. Devant eux, des gosses essayent de tenir debout sur un paddle. Les périscopes rouges des masques Easybreath fleurissent partout dans le lagon et s'agglutinent dès qu'un banc de poissons est en vue.

— C'était un de mes premiers feux, explique le pompier. J'étais un gamin. Un brûlis de canne à sucre classique, tôt le matin. Le vent a tourné trop vite et en moins d'une heure tout était terminé : une maison coloniale calcinée, un planteur ruiné, deux agriculteurs du coin morts asphyxiés dans leur voiture bloquée.

« Un drame du haut de mes seize ans, mais pour les pompiers expérimentés qui m'accompagnaient, c'était un fait divers presque banal. À peine une demi-page dans le *France-Antilles* du lendemain. Kancel coordonnait les secours, mais je n'ai aucun souvenir de lui. J'étais en observation, pas au front. Je me rappelle juste cette môme de huit ans, hystérique parce que ses parents étaient restés coincés. Cette image-là est restée gravée. Mais le reste…

« À force de combattre les flammes, tu t'aperçois que le feu brûle tout, les souvenirs, les émotions, la colère. La chaleur sèche les larmes et durcit les cœurs.

Oh non ! a envie de répondre Amiel. Raphaël est l'homme le plus sensible qu'il ait rencontré. Combien de fois a-t-il pleuré dans ses bras après deux jours de lutte contre un feu de mangrove ? Le capitaine se contente pourtant de hocher la tête.

— Avril 2003. Les trois victimes du harponneur voyageaient en Guadeloupe à ce moment-là. Maintenant, on sait où chercher. On va essayer de retrouver des témoins, interroger les gîtes et les restos du coin. Se renseigner sur l'identité de ce couple mort dans l'incendie, sur cette gamine qui a survécu. Faut que je retourne au bureau, Raph.

Raphaël lui lance un sourire à faire fondre tous les sorbets coco en vente sur le front de mer.

— Je t'emmène ? Tous les ronds-points sont bloqués. Ils laisseront plus facilement passer un camion de pompier qu'une voiture de policier.

76

Tour Massabielle, Pointe-à-Pitre, 13 h 15

— Allô, Jolène ?

Le nom de Joshua s'affiche sur l'iPhone de la capitaine. Depuis quatre jours, elle s'est habituée à hausser les épaules à chaque message ou texto du geek, mais cette fois, elle décroche aussitôt.

— Josh ?

— Yeees ! J'ai une bonne nouvelle, j'ai percé les portes blindées et j'ai retrouvé la trace de ton IP 197.239.129.68. Ça ne m'a pris qu'une heure, pas une vie ! Alors, chérie, c'est qui le génie ?

Chérie ? Jolène apprécie modérément, mais il y a plus urgent que d'apprendre à Joshua les rudiments de la galanterie.

— C'est toi ! Alors ! Raconte !

Jolène entend des bulles pétiller dans l'écouteur. Joshua n'a tout de même pas débouché le champagne ?

— J'ai remonté la piste de l'ordi, explique l'informaticien. Celui qui a servi à piéger les trois victimes du harponneur. Ça n'a pas été simple, mais je suis entré dedans. Il était vide, le harponneur a fait le ménage.

— Merde !

Joshua ménage son suspense.

— Cookies supprimés. Disque dur javellisé. Mémoires cache et vive récurées. Du travail de pro ! Sauf qu'en informatique, on laisse toujours des traces. Je suis parvenu à remonter jusqu'à la naissance du bébé. Je connais le lieu où monsieur IP 197.239.129.68 a été acheté.

Jolène laisse échapper un sifflement d'admiration.

— T'es définitivement un génie ! Dis-moi, vite !

L'informaticien tente de pousser l'avantage jusqu'au bout.

— Tu ne préfères pas passer chez moi ? Pour qu'on… ne laisse pas de traces.

La capitaine douche aussitôt son espoir.

— Je n'ai vraiment pas le temps, Josh. Mon boss vient de se faire retirer l'affaire. On se retrouve sans pilote et on doit reprendre les commandes.

— Dommage…

— J'ai besoin de tes infos. Tout de suite ! Avant qu'on se crashe.

L'informaticien hésite, puis se résigne.

— Monsieur IP 197.239.129.68 a été acheté en Guadeloupe, dans une Fnac, il y a environ six mois.

— T'as la date exacte ? L'heure ? Le nom du vendeur ? Celui du client ?

— Non, pas encore, ça va prendre un peu de temps.

— OK. Dépêche-toi ! Dès que tu as trouvé, tu m'appelles en visio ou tu me balances tout par texto !

Jolène entend toujours des bulles pétiller. Est-ce que Joshua noie sa déception dans le Coca ?

— Des visios, des textos, soupire-t-il. Et après on va dire que c'est moi le geek qui ne sait pas communiquer autrement que par informatique ?

La capitaine éclate de rire.

— T'as gagné ! Si tu me déniches l'acte de naissance d'IP 197 et l'identité de son papa ou de sa maman, si grâce à toi l'affaire est réglée avant que le tueur ne frappe à nouveau, je passerai te dire merci !

— Parfait ! Vous coffrez l'assassin avant l'aube et je t'attends demain matin pour le petit déjeuner.

Jolène soupire.

— Uniquement pour te dire merci ! précise-t-elle. Une dernière chose, Josh…

— Quoi ?

— Ne prends pas de risques.

— Comment ça ?

— Tu viens de me le dire. En informatique, on laisse toujours des traces. Tu es certain qu'en entrant dans cet ordi, tu n'as pas pu te faire repérer ?

— Faut que tu comprennes, Jolène, pénétrer clandestinement dans un ordinateur, c'est comme entrer dans une propriété privée. Il faut s'assurer qu'elle n'est pas sous alarme, qu'il n'y a pas de caméras, que les voisins ne sont pas derrière les fenêtres… Pour que le propriétaire puisse remonter jusqu'à moi, il faudrait… qu'il soit aussi doué que moi ! Tu vois, aucun danger ! Mais ça me touche que tu t'inquiètes pour moi, chérie.

— Joshua ?

— Oui ?

— Si tu m'appelles encore une fois chérie, tu ne me revois plus jamais de ta vie !

77

Habitation Wagram, nord de Grande-Terre, 13 h 30

Valéric Kancel a perdu connaissance. Il a perdu du sang aussi. Il n'a pas encore perdu la vie.

J'ai ôté le harpon et j'ai stoppé l'hémorragie. Je lui ai lié les mains et les pieds, j'ai enfoncé un bâillon dans sa bouche.

Je ne veux pas qu'il meure tout de suite. Pas comme cela. Pas sans qu'il s'en rende compte.

Je veux qu'il regarde la mort en face.

Je veux qu'il endure la morsure des flammes.

Je veux qu'il connaisse le goût de la fumée qui entre dans sa gorge, qu'il ressente l'asphyxie, seconde après seconde.

Je veux qu'il meure la bouche noire de cendres et les yeux ouverts.

Je veux qu'il souffre autant que mes parents ont souffert.

Mais auparavant, je dois effacer les traces de mon passage à l'habitation W. Les policiers vont forcément venir fouiller, ils ne doivent trouver ni corps, ni voiture. Aucune trace de pas ou de pneus.

Je dois aussi en finir avec ce nouveau témoin gênant. Rapidement, très rapidement.

78

Tour Massabielle, Pointe-à-Pitre, 14 h 30

Joshua consulte l'horloge de l'ordinateur.

14 h 30.

Il s'apprête à envoyer à Jolène le texto qui fera de lui un héros. Il a trouvé tout ce qu'elle cherchait en explorant les arcanes souterrains de l'IP 197.239.129.68 : le lieu où l'ordinateur a été acheté, Fnac Milenis, le jour et l'heure, le 27 octobre 2023 à 17 heures, les numéros de la facture et de la carte bleue de l'acheteur. Il ne lui manque que son nom, le client ne l'a pas laissé, mais ce sera un job facile pour la police de le retrouver.

Joshua hésite. Il sait que dès que son message s'envolera vers Jolène, il recevra en retour, au mieux, un merci, et qu'ensuite, ce sera fini. La policière se dépêchera de boucler son enquête et de l'oublier.

Il ne croit pas à sa promesse, passer le remercier quand tout sera terminé. Et pourtant, il se connaît, il ne va pas quitter des yeux les quinze horloges des quinze ordinateurs, et espérer… Il continuera d'écouter en boucle cette chanson qu'il ne connaissait pas encore avant-hier, *Jolene*, de cette chanteuse dont il n'avait jamais entendu parler, Dolly Parton, et dont il peut désormais réciter les paroles par cœur.

Les ordinateurs tournent eux aussi en boucle depuis ce matin, il doit faire plus de quarante degrés dans son appartement sous les toits. Joshua aperçoit son reflet dans les écrans qui se sont mis en veille.

Torse nu, juste un caleçon.

Si elle vient, demain matin, va-t-il accueillir Jolène dans cette tenue ? Le tout pour le tout ! Cartes sur table ! Couilles dans le coton ! Au moins Jolène ne sera pas trompée sur la marchandise, une marchandise maigrelette, sans gras ni sueur, juste quelques touffes de poils sur les cuisses et sous les aisselles.

Tapis !

Il est le dragueur le plus kamikaze de la galaxie !

Comment Jolène pourrait-elle tomber amoureuse de lui ?

Pourquoi a-t-il tant envie qu'elle tombe amoureuse de lui ?

Parce que, contrairement aux autres, elle n'a pas fui et s'est intéressée à lui ? Parce qu'elle n'est pas vraiment belle, alors il se dit qu'elle est peut-être faite pour lui ? Parce que si les algorithmes et les langages informatiques ne reposent que sur la logique, il existe des connexions inexplicables ? Parce que l'amour de ta vie, c'est comme le coupable dans les romans policiers, c'est toujours celui auquel tu t'attends le moins ! Parce que…

On frappe à la porte !

Joshua se redresse, surpris.

Personne ne vient jamais chez lui !

À part le livreur de pizzas… mais il ne commande jamais de *Quattro Formaggi* en milieu d'après-midi.

Il jette un coup d'œil sur les horloges.

14 h 35.

Impossible que ce soit déjà Jolène. Qui d'autre ?

Malgré les quarante degrés, sans même qu'il ne puisse le contrôler, Joshua se met à trembler. Il pense aux derniers conseils de la policière. *Sois prudent. Tu es certain qu'en entrant dans cet ordi, tu n'as pas pu te faire repérer ?* Il a joué le fier, le cyberman cambrioleur, mais il connaît les risques. L'espionnage informatique est un jeu dangereux. S'il a pu remonter jusqu'à ce tueur, ce tueur peut remonter jusqu'à lui ! Il suffirait que, malgré ses précautions, il ait remarqué son intrusion, qu'il ait détecté ses logiciels espions, qu'il s'en soit servi comme d'un cheval de Troie pour à son tour venir fouiller chez lui… L'arroseur arrosé. Joshua n'a nettoyé aucun de ses ordis, si le tueur parvient à briser ses pare-feu, il saura tout de lui ! Son nombre de points Call of Duty, son score ELO sur Tinder, son nombre d'heures passées sur Tropic'Porn…

… Son numéro de téléphone et son adresse.

On frappe de nouveau à la porte, plus fort.

Joshua tente de se raisonner, de repousser cette angoisse stupide. Que va-t-il imaginer ? C'est sûrement un voisin, ou le facteur, un démarcheur, un cycliste d'Uber Eats qui s'est trompé de palier, son livreur de pizzas préféré qui vient lui remettre le diplôme du meilleur client de l'année…

Joshua a conscience qu'il n'a jamais été très à l'aise en société, mais il n'a jamais eu peur de personne. S'il se sent différent, c'est justement parce qu'il est naïf, qu'il a foi en l'humanité, qu'il est convaincu que les gentils finissent toujours par gagner, comme chez Disney. Il ne supporte pas le cynisme ! Si on commence à ne pas ouvrir sa porte à trente ans, on finit à soixante entouré de barbelés à voter pour un type qui veut noyer tous les immigrés.

Il enfile un tee-shirt *Fantôme*, le loup blanc de *Game of Thrones*.

Dolly Parton continue de chanter.

Joshua hésite à envoyer son message à Jolène, mais son visiteur semble s'impatienter.

Toc toc toc.

— J'arrive !

Il se fraye un chemin dans la garçonnière encombrée et ouvre la porte à la volée.

Joshua ne deviendra jamais un facho.

Il a juste le temps de voir le pistolet harpon, de deviner que la flèche traverse la tête du loup de Jon Snow…

… avant de ressentir une foudroyante douleur, quand elle s'enfonce dans son cœur.

79

Direction zonale de la police judiciaire,
Les Abymes, 15 h 30

Jolène fume devant la DZPJ. Elle s'étonne d'abord de voir surgir un camion de pompier, puis, quand il se gare, identifie le conducteur et le passager. Elle écrase aussitôt sa cigarette.

— Oh ! Les amoureux… ça fait plaisir ! Les deux plus beaux hommes en uniforme de toutes les Caraïbes ! Vous êtes réconciliés ?

En guise de réponse, Raphaël embrasse Amiel sur les lèvres. Le capitaine savoure et ouvre la portière. Réconciliés, mais pressés. Malgré la sirène et les gyrophares, ils ont mis un temps ahurissant à traverser les ronds-points de Petit-Canal et de Morne-à-l'Eau.

— Il faut envoyer un maximum d'agents dans le Nord, lance Amiel. Pour qu'ils fouillent les ruines de l'habitation W. L'incendie du 11 avril 2003 est forcément la clé !

— Bien, chef !

— Arrête, Jo. Tu sais comme moi que Lecocu nous a demandé de prendre la direction de l'enquête en duo, mais que c'est toi qu'il préfère ! La brune métro plutôt que le Black homo. Si ça se trouve, il est breton lui aussi, et il a une résidence secondaire près du paradis où tu as grandi.

— Port Manec'h ? Ça m'étonnerait ! Il n'y a que des pêcheurs et des paysans là-bas, pas de palaces ni de restaurants étoilés !

Raphaël manœuvre sur le parking du commissariat, toutes vitres ouvertes. Amiel le regarde s'éloigner à regret.

— Et sinon, Jo, tu as des nouvelles de ton informaticien surdoué ?

— Oui ! Sauf que ce geek m'a harcelée de messages pendant quatre jours, et maintenant qu'il doit m'envoyer le texto le plus important, le nom du propriétaire de l'ordinateur utilisé par le tueur, c'est silence radio depuis deux heures !

Jolène consulte son téléphone, secoue la tête avant d'ajouter :

— Aucune nouvelle non plus du côté du service informatique de la police. À croire que Mirelle Fontanel est partie en vacances.

— On va vérifier, assure le capitaine. Il faudra aussi envoyer quelqu'un interroger Évariste Pigeon. Rien n'a filtré du dernier interrogatoire qu'il a eu avec Valéric, juste avant qu'on lui retire l'affaire.

Raphaël achève son demi-tour. Il s'arrête à hauteur des deux policiers.

— Évariste Pigeon ? Le quimboiseur de Petit-Canal ?

— Tu le connais ?

— Tout le monde le connaît. Même les Blancs-Matignon ! Sauf que nous, on ne croit pas à son baratin !

Amiel sursaute.

— Les flics non plus ! Mais quand il n'y a plus d'autres explications rationnelles, à part son œil noir…

Raphaël fixe son amoureux avec une indulgence de grand frère pour son benjamin trop naïf.

— Évariste vous joue la comédie, vous n'allez pas avaler ses prétendues prophéties.

— Jusqu'à présent, intervient Jolène, les faits lui ont toujours donné raison.

Le pompier observe les deux policiers avec consternation.

— Vous déconnez ? Ce type est un charlatan. Amy, tu te souviens de mon oncle Joseph et de ma tante Agathe ? Ceux qui aiment encore moins les Noirs et les gays que mes parents ? Ils ont fait une croisière dans le golfe du Mexique, il y a dix ans, entre Veracruz et Miami. Buffet de homards et animation tous les soirs. Concerts, acrobaties, stand-up. Évariste Pigeon faisait partie des artistes. Il se produisait tous les mardis. Et sa spécialité… c'était la magie !

Direction zonale de la police judiciaire,
Les Abymes, 15 h 45

La fourgonnette de pompier a disparu au bout du parking. Amiel a mobilisé une dizaine d'agents pour collecter toutes les informations possibles sur l'incendie de l'habitation W, recueillir tous les témoignages possibles dans un rayon de dix kilomètres autour de la plantation, et ratisser les alentours avant la nuit.

Jolène, à l'inverse, a traversé en courant la rue Pompilius-Keller et s'est précipitée vers l'Ô Marché An Nou. Jayden Tourmant, l'ado pickpocket, a installé sa table et ses trois gobelets, occupé à plumer trois touristes. La capitaine brandit sa carte, les parieurs détalent sans récupérer leurs billets de 20 euros. Jayden va les imiter, mais Jolène l'attrape par le col de sa chemise à fleurs.

— Reste là, Jay ! J'ai besoin de toi.

Le gamin s'agite comme un lapin pris au collet.

— En rajoute pas trop, Jeannot, s'amuse la capitaine. Tu t'y connais en tours de magie ?

L'ado se calme aussitôt. Il se redresse et toise la policière.

— Je suis le meilleur de l'île !

— Tu connais Évariste Pigeon ?

— Non. Jamais entendu parler.

Jayden a l'air sincère… mais il possède une solide formation de baratineur.

— L'Œil noir. Le quimboiseur ? Celui qui prédit les morts du harponneur ? On ne parle que de ça à la télé, dans les journaux, à la radio.

— Je lis pas les journaux, et j'écoute que du rap.

Jolène soupire, mais ne lâche pas l'ado.

— D'accord. Alors je vais te raconter comment il procède, et tu vas me dire si tu as une idée du truc qu'il utilise.

Un regard de défi brille dans l'œil de Jayden.

— Pourquoi je dénoncerais un collègue ?

— Parce que sinon je te colle en préventive pendant quarante-huit heures et je demande à tous les flics de la Pointe d'en faire de même aussitôt qu'ils te verront approcher d'un touriste.

Jayden prend le temps d'évaluer la détermination de la policière.

— Tes arguments se tiennent. Vas-y, déroule-moi sa routine.

— Sa routine ?

— Son tour, la façon dont il procède, son effet, sa mise en scène…

Jolène lâche le col de l'ado, attrape les deux billets de 20 euros et pose les deux coudes sur la table de bonneteau.

— Si tu te sauves, je confisque ton matos.

— Capito. Mais la consultation, c'est 40 euros !

La capitaine passe dix minutes à expliquer avec précision les visions du quimboiseur, son isolement total dans la chambre de verre, les lettres du harponneur, les détails qu'Évariste ne pouvait pas connaître, la cascade Parabole, la robe aux papillons bleus, le rhum goyave-rooibos…

— Alors ?

Le jeune bonimenteur prend quelques secondes pour réfléchir, puis il tend la main pour récupérer les billets. Jolène les laisse filer entre ses doigts, Jayden les glisse dans sa poche.

— 40 euros pour un tour aussi connu, c'est grave bien payé !

Jolène peine à croire que ce gamin est plus malin que tous les agents de la DZPJ réunis.

— Tu… tu sais comment il fait ?

80

Direction zonale de la police judiciaire,
Les Abymes, 16 h 01

Amiel est installé devant son ordinateur. Il n'a eu besoin que de quelques clics pour retrouver l'article de *France-Antilles* relatant l'incendie de l'habitation Wagram.

11 avril 2003, un couple pris au piège d'un feu de canne à sucre, près de la Porte d'Enfer.

Amiel néglige les détails pour lire directement le nom des victimes.

Marcel et Marité Pigeon.

Ouvriers agricoles à l'Anse-Bertrand. Parents d'une fillette de huit ans qui a miraculeusement survécu au brasier.

Amiel lève les yeux, il se désintéresse du reste de l'article, des considérations fumeuses du journaliste sur le danger de la culture par brûlis, sur l'imprudence des touristes, sur l'héroïsme des secouristes…

Il tente de se concentrer.

Marcel et Marité Pigeon.

Il n'a jamais entendu parler de ce couple, mais une alerte s'est aussitôt déclenchée. Pas seulement parce qu'ils portent le même nom de famille qu'Évariste, autre chose de plus troublant encore. La vérité est là, tout près. Une association d'idées qui a voltigé un instant sous son crâne, qu'il doit à tout prix rattraper dans le filet de ses pensées.

Direction zonale de la police judiciaire,
Les Abymes, 16 h 05

— Le tour de magie de ton Œil noir, explique Jayden, c'est un classique. Un truc basique. Je t'explique ?

Le jeune ado s'est assis par terre et a sorti une craie de sa poche. Jolène s'accroupit devant lui, impressionnée.

— Faut que t'imagines un public. Le magicien demande à cinq spectateurs, choisis au hasard, d'écrire chacun une phrase sur une carte, qu'ils glisseront dans cinq enveloppes.

Jayden trace cinq numéros sur le goudron.

— Le magicien prend les enveloppes, évidemment fermées, et annonce à voix haute les mots inscrits sur la première carte. Le spectateur qui a écrit la phrase confirme qu'elle est juste. Le magicien ouvre alors l'enveloppe : ce sont bien les mêmes mots, double confirmation ! Il va refaire le même coup quatre fois, sans se tromper. Il va deviner les cinq phrases, à la virgule près ! Alors ?

Jayden dessine un point d'interrogation sur le bitume. Jolène soupire.

— Alors ? Je déteste ce genre d'arnaque. Et quel rapport avec notre quimboiseur ?

L'ado insiste.

— T'es flic ou quoi ? Réfléchis !

La capitaine hésite à se lever, puis hausse les épaules.

— Eh bien, ton magicien voit à l'intérieur des enveloppes, par transparence, parce qu'elles sont truquées. Ou bien les cinq spectateurs sont de mèche. C'est impossible, sinon !

Jayden triomphe. Il casse une craie en traçant un point d'exclamation.

— Eh non ! C'est là toute la force de ce tour. Aucun matériel truqué. Et il n'y a besoin que d'un seul complice ! Tu veux savoir ?

Jolène regarde sa montre. Amiel l'attend à la DZPJ et pourtant elle est là, assise par terre devant l'Ô Marché An Nou, à écouter un bonimenteur de quatorze ans.

— Vas-y. Dis-moi. Vite.

Le pickpocket junior jubile.

— Je te disais que notre magicien n'a besoin que d'un complice dans le public. Ils ont convenu à l'avance d'une phrase. Lorsque le magicien devine le contenu de la première enveloppe, il récite la phrase de son comparse, qui la confirme, mais attention, c'est là toute l'astuce à la fois simple et géniale, il ouvre une enveloppe qui contient une autre phrase ! Tout le monde croit qu'il ouvre l'enveloppe pour vérifier celle qu'il vient d'annoncer, alors qu'il lit la suivante ! Il fait son numéro de médium, déclame la phrase, et le spectateur qui l'a écrite confirme sa divination. Même méthode pour l'enveloppe suivante, il l'ouvre, apparemment pour vérifier sa prédiction, mais en réalité pour lire une nouvelle phrase, et ainsi de suite jusqu'à la dernière enveloppe, celle de son complice.

Jolène a un moment essayé de suivre, puis a décroché, consultant son téléphone portable au milieu de la démonstration.

— Désolée, mais je n'ai rien compris, et encore moins le rapport avec notre Évariste Pigeon.

Jayden prend l'air indulgent d'un professeur patient avec la pire cancre de sa classe. Il trace sur le goudron un rectangle, et un 1 à l'intérieur.

— Range ton téléphone et écoute-moi vraiment. Ça va prendre un peu de temps, mais après, tout sera limpide. Tu te concentres, c'est bon ?

Jolène obéit, s'assoit plus confortablement. Des touristes passent, amusés, sans comprendre à quoi ils jouent. Un mélange de marelle et de sudoku ?

— Quand Évariste a été incarcéré, commence Jayden, il possédait déjà une photo, fournie par son complice : celle du corps de votre promoteur allongé sur les Marches des esclaves. Rien de plus facile pour un magicien que de dissimuler sur lui une feuille pliée, même s'il est fouillé. Le lendemain, vous lui apportez une enveloppe, il l'ouvre, et il en sort la photo des Marches des esclaves. Confirmation de sa divination ! Sauf qu'Évariste possède un petit talent de prestidigitateur. Personne ne peut se douter qu'au moment de déchirer l'enveloppe, il remplace la photo pliée à l'intérieur par celle qu'il cache dans sa main, celle des Marches des esclaves. Il aura tout le temps par la suite, dans sa cellule, de regarder discrètement chaque détail de la photo qu'il a subtilisée : la tombe de Richepanse, la cascade Parabole, le grand acomat boucan. Il pourra faire son show quand il l'aura décidé ! Il a toujours ainsi un coup et un jour d'avance. On lui apportera le lendemain une autre enveloppe. Il l'ouvre, escamote la nouvelle photo et exhibe triomphalement celle de la veille. Il fait croire qu'il sort de l'enveloppe la photo de la tombe de Richepanse, alors qu'il a reçu en réalité celle de la robe à papillons bleus, devant la tente de secours, prise quelques minutes après que cette Chaïma Sadji l'ait achetée et déposé son duvet. Même principe évidemment quand il échange le cliché de Chaïma avec celui de Victorius Quatre-Bras devant la fresque de la manifestation de mai 1967, et la bouteille de goyave-rooibos à ses pieds. Évariste peut bien rester isolé pendant une journée sans parler à personne, il possède déjà l'information pour faire son numéro.

Jayden a tracé devant lui quatre rectangles, notés 2, 3, 4, 5. Cette fois, Jolène reste bouche bée.

— Nom de Dieu, murmure-t-elle, c'était tellement simple. Tellement simple que personne n'y a pensé.

Un dernier détail la perturbe pourtant.

— Quand Valéric, enfin le commandant Kancel, a ouvert la dernière enveloppe, elle contenait une photo de Victorius Quatre-Bras devant la fresque de mai 1967... alors qu'Évariste avait reçu la même la veille.

Le sourire de Jayden s'élargit encore.

— Parce que notre couple de télépathes est grave malin ! Il se doutait que le commandant risquait d'ouvrir l'enveloppe, alors il a envoyé la même photo deux jours de suite, pour que son astuce ne soit pas éventée... ce qui signifie une chose, capitaine : votre quimboiseur n'a plus de coup d'avance ! La photo de Victorius Quatre-Bras était forcément la dernière divination. Si ça se trouve, il n'a mis au point toute sa mise en scène que pour vous faire croire à cette dernière prophétie. Alors, capitaine, t'en penses quoi, tu m'embauches comme expert dans ta boîte ? Je vous ai fait tout le boulot, il ne vous reste plus qu'à trouver le complice !

Des pas résonnent sur le bitume avant que Jolène n'ait le temps de répondre. Amiel surgit, essoufflé, au bout de la place.

— Jo ? Je te cherche partout ! J'ai trouvé !

Jayden observe avec un regret non dissimulé l'arrivée du policier. La capitaine s'est aussitôt levée.

— Trouvé quoi ?

— Le nom des victimes de l'incendie de l'habitation Wagram. Un couple. Marcel et Marité Pigeon.

— Pigeon ? Nom de Dieu ! Ils seraient de la famille d'Évariste ?

— Oui, sans doute, mais il y a plus important. Réfléchis !

Plus important ? Réfléchis ? La prennent-ils tous pour une conne aujourd'hui ?

Jayden ramasse ses craies et ses gobelets, efface ses dessins du bout du pied.

— C'est comme pour Anatole Cegnevane, poursuit Amiel en s'approchant, comme ces noms de famille inventés par les fonctionnaires de l'île en 1848 : une anagramme !

Jolène plisse le front jusqu'à former un monosourcil. Jayden s'éloigne, emportant sa table pliante et ses trois gobelets sous le bras. Il jette un regard dédaigneux à Jolène, et plus encore à Amiel.

— Je m'attendais au moins à un merci !

— Une anagramme, insiste le capitaine sans prêter attention au jeune pickpocket. MARCEL et MARITÉ !

Jayden s'arrête. Il hésite, puis lance avec un air de défi :

— Un dernier conseil. Si vous voulez coincer le complice de l'Œil noir, cherchez qui manipulait les enveloppes !

— MARITÉ et MARCEL ! répète Amiel. MAÎTRE LE CRAM !

81

Porte d'Enfer, nord de Grande-Terre, 18 h 01

La nuit commence doucement à tomber. J'ai garé le Tiguan devant la Porte d'Enfer. Le lieu idéal. Je ne suis qu'à cinq minutes de l'habitation Wagram. Je n'ai plus qu'à changer de véhicule et reprendre ma vie normale. Personne ne fera attention à une voiture garée sur le parking. Ici, dès que le soleil se couche, chacun rentre chez soi. Dehors, on ne croise plus que des silhouettes pressées, ou réfugiées sous les rares lumières des lolos encore ouverts. Tous les veilleurs d'ombre se ressemblent. La nuit, tous les Guadeloupéens sont gris.

Les policiers doivent être sur place, habitation W, ils doivent chercher le moindre indice. La moindre trace de présence récente. Ils ne trouveront rien ! J'ai tout nettoyé. Ils resteront jusqu'à ce que l'obscurité les oblige à renoncer. Puis ils abandonneront. Fausse piste ! Personne n'est venu ici depuis des mois, à part des ados pour boire et fumer.

Ils ne reviendront pas. Du moins pas pendant la nuit. Pas avant demain matin. Pas avant le lever du soleil.

J'aurai tout mon temps pour tout préparer. Pour déposer le corps du commandant.

J'ouvre la vitre, j'entends la mer se fracasser contre les rochers, prise aux pièges des criques déchiquetées et des trous percés dans la Porte d'Enfer. Je sens l'odeur des sargasses aussi. Les algues brunes s'entassent dans la longue impasse entre les falaises, rendant plus improbable encore que quelqu'un s'attarde ici la nuit, soit capable de supporter cette fragrance de charogne, ces effluves de mort.

Dehors.

Le commandant est endormi à l'arrière du Tiguan. Une piqûre intraveineuse. 200 milligrammes de Propofol. Il dormira jusqu'à l'aube.

La chaleur m'enveloppe de sa douce torpeur. Le vent est calme, suffisant.

Aucune trace d'humidité, de condensation ou de rosée. L'hygrométrie est à son niveau le plus bas de l'année.

Les conditions sont idéales. L'aube sera ardente.

Une seule étincelle suffira à tout faire flamber.

D'ici là, le temps d'une dernière nuit, je dois redevenir la personne que tout le monde croit que je suis.

Un chat gris.

Qui pourrait me soupçonner ?

82

Direction zonale de la police judiciaire,
Les Abymes, 20 h 11

Jolène et Amiel sont assis l'un en face de l'autre sur la terrasse de la DZPJ, séparés par une table de bois, deux agoulous morue, une barquette de frites de patate douce et deux canettes de Coca apportées par Chévi Dijoux, qui n'a pu s'empêcher de glisser une plaisanterie.

— Pour le patron et la patronne !

Amiel et Jolène ont eu la confirmation, il y a une heure, par Valentin Lecocu en personne : il n'a trouvé personne d'autre, donc il leur confie les rênes de l'affaire. Oui, à tous les deux ! En duo. Vive la parité, même chez les policiers. *Le préfet et le ministre sont d'accord*, a précisé Lecocu. *Plus que cela, ils adorent ! Vous allez m'inventer l'enquête inclusive, comme l'écriture, vous voyez ?*

Comment Amiel et Jolène auraient-ils pu refuser ?

— On se retrouve copilotes, alors ? constate la capitaine en croquant dans son sandwich.

Amiel trie les oignons et la salade entre la chiquetaille de morue et le pain brioché.

— Oui… Une Portugaise élevée en Bretagne et un Guadeloupéen gay. On coche toutes les cases de la diversité !

Leurs téléphones sont posés devant eux.

— Des nouvelles de Célanie Le Cram ? demande Jolène.

— Aucune.

Dès que les charges se sont accumulées contre elle, un mandat d'arrêt a été lancé. Amiel a débarqué avec Dijoux et Fiston au cabinet JISTIS-971. Une fois les faits exposés, il a observé bien davantage de consternation que de protestation chez les collègues de Célanie Le Cram. Personne ne savait où elle était. Pas au cabinet de la rue Saint-John-Perse en tout cas, ni chez elle. Aucune réponse sur son téléphone professionnel, pas plus que sur son téléphone personnel.

Disparue ? En fuite ?

Les avocats du cabinet, dont un certain Florent Verger, son supérieur hiérarchique direct, l'ont aussitôt lâchée. Certes, Célanie Le Cram est une collègue compétente, mais plus obstinée que douée, plus besogneuse que talentueuse. Une collègue assez solitaire aussi. Secrète, différente, limite indifférente, pas du genre à participer aux apéritifs sur la plage, aux pêches au gros en mer, aux petites fêtes d'anniversaire, enfin ce genre d'activités pour assurer la cohésion de l'équipe, vous voyez, capitaine ?

Oui, Amiel voyait, et il aurait pu en ajouter : une collègue plus noire que les autres, une collègue n'appartenant pas au même milieu familial, une collègue dont ils n'ont sans doute jamais totalement accepté l'ascension sociale, mais le capitaine n'allait pas commencer à lui trouver des circonstances atténuantes.

Surtout, même si les preuves sont accablantes, qu'ils ignorent tout des mobiles de Célanie Le Cram. Leur seule certitude est que les deux victimes de l'incendie de l'habitation Wagram, le 11 avril 2003, Marcel et Marité Pigeon, sont le fils et la belle-fille d'Évariste. Cette anagramme, « maître Le Cram », ne peut pas être un hasard ! Pas même son prénom, Jolène a vérifié : Célanie vient du latin *celare*, qui signifie *garder un secret…*

Comment ont-ils pu être aussi aveugles ? Célanie est la petite-fille d'Évariste, la fille de Marité et Marcel, elle a simplement changé d'identité.

Quant au reste ? Les quatre victimes harponnées ? Les accidents en série, Janet Jimenez, Ludovic Rossi, le père de Chaïma Sadji, si loin de la Guadeloupe ? Mystère complet ! Jolène a interrogé Évariste pendant plus de trente minutes, sans rien obtenir de lui. Musard et Levif ont pris le relais.

— Et toi, Jo ? demande à son tour Amiel. Des nouvelles de Valéric ?

La capitaine consulte son portable entre deux bouchées.

— Aucune… Il a disparu depuis qu'il est allé voir l'Œil noir. Il y a… (Elle regarde l'horloge sur l'écran.) Il y a huit heures maintenant.

— Tu crois qu'il a été vexé quand il a appris que l'affaire lui était retirée ?

— Ouais, évidemment… Mais ça n'explique pas pourquoi il a disparu aussi brutalement. Ça ne lui ressemble pas.

Amiel picore avec délicatesse les rares fragments de poisson qui ne baignent pas dans la sauce chien.

— Difficile à dire, Jo, on ne le connaît pas vraiment…

— Ça ne te semble pas bizarre qu'il ne réponde pas à ses messages, lui non plus ?

— Comment ça, lui non plus ?

Jolène baisse à nouveau les yeux sur son iPhone.

— J'essaye de joindre mon Joshua. Tu sais, le geek qui devait nous faire gagner du temps. Il m'a juré qu'il était parvenu à loger l'ordinateur qui a servi à piéger Jacob Santamaria, Audrey Colombel et Chaïma. C'est le monde à l'envers. C'est moi qui le harcèle de textos et lui qui ne me répond pas.

Amiel balance dans la poubelle le reste de son agoulou. Il ne l'a presque pas touché.

— Il t'a peut-être baratinée, pour t'impressionner ?

La capitaine n'a pas le temps de protester, pour le gaspillage de nourriture comme pour les talents de hacker de Joshua, le brigadier Simon Fiston vient d'entrer sur le ring. Il vide la moitié d'une canette de Coca, sans demander l'autorisation aux deux nouveaux patrons.

— Je reviens de l'habitation W. On a tout fouillé… et rien trouvé. Enfin, on ramène quand même cinq sacs-poubelle de déchets, bouteilles de bière ou de rhum, mégots de cigarette, préservatifs. Toussaint Bonaventure va nous faire une attaque, il en a pour deux mois de travail à tout analyser, mais les brigades vertes de la préservation de la biosphère de Grande-Terre vont nous bénir.

Amiel opine de la tête.

— Fallait s'y attendre. Victorius Quatre-Bras n'habitait plus sa plantation depuis des années. Tout est lié à l'incendie de son habitation… il y a vingt et un ans. Qu'est-ce qu'on pouvait espérer ?

Simon Fiston reluque avec envie les frites de patate douce, en vole une.

— Tiens, là-bas, on a aussi croisé ton copain pompier.

— Raphaël ?

— Ouais. T'en as d'autres ?

Connard ! pense Amiel.

— Qu'est-ce qu'il faisait là ? intervient Jolène.

— J'en sais rien. Il arrivait quand on repartait. On l'a interrogé, mais il n'a rien voulu nous dire. Secret professionnel ! Ça a sûrement un rapport avec cet ancien incendie, les pompiers sont soumis à leur hiérarchie eux aussi…

Fiston attrape une dernière frite, la plonge dans la sauce chien et s'éloigne. Amiel se prend la tête dans les mains. Cette casquette de chef est trop large pour lui. Et en prime, Raph recommence avec ses cachotteries.

— On est nuls, fait Jolène comme si elle lisait dans ses pensées. On est largués. Valéric ne répond pas. Joshua ne répond pas. Célanie Le Cram ne répond pas. Et on est là, comme des cons, à attendre le prochain cadavre, ou la prochaine vision de l'Œil noir.

— Il n'y aura pas de prochaine vision. Tu as entendu ton pickpocket junior, Évariste n'a plus de photos d'avance.

Jolène consulte une nouvelle fois son téléphone, et le repousse, agacée.

— Alors j'espère juste que la dernière victime que le harponneur rayera sur sa liste ne sera pas Valéric.

Direction zonale de la police judiciaire,
Les Abymes, 20 h 32

— Comment ça, s'étrangle Valentin Lecocu, vous avez perdu le commandant Kancel ?

Le sous-préfet a exigé de faire un point téléphonique toutes les trente minutes avec le nouveau duo pilotant l'enquête. La parité, OK, mais sous le contrôle de l'autorité.

— Oui, plaide Jolène. Perdu ! Aucune nouvelle, son portable ne répond plus, on s'inquiète pour lui.

Amiel, assis à côté d'elle, confirme de la tête. Le sous-préfet pousse un long soupir. Celui du patron excédé qui doit pourtant garder son calme face à deux apprentis incompétents. Il a arrêté depuis longtemps de compter les échelons de son échelle de Richter des emmerdes. Le risque sismique défie toutes les statistiques connues.

— Soyons clairs, capitaine Dos Santos et capitaine Ouassou. On poursuit bien le même but tous les trois ? Le même assassin ? C'est cette avocate folle, Célanie Le Cram, que vous devez retrouver. Kancel, je m'en fous !

Amiel s'étonne de répondre avec autant de retenue.

— On pense que tout est lié.

Lecocu explose.

— Tout est lié ? C'est tout ce que vous avez trouvé en cinq jours d'enquête ? Oui, je vous confirme, tout est lié ! La lune, les marées, la circulation atmosphérique, le réchauffement climatique, la disparition des pingouins, tout est lié, mais vous allez commencer par me coincer cette avocate psychopathe, sinon…

— Sinon quoi, ironise Jolène, vous nous retirez l'affaire ?

Lecocu se retient de soupirer. Après six mois passés au bord du lagon, il a sensiblement amélioré son apnée.

— Ne plaisantez pas, Dos Santos. On a le même objectif. Éviter d'autres morts. Vous êtes d'accord ?

— Oui.

— Alors livrez-moi cette harponneuse avant… avant…

Les deux capitaines devinent que le sous-préfet hésite sur le timing. Avant une heure ? Avant minuit ? Avant l'aube, quoi qu'il arrive ?

Le téléphone de Jolène s'est allumé.

— Avant dix minutes, ça ira, monsieur le sous-préfet ?

— Dix min…

— Je viens de recevoir un message du brigadier Dijoux. On a localisé Célanie Le Cram.

— Merde ! Enfin… bravo ! J'ai toujours cru à votre… euh, duo ! Où se cache cette malade mentale ?

— Au large ! Elle nage.

83

Au large de la plage de la Datcha, Le Gosier, 21 h 05

À chaque vague, le Zodiac Milpro bondit d'un mètre. Il paraît ne jamais se poser, sauter de crête en crête, tel un kitesurfeur lancé plein vent, décollant puis replongeant, défiant l'apesanteur un instant avant de retomber brutalement.

Jolène s'accroche. Elle est trempée. Amiel aussi mais il ne semble pas s'en soucier et continue de manœuvrer le bateau à moteur. Plein gaz. Direction l'îlet du Gosier.

Il pousse l'embarcation à sa limite, avant que le talkie-walkie accroché à sa ceinture ne grésille.

— Tu peux ralentir, Amy, fait la voix de Chévi Dijoux. T'es dans la zone.

Le Zodiac se stabilise. Jolène tente elle aussi de trouver son équilibre, saisit à deux mains le spot halogène fixé à l'avant du bateau et commence à fouiller la nuit.

Une poursuite de théâtre cherchant une unique actrice sur une scène infinie.

— Là, sur ta droite ! lance Amiel.

Il a repéré une lumière rouge clignotante, semblable à celle dont s'équipent les joggeurs ou les cyclistes qui circulent de nuit. Jolène braque le faisceau lumineux. Une pastille claire se pose sur l'eau noire, flotte comme un reflet de lune apprivoisé, avant de s'arrêter.

— On la tient.

Dans le halo, les deux capitaines distinguent la perche rouge clignotante, la bouée jaune sur laquelle elle est fixée, et la corde qui relie le dispositif de sécurité à la nageuse aveuglée.

— Police ! crie Amiel. Arrêtez-vous !

Il règle le Zodiac sur la vitesse minimale, pour s'approcher en provoquant le moins de remous possible. Il ne peut cependant empêcher les vagues de se former. La bouée tangue, la tête de la nageuse disparaît une seconde avant de resurgir pour cracher de l'eau et des mots salés.

— Qu'est-ce que vous fichez là ? Dégagez !

Le spot de Jolène éclaire le visage mouillé de Célanie Le Cram, défiguré par la surprise et la colère.

— Vous êtes en état d'arrestation, annonce Amiel. Nous allons vous lancer une bouée et vous monterez dans l'embarcation.

— Vous délirez ?

L'avocate paraît sincèrement sidérée. Elle écarquille les yeux, sans rien distinguer entre la nuit et les cinq cents watts de l'halogène.

— N'aggravez pas votre cas par un délit de fuite, nous allons nous approcher et vous pourrez monter.

— Un délit de fuite ? s'étrangle Célanie.

Amiel comprend aussitôt que le terme est mal choisi. Difficile d'imaginer que la meurtrière présumée espère quitter l'île à la nage ! Pourtant, outre le Zodiac, un hélicoptère Dragon se tient prêt à décoller, et quatre policiers sont postés sur l'îlet du Gosier. Lecocu leur a fourni des moyens illimités.

Jolène détourne de quelques mètres son projecteur avant d'interpeller à son tour l'avocate.

— Arrêtez de jouer. Nous connaissons votre véritable identité. Depuis quatre heures, toute la police de l'île n'a qu'une mission : vous retrouver. Vous espériez quoi ? Atteindre la limite des eaux territoriales et nous échapper ?

Ils ne distinguent que la mer autour d'eux, et un peu plus loin les palmiers de l'îlet. Seule la tête de Célanie émerge de l'eau.

— Désolée, capitaine, je ne comprends rien à ce que vous racontez. Je me contente de nager ! Un petit kilomètre aller-retour, de la plage de la Datcha à l'îlet du Gosier. Renseignez-vous, c'est le spot le plus fréquenté de l'île. Tous les membres du club Shark Natation des Abymes vous confirmeront que j'effectue la traversée tous les jeudis.

— De nuit ? crie Jolène.

— Oui, de nuit, capitaine. Parce que je travaille dans la journée. Parce que la traversée est plus sûre et agréable quand les bateaux sont à quai. Parce que j'aime nager au clair de lune et que, surtout, rien ne m'interdit de le faire et rien ne m'oblige à me justifier !

L'avocate, déterminée, se remet à crawler dans la direction de l'îlet. On distingue son ombre à une centaine de mètres.

Amiel s'inquiète. Il n'a pas le choix, il doit l'arrêter.

— Rendez-vous, Célanie ! Ne soyez pas ridicule. Ne nous obligez pas à employer la force.

Elle continue pourtant de nager, relevant seulement la tête pour crier entre deux coulées :

— Et vous comptez faire comment ? Me harponner ? Je suis à cent mètres de l'îlot. Vos hommes m'y attendent forcément, si vous n'êtes pas complètement idiot.

Îlet du Gosier, 21 h 30

La plage de l'îlet du Gosier s'est transformée en décor de jeu de survie pour chaîne télévisée. À défaut d'électricité, les agents Musard et Levif ont planté dans le sable, devant le ponton de béton, des torches enflammées. Les moustiques tournent autour, par grappes serrées. Les coqs, réveillés, sonnent l'alerte en chantant à tue-tête.

Leur île est attaquée par un Zodiac échoué et six policiers, dont deux, SIG Sauer au poing, braquent la nageuse qui vient de poser les pieds sur le sable. Amiel observe l'avocate ruisselante, s'attarde sur son corps menu d'adolescente. Comment imaginer qu'elle puisse être la harponneuse ?

Jolène s'avance, tend une serviette à Célanie tandis qu'Amiel résume les chefs d'accusation : le numéro d'illusion dévoilé d'Évariste, l'identité de Marité et Marcel Pigeon, qui correspond à l'anagramme de son propre nom.

Tout en séchant ses longs cheveux dans la serviette, Célanie les toise :

— Ce sont vos preuves ? Un tour de magie et un jeu de lettres ? Vous avez déclenché le plan Épervier contre moi pour ça ? Le juge Koury va vous rire au nez et...

Amiel s'est avancé. Son ombre démesurée tremble sur la plage, au rythme des flammes.

— Jouons cartes sur table, maître Le Cram. Nous avons consulté des illusionnistes professionnels qui nous ont expliqué comment votre grand-père simulait ses visions.

— Vous avez des preuves ?

Amiel et Jolène doivent avouer que non. Les hallucinations d'Évariste ont été filmées, ainsi que les scènes de parloir où il ouvre son courrier, mais même en observant les vidéos au ralenti, il est impossible de distinguer s'il cache ou non une carte pliée au creux de sa main. Il a toujours pris soin de ne pas laisser d'angle compromettant aux caméras, tel un magicien adaptant son tour d'illusion pour la télévision.

Célanie enroule la serviette autour de sa taille. Elle passe ses doigts dans sa boule hirsute de cheveux crépus.

— Pas de preuves ? Avec mes collègues de JISTIS-971, nous allons vous traîner dans la boue !

Amiel lui lance un sourire désolé.

— Ça m'étonnerait, Célanie. Vos collègues vous ont déjà lâchée. Je crois qu'ils n'aiment pas trop la boue… Les éclaboussures, les remous. Tant que vous leur étiez utile, rentable, ils vous adoraient. Mais ils ne sont pas prêts à se salir pour vous !

Célanie grimace. Ses doigts torturent ses cheveux emmêlés jusqu'à les arracher. Elle est trop intelligente pour ne pas comprendre qu'Amiel dit la vérité. Elle s'assoit dans le sable, déstabilisée. Elle paraît si fragile sans sa carapace, sans son uniforme d'avocate, sans son tailleur cintré et ses dossiers, qu'Amiel n'arrive toujours pas à croire qu'elle puisse être la coupable.

Mais les faits…

— Ne vous inquiétez pas pour moi, capitaine ! réagit Célanie. Je peux me défendre toute seule. Vos accusations ne tiennent pas la route. Je reçois des clients de 8 heures du matin à 8 heures du soir, je vous fournirai le détail de mon emploi du temps, agenda et témoignages à l'appui, vous constaterez qu'il est impossible que je sois votre harponneur.

Jolène a allumé une cigarette. Elle repère le trouble de son adjoint et ne laisse pas l'avocate reprendre l'avantage.

— Vous seule aviez accès aux courriers envoyés à votre grand-père !

— Oui, dit Célanie, mais n'importe qui a pu les poster. Le harponneur savait que je ne les ouvrirais pas…

— Pourquoi ?

— Parce qu'ils étaient adressés à mon client, pas à moi.

— À un client qui est votre grand-père ! Vous auriez pu être tentée de les ouvrir quand même, et alors tout le plan du tueur échouait. Pourquoi aurait-il pris ce risque si vous n'êtes pas complice ?

— Vous avez raison, admet l'avocate. Si je n'ai pas ouvert les lettres du harponneur, c'est parce que mon grand-père m'a interdit de le faire !

La capitaine en crache une bouffée de fumée, bouche bée.

— Vous n'avez pas trouvé ça louche ?

— Si... et alors ?

— Et alors ? s'étouffe Jolène. Ça signifie que votre grand-père savait qu'il allait recevoir du courrier. Que le tueur et lui étaient associés.

Célanie ne peut retenir un petit sourire.

— Vous en doutiez ?

Jolène paraît désarçonnée par l'aplomb de l'avocate, Amiel prend le relais.

— Admettons, nous ne disposons pas de preuves formelles pour les enveloppes. Mais vous ne pouvez pas nier le reste. Évariste Pigeon est votre grand-père, et le père de Marcel Pigeon, mort avec sa femme, Marité, dans l'incendie de l'habitation W. Seule leur fille de huit ans a survécu. Cette fille, c'est forcément vous !

L'avocate éclate de rire. Un rire de soulagement. Impossible qu'elle joue la comédie avec autant de talent. Elle abandonne ses cheveux ébouriffés aux alizés et mime un applaudissement.

— Bravo. Vraiment. Moi, la fille de Marcel et Marité ? Vous avez le don de toujours foncer tête baissée dans la mauvaise direction.

Amiel et Jolène encaissent cette nouvelle parade. Tous les indices, tous les faits concordent, comment Célanie Le Cram peut-elle nier avec autant d'assurance une telle évidence ?

— J'ai bien connu Marcel et Marité, continue l'avocate. Je les appréciais beaucoup, j'ai été très touchée par leur drame. C'est en leur mémoire, pour leur rendre hommage, si j'ai pris le nom de maître Le Cram... Vous avouerez que mon véritable nom de famille, Pigeon, n'est pas le patronyme rêvé pour un avocat… mais je ne suis pas leur fille !

— Vous vous foutez de nous, ose protester Jolène.

Célanie poursuit sa plaidoirie.

— Évariste a eu deux fils, Marcel et Charly. Marcel était mon oncle, il est mort avec sa femme dans l'incendie de l'habitation W. Mais mon père est bien vivant, il habite à Goyave, et il prend tous les matins son café sur le port, terrasse de Chez Tico, devant les pélicans, vous n'aurez aucun mal à le vérifier.

Merde ! jure Amiel dans sa tête.

Les moustiques continuent de s'agglutiner autour des torches, les coqs de chanter. Quelques iguanes, cachés dans les amandiers, se sont approchés. Il y a du monde, des spectateurs bruyants, pour assister à l'acquittement. Jolène écrase sa cigarette dans son écomégot.

— C'était tout de même vous, tente-t-elle, lors de l'incendie, qui étiez dans la voiture avec votre oncle et votre tante ?

L'avocate dévisage la capitaine avec attention. Elle semble fouiller loin dans sa mémoire… et ne rien trouver.

— Pourquoi allez-vous chercher des hypothèses aussi compliquées ? Ils étaient avec leur fille, tout simplement.

— Leur fille ?

— Ma cousine. La seule rescapée du brasier. Nous avions presque le même âge. Nous étions assez proches, jusqu'à l'accident.

Jolène et Amiel se regardent. Est-il possible que Célanie leur livre la véritable coupable ?

— Votre cousine, demande Jolène d'une voix étouffée, qu'est-elle devenue ?

— Elle est partie en métropole, pour être élevée par ses grands-parents maternels. En Provence, je crois. Marité était originaire de là-bas.

— Vous l'avez revue ?

— Non. J'avais dix ans. Sept mille kilomètres nous séparaient. La famille de Marité n'avait jamais vraiment apprécié que leur fille tombe amoureuse d'un Guadeloupéen et parte vivre sous les tropiques. Après la mort de leur fille, ils ont coupé les ponts.

— Vous vous souvenez du prénom de votre cousine ?

— Évidemment... Elle portait un joli prénom provençal, un prénom rare pour une métisse : Origane.

Jolène et Amiel échangent un regard. Sans se parler, ils comprennent qu'ils partagent la même analyse. Célanie Le Cram ne ment pas, et de toute façon, il sera facile de tout vérifier, son emploi du temps, l'adresse de ses parents.

Retour à la case départ ?

Un meurtrier, ou la meurtrière, se promène dans la nature, sous une fausse identité. Cette Origane ? Une femme qui aurait aujourd'hui une trentaine d'années ?

L'avocate se lève, dénoue la serviette de bain et marche en maillot vers la mer.

Compte-t-elle vraiment, pense Jolène, prendre ainsi congé et poursuivre tranquillement sa traversée ?

— Attendez, maître, lance-t-elle avant que l'avocate n'ait atteint les premières vagues. Les agents Musard et Levif vont se faire un plaisir de vous raccompagner, en bateau. Et de vous offrir un séjour de quelques jours dans notre hôtel pénitentiaire de Baie-Mahault.

Célanie n'a pas le temps de protester. Le téléphone de Jolène sonne, comme pour l'en empêcher. Les coqs de l'îlet, perchés par dizaines au-dessus de leurs têtes, apprécient la sonnerie, et l'accompagnent de leurs chants stridents.

— Allô, capitaine Dos Santos ? Valentin Lecocu. C'est quoi ce bordel ? Vous égorgez des poulets ?

— Presque. Les coqs de l'îlet du Gosier se lancent dans une Tekno Party. On est avec Célanie Le Cram, enfin Célanie Pigeon, elle a accepté de coopérer mais...

— Génial ! coupe le sous-préfet. Si ça peut calmer la psychose sur l'île... Anne-So, enfin, ma femme, me menace de reprendre l'avion pour Avignon demain matin avec les enfants. Vous me coffrez cette avocate à double tour et vous placez autant d'hommes qu'il le faudra pour la garder ! J'en ai assez des gens qui disparaissent dans la nature.

Le regard de la policière se trouble.

— Vous voulez parler du commandant Kancel ?

— Oui, mais pas que de lui. On a un autre souci. Un autre fantôme qui s'est évaporé. Elle a échappé à la vigilance des gendarmes chargés de la surveiller ce matin. Et depuis, plus de nouvelles.

— Qui ? demande Jolène, même si elle connaît déjà la réponse.

— Marie-Douce Lénervé.

VENDREDI 12 AVRIL 2024

L'ASSASSIN DE L'AUBE

84

Habitation Wagram, nord de Grande-Terre, minuit

Je me gare devant l'habitation W.

J'ai laissé ma voiture sur le parking de la Porte d'Enfer et récupéré le Tiguan. Valéric dort toujours à l'arrière. Un joli sommeil artificiel. J'espère que je n'ai pas trop forcé sur le Propofol.

Il faut que tu te réveilles avant l'aube.

Il faut que tu assistes au feu d'artifice.

Je ne vais le tirer que pour toi.

Je coupe le contact. La lune éclaire les ruines de l'habitation et les squelettes d'arbres qui les profanent, mais laisse dans l'ombre, dès que le regard s'éloigne, les champs de canne.

Aussi noirs qu'une mer de cendres.

Aussi noirs que la plantation, ce matin-là.

Le 11 avril 2003.

Nous habitions à l'Anse-Bertrand, pas très loin de l'habitation Wagram. Le brûlis dans les champs de canne à sucre était un joli spectacle, papa nous y emmenait parfois, en prenant bien soin de rester loin des flammes. De prendre des photos sans s'approcher. De reprendre la voiture dès que la ligne de feu progressait.

Papa était prudent. Il nous a fait remonter dans la Xsara, maman et moi, quand les flammes barraient encore l'horizon, comme un ciel lointain dévoré par le soleil du matin.

Il n'y avait aucun danger.

Jusqu'à ce qu'après un virage, papa se fasse surprendre par un nuage de fumée. Un panache noir porté par le vent, dans une odeur de caoutchouc brûlé. Papa ne roulait pas vite, il a eu le temps de freiner, mais pas de tourner. La Xsara a tangué quelques secondes sur le côté, puis elle a basculé dans le fossé. Un tonneau, ou deux, je ne sais plus, presque au ralenti, avant que la voiture ne s'immobilise sur le toit. Tout s'est déroulé lentement, aucun de nous trois n'a été blessé. Pas une goutte de sang. On s'est souri, papa, maman et moi. On avait eu très peur, on l'avait échappé belle...

Puis papa et maman ont compris qu'ils étaient bloqués. Les portières étaient enfoncées, encastrées dans le fossé. Impossible pour eux de s'extirper de l'habitacle, même en ouvrant les vitres.

Je devais peser à peine vingt-cinq kilos à l'époque, j'étais fine comme une sole. En cassant un carreau et en me coupant aux débris de verre, je suis parvenue à me faufiler entre le fossé et la vitre de la portière froissée.

Cette fois, le sang coulait, mais je m'en fichais. Papa et maman ont crié d'une même voix.

— Va chercher des secours, vite !

Une première voiture est passée. Une grosse décapotable, je n'ai jamais su la marque, et je n'ai découvert les noms que bien après. Jacob Santamaria l'avait louée. Il a ralenti mais elle, assise sur le siège passager, voulait s'arrêter. Elle portait un appareil photo autour du cou. Elle parlait français avec un accent américain. Janet Jimenez. Elle a insisté, je l'ai entendue parlementer, mais Jacob n'a pas cédé. Ne t'en fais pas, les pompiers vont arriver. Je ne veux pas avoir affaire aux flics, être obligé de témoigner. Tu t'imagines, si je dois donner mon identité ? Elle, j'aurais pu l'épargner. Janet a lu la détresse dans mon regard, Janet était prête à nous aider. Mais elle a préféré détourner les yeux, ne pas contredire son amoureux, ne pas mettre en péril sa ridicule histoire d'amour avec ce beau parleur bétonneur.

La décapotable a accéléré et a disparu dans un nuage de poussières brûlantes. La température devenait étouffante. Une brume de chaleur rendait flou le sommet des tiges de canne à sucre. Le feu s'approchait.

— Cours, a crié à nouveau papa. Sauve-toi. Reviens avec de l'aide !

Je n'ai pas obéi. Je n'ai pas pu bouger. Je ne voulais pas les laisser. D'autres voitures allaient forcément passer. C'était une route fréquentée, nous n'étions pas les seuls à être venus admirer les champs en feu. J'ai frotté mes yeux et j'ai écouté le silence. J'étais certaine d'entendre un bruit, au loin, régulier, de plus en plus net. De plus en plus fort. J'ai couru vers lui.

Je l'ai aperçue quand les flammes ont commencé à dévorer les dernières feuilles bordant la route.

Une moto !

Immédiatement, j'ai été persuadée que nous étions sauvés.

Une moto et deux passagers. Un adulte et sa fille. Assise à l'arrière, bras en ceinture autour du ventre de son père. Une fille de mon âge. Sept ou huit ans. Chaïma.

Le motard s'est arrêté, a même coupé les gaz.

— Redémarre. Je t'en supplie, papa, redémarre.

Chaïma ne portait pas de casque. Elle se tenait à dix mètres de moi. Les flammes semblaient lui lécher les cheveux. C'était presque le cas. J'écartais comme des mouches les brindilles incandescentes qui volaient autour de moi, sans me soucier des brûlures.

— J'ai peur, papa, a crié Chaïma. Redémarre !

Son père a encore hésité, puis il s'est adressé à moi.

— Viens, monte, on va te faire une place.

Moi, je n'ai pas hésité. J'ai refusé en secouant la tête. Je ne pouvais pas laisser papa et maman.

— On a eu un accident. Mon père et ma mère sont coincés. Là-bas.

J'ai désigné le bout de la route. On devinait la carcasse de la Xsara. La brume de chaleur déformait tout, comme si la carrosserie fondait.

Une flammèche s'est posée sur la joue de Chaïma. Elle a hurlé :

— Papa !

Le moteur de la moto a hoqueté, avant de ronronner à nouveau.

— On va revenir, petite. On ramène les secours.

Les secours ne sont jamais venus. Je n'ai jamais su s'il les avait prévenus. Tout a été trop vite, ou il était déjà trop tard. J'ai couru telle une idiote derrière la moto, je me suis arrêtée devant la Xsara. Maman ne parlait plus.

— Elle se repose, m'a dit papa, mais je ne l'ai pas cru.

La voiture était remplie de fumée. La voix de papa devenait plus faible, telle l'eau qui ne coule plus quand le tuyau est percé. Je savais déjà qu'aucune autre voiture ne passerait. Les flammes étaient trop proches. Le bitume se transformait petit à petit en une lave grise qui aurait détruit les pneus de n'importe quel véhicule attardé.

Mes larmes séchaient dès qu'elles coulaient.

Le dernier espoir a surgi par surprise. Sans un bruit. Traversant le brasier comme par magie.

Deux adultes, main dans la main, qui couraient le plus vite possible. Visages noircis. Cheveux roussis. Recouverts de paréos humidifiés avec ce qu'il leur restait d'eau.

— Sauve-toi, m'a crié l'homme en ralentissant. Ne reste pas là, sauve-toi !

La femme l'a aussitôt tiré par la main. Ils ont continué leur course, sautant entre les flaques de bitume fondu, baissant la tête pour échapper aux étincelles, souffle coupé, comme si ces huit mots de conseil étaient tout ce qu'ils avaient à m'offrir.

Ils ont disparu entre deux arbres enflammés. Audrey Colombel et Ludovic Rossi. S'ils n'avaient pas réservé une nuit dans un hôtel de Port-Louis, le lendemain, pour se soigner et se laver, je n'aurais jamais connu leur identité.

Je suis retournée à la Xsara. La fumée s'accumulait dans le fossé. Le feu la cernait. J'ai imaginé me faufiler par la vitre arrière de la portière cabossée, pour rejoindre mes parents, mais papa a puisé dans ce qu'il lui restait de filet de voix.

— Nous n'avons plus que toi ! Alors cours, ma chérie. Ne perds plus de temps ! Va chercher de l'aide et reviens vite. Je t'aime !

Cette fois, je n'ai pas réfléchi.

Oui, si je courais vite, il resterait une chance ! J'ai sprinté, autant que je le pouvais. Je n'avais aucune idée de l'endroit où je me trouvais, à cent mètres ou à un kilomètre de la première maison habitée ?

Combien de temps ai-je couru ? Les pompiers sont apparus avant que je m'y attende. J'ai reconnu leur gyrophare au bout de la rue. J'ai accéléré encore.

Je me suis effondrée dans les bras du premier venu. Un policier en uniforme.

Je hurlais, je tapais des mains et des pieds, je crachais des cendres et j'étalais de la suie, je lui ai arraché une mèche de cheveux.

Le policier ne me lâchait pas mais il ne comprenait rien. Il me faisait répéter, me demandait de parler plus lentement.

C'est lui qui était lent ! Trop lent ! Abruti par la chaleur, comme ces types ivres que le soleil endort, comme ces drogués qui réagissent au ralenti avec des gestes de zombie.

Je ne l'ai su que bien plus tard. Valéric Kancel était ivre, sous l'emprise du crack, ce jour-là. Personne n'a parlé. Ses hommes l'ont protégé. Ce n'est consigné dans aucun dossier.

Il a fini par me libérer. Il a fini par envoyer des secours dans le brasier.

Trop tard.

Un médecin m'a fait une piqûre et je me suis endormie. Quand je me suis réveillée, à la Polyclinique des Abymes, une psychologue en robe à fleurs de printemps, habillée comme pour un mariage, m'a annoncé que mes parents étaient décédés, mais que moi j'allais bien. Juste de petites brûlures, des coupures, des…

J'allais bien ?

Si elle avait pu lire dans ma tête, cette psy !

Je ne l'écoutais plus. Je croisais les doigts sous le drap, je prononçais des mots invisibles sans remuer les lèvres.

Je jurai.

Je jurai de me venger de tous ceux qui avaient tué papa et maman. Je savais que cela prendrait du temps. Que je devrais découvrir le nom de tous ceux qui les avaient laissés mourir. Que je devrais y consacrer ma vie.

Mais pour ce que la vie m'avait laissé…

Un poème était accroché sur le mur de ma chambre d'hôpital, « Nouvelle bonté », d'Aimé Césaire.

Il n'est pas question de livrer le monde aux assassins d'aube.
La vie-mort
La mort-vie
Les souffleteurs de crépuscule
Les routes pendent à leur cou d'écorcheurs…

Les assassins d'aube, c'étaient eux.

Désormais, ce serait moi.

Je les tuerais à l'aube, comme ils avaient tué mes parents.

J'ai mis des années à échafauder mon plan, chapitre après chapitre, à la façon dont on construit un roman policier. Commencer par ceux qui avaient fait preuve d'un peu d'humanité, Janet Jimenez, Ludovic Rossi, le père de Chaïma ; les faire disparaître sans qu'ils souffrent, sans qu'ils comprennent, des accidents banals, un à Cuba, un au Rwanda, un Plaine de France. Qui aurait pu soupçonner le moindre rapport entre ces trois faits divers ?

Tous devraient mourir, mais il fallait que Jacob Santamaria, Audrey Colombel et Chaïma Sadji payent davantage.

Ce seraient les dernières victimes, ici, sur la terre de leur crime.

Je devrais les attirer en Guadeloupe, mais j'avais tout mon temps pour cela. Pour apprendre à les connaître, identifier leurs faiblesses, les inviter sans qu'ils se méfient, acquérir assez de connaissances informatiques pour les espionner.

Je devais les éliminer un par un, à l'aube, sans que personne ne puisse deviner qu'il existait un lien entre eux. Ma mise en scène servait à cela, laisser croire à des meurtres rituels, symboliques, politiques, de touristes choisis au hasard. Jacob Santamaria. Audrey Colombel. Le meurtre de Chaïma a été le plus délicat, le plus risqué, au milieu des policiers, mais je l'avais prévu ainsi, pour que nul ne puisse me soupçonner.

Je devais tuer Victorius Quatre-Bras en avant-dernier, car le rapprochement avec l'incendie de l'habitation W deviendrait alors évident. Il méritait autant que les autres son châtiment. Mes parents sont morts à cause de la fumée noire de ses pneus abandonnés, de sa plantation entretenue comme une décharge et de sa pratique du brûlis d'un autre âge.

Tuer Valéric Kancel en dernier. Il serait le plus difficile à piéger, mais mes cadavres étaient des cailloux blancs de Petit Poucet. Une mèche de cheveux, l'anagramme de son ancêtre, autant de grains de sable pour le compromettre. Pour qu'il comprenne, crime après crime, sans pouvoir rien révéler aux autres policiers. Pour qu'il vienne seul, quand je l'aurais décidé.

Pour que cet ultime sacrifice soit le plus sublime de tous. Pour qu'il périsse là où papa et maman ont péri, pour qu'il meure comme ils sont morts. D'une lente asphyxie, incapable de s'échapper, cerné par le brasier.

85

Habitation Wagram, nord de Grande-Terre, 1 h 30

Je marche, au milieu des ruines de l'habitation W.

Il n'a pas plu sur les champs de canne depuis plusieurs semaines. L'herbe est sèche comme de la paille. La moindre étincelle déclenchera un incendie que rien ne pourra arrêter.

Ce matin, quand le soleil sera levé, le feu dévorera la plaine.

Tout sera terminé.

Je retourne lentement vers le Tiguan, j'ouvre la portière. Le commandant a changé de position, il dort le visage collé sur la banquette arrière. Il a bougé, c'est bon signe. L'effet des tranquillisants commence à se dissiper.

Je vais le laisser se réveiller avant de l'emmener au bûcher.

Il faut qu'il ait le temps de réfléchir, d'admirer l'aube, d'expier.

Un léger soupir m'oblige à tourner la tête.

Le second passager a bougé lui aussi. Sa dose d'anesthésique était moins forte. Deux milligrammes par kilo, elle ne doit pas en peser plus de soixante. Sa poitrine, son épaule, sa tête sont plaquées contre la portière.

Je l'ouvre. Le corps endormi bascule sans un bruit. Je l'enjambe, sans la moindre empathie.

Même si le choc la réveille, elle ne poussera pas un cri.
Marie-Douce Lénervé est assommée, ligotée, bâillonnée.
Puisqu'elle s'est invitée à la fête, elle aussi participera à l'autodafé.

86

Cité Mortenol Sud, 3 heures

Le réveil se met en marche à 3 heures pile, réglé sur radio Guadeloupe La Première.

Un journaliste fatigué énonce des titres identiques toutes les heures depuis minuit. Les ronds-points bloqués partout dans l'île. L'affaire du harponneur au point mort, la police comme le juge refusent de s'exprimer. La visite du ministre est prévue sous huit jours, mais il exige le retour au calme comme condition à toute négociation.

Amiel éteint la radio avant que le journaliste de veille n'égrène les résultats sportifs. Il jette un coup d'œil dehors. Mortenol Sud dort. Devant les barres d'immeubles, même les plus insomniaques des oiseaux de nuit ont fini par rejoindre leur nid. Le capitaine enfile un caleçon, un tee-shirt et consulte rapidement son portable. Aucun appel, aucun message.

Il en a laissé trois à Raph, mais son amoureux ne l'a pas rappelé. Jolène aussi devait le contacter, si Joshua, son geek, donnait de ses nouvelles. Visiblement, il n'est pas aussi doué en informatique qu'il le prétend.

Allez, ne pas traîner ! Il n'a pas mis son réveil à sonner au milieu de la nuit pour rêvasser.

Il fait défiler sur l'écran de son téléphone le numéro qu'il a enregistré avant de se coucher.

CRPJ de Marseille, département des ressources informatiques. Les bureaux ouvrent à 9 heures en métropole, il a vérifié.

Le premier policier qui lui répond est ponctuel, 9 h 02, malgré un puissant accent marseillais.

— Mario, à ton service ! Si tu m'appelles au milieu de la nuit, collègue, c'est que tu dois avoir la hiérarchie aux fesses.

Amiel lui livre toutes les informations dont il dispose. Il recherche Origane Pigeon, une jeune femme née en Guadeloupe en 1995. Elle a vraisemblablement été élevée par ses grands-parents, quelque part en Provence.

— Origane, répète Mario. C'est pas comme si elle s'appelait Marie ou Jeanne. Avec un tel prénom, je vais te la localiser aussi facilement qu'une vendeuse de parapluies sur la Canebière un jour de mistral. Dans dix minutes t'es dans ton lit !

Dix minutes, quinze, vingt... Mario n'a toujours pas trouvé ! Amiel écoute le clavier marseillais crépiter, Mario s'énerver, jurer, pour finalement revenir vers lui :

— J'ai cherché partout, collègue. Bordel ! Rien ! Mais on n'a pas accès aux fichiers des écoles, ni des mairies. En France, personne n'est obligé de le déclarer à l'administration quand il change de domicile, sauf si tu veux toucher des aides. Faut croire que ton Origane n'en avait pas besoin. T'as le nom de papy et mamie ?

Amiel les a.

André et Suzanne Guillou. L'identité des grands-parents d'Origane figure sur l'acte de mariage de Marité et Marcel Pigeon.

Le clavier crépite à nouveau. Mario ne promet rien cette fois, mais pousse un cri de victoire moins d'une minute plus tard.

— André et Suzanne Guillou. Je les ai ! Grâce à leur allocation de retraite. Une adresse, à Antibes. André est décédé en 2021 d'après la fiche, mais Suzanne vit toujours. J'ai même son numéro de téléphone, au cas où t'aurais des insomnies.

— Envoie, collègue. Si tout va bien, je pourrai aller me recoucher… une fois que le soleil sera levé.

Cité Mortenol Sud, 3 h 26

— Allô, madame Suzanne Guillou ?

— Non !

Amiel a aussitôt compris que la voix est bien trop jeune pour être celle d'une femme de quatre-vingt-neuf ans.

— Non ?

— Non ! Vous êtes au standard des Hortensias.

— Les Hortensias ?

Amiel a conscience des limites de son sens de la répartie à 3 h 30 du matin.

— Une résidence pour personnes âgées, continue la voix légère de la standardiste.

— Ah… Suzanne Guillou est une de vos pensionnaires ?

— Oui. L'une des plus anciennes. Vous êtes… de sa famille ?

— Pas exactement. Ce serait un peu long à expliquer. Pouvez-vous me la passer ?

— Hélas non !

La voix de la standardiste est toujours enjouée, mais ferme et définitive. Elle doit être habituée à parler ainsi à ses résidents, sourire éternellement accroché et ordres qui claquent comme des fouets. Au milieu de la nuit, Amiel n'a pas plus le temps pour la diplomatie que pour travailler ses répliques.

— Capitaine Oussaou. police judiciaire de Pointe-à-Pitre. Madame Guillou est un témoin crucial dans une enquête criminelle. Alors je me fiche qu'elle soit sous sa douche, au petit déjeuner ou pas encore réveillée, je dois lui parler !

La standardiste n'a pas baissé le ton, pas plus qu'elle ne l'a élevé.

— Ça va être difficile, capitaine.

— Passez-la-moi !

— Je veux bien, mais elle ne vous parlera pas.

Amiel a peur de comprendre.

— Alzheimer profond, précise la standardiste. Elle ne reconnaît plus personne, ne se souvient plus de rien.

Et merde !

La voix d'Amiel s'est immédiatement radoucie.

— Elle… elle a encore de la famille ? Elle reçoit de la visite ? Quelqu'un qui…

— Vous êtes le premier, capitaine, depuis que le mari de Suzanne est mort, il y a trois ans, qui demande à lui parler.

Et remerde !

— Et avant, tente le capitaine à tout hasard. Avant qu'elle, euh… perde la tête, elle possédait des relations ? Des amis ? Quelqu'un que je pourrais contacter, à Antibes, ou ailleurs en Provence ?

— On trouve rarement des hortensias en Provence, capitaine.

Amiel résiste à l'envie de balancer son téléphone par la fenêtre. Il ne s'est pas levé à 3 heures du matin pour parler botanique !

— Madame Guillou est effectivement originaire de Provence, poursuit l'hôtesse d'accueil, elle y possède d'ailleurs une résidence secondaire, qu'elle n'utilise plus, bien entendu. Mais elle a souhaité finir sa vie dans notre établissement, près du village où elle a vécu avec son mari. Il était ingénieur à l'arsenal. C'est aussi ici qu'ils ont élevé leur petite-fille, je crois.

Amiel dresse l'oreille.

— Suzanne vous a parlé de sa petite-fille, Origane ?

— Oui. Je crois avoir entendu ce prénom. Mais je n'étais pas encore aux Hortensias à l'époque. Du temps où madame Guillou avait toute sa tête, je veux dire. Il faudrait que je vous passe une des anciennes employées de l'Ehpad.

— Parfait. Faites vite.

Le capitaine devine que l'hôtesse consulte un planning.

— Vous pouvez rappeler… demain vers midi.

— Vous plaisantez ?

La voix de la standardiste perd progressivement son ton enjoué.

— Non, capitaine. Êtes-vous capable d'imaginer les conditions de travail auprès de ce public ? Personne ne tient plus de dix ans. Des anciennes, il n'en reste que trois. Et la première prend son poste demain. À midi.

Amiel marche dans son appartement, s'arrête devant la fenêtre. Aucun bruit, aucune vie dans le quartier endormi. Il est seul. S'il veut obtenir le numéro personnel d'une des trois anciennes aides-soignantes, il va devoir rétropédaler et négocier.

— Écoutez-moi. Je vais être franc avec vous. Il n'est pas encore 4 heures du matin ici, en Guadeloupe, et j'ai toutes les raisons de penser qu'un meurtre va être commis aujourd'hui, à l'aube. J'ai besoin de disposer de renseignements précis sur Origane, la petite-fille de Suzanne Guillou, avant que le soleil soit levé.

La voix de l'hôtesse n'est plus du tout enjouée.

— Moi aussi je vais être franche avec vous, capitaine. Je vous en ai déjà trop dit. On ne donne pas d'informations personnelles sur les pensionnaires par téléphone. Passez par la voie officielle. Il doit bien y avoir des policiers de garde en métropole. Et profitez bien du grand soleil sur votre île. Ici, il est 10 heures du matin et le soleil n'est toujours pas levé. Ne nous inquiétez pas, nous sommes habitués.

Une intuition traverse le cerveau d'Amiel. Les conseils botaniques d'abord, puis les remarques météorologiques…

— Attendez, ne raccrochez pas.

Il tape à toute vitesse sur son clavier, *Ehpad Les Hortensias*, et retient aussitôt un juron.

Trente-trois Ehpad portent ce nom !

— Dites-moi juste, supplie le capitaine, où se situe votre établissement ?

Il entend un long soupir.

— En Bretagne, dans le Finistère, face à l'archipel des Glénan.

— Quelle ville, nom de Dieu ?

Quand les ordres sont si désespérés, on n'ose pas les discuter.

— Pas une ville, capitaine. Un petit village. Port Manec'h.

87

Habitation Wagram, nord de Grande-Terre, 5 h 59

La douleur réveille Valéric. Une piqûre plein cœur, peu profonde, juste assez pour qu'il saigne. Qu'il lève les yeux sur les ruines de l'habitation W. Qu'il étouffe un cri dans l'épais sparadrap collé sur ses lèvres.

Jolène. Jolène Dos Santos.

Elle se tient devant lui, un pistolet harpon à la main. Trois flèches passées dans la ceinture de son pantalon cargo noir.

— Enfin réveillé, commandant ?

Valéric essaye de bouger les mains, les jambes, mais ses liens sont trop serrés. Il mord dans son bâillon. Tente de ravaler la douleur. Détourne les yeux. Marie-Douce est allongée à côté de lui. Inconsciente. Du sang coule de ses tempes, mais elle respire, du moins Valéric veut le croire. Se préoccuper d'elle lui évite de penser à sa propre peur. Jolène se place entre la journaliste et lui.

— Ne t'inquiète pas pour elle ! Elle est comme ce garçon que j'ai harponné par erreur sur la plage de la Perle, comment dit-on, un dommage collatéral ? Oui, c'est le mot, *dommage*, dommage pour elle, elle a pris des risques inconsidérés pour une histoire qui ne la regardait pas. Une histoire qui ne regarde que nous, n'est-ce pas ?

Valéric n'a que ses yeux pour répondre. Son regard cogne le visage de la policière. Une dérisoire colère noire.

— J'ai su que j'avais gagné la première fois que je t'ai croisé à la DZPJ. Je ne suis devenue flic, je n'ai demandé ma mutation en Guadeloupe, que pour cela. Te retrouver, t'approcher, te faire payer. Tu ne m'as pas reconnue, il y a six mois. Tu n'as pas eu le moindre doute. Comment aurais-tu pu t'en souvenir ? J'avais huit ans, la dernière fois, la seule fois où nous nous sommes rencontrés. Et tu avais tellement bu, tellement fumé. Plus de deux grammes d'alcool dans le sang, cinq cents nanogrammes de crack. Comment peut-on confier la responsabilité d'une mission de secours à un flic aussi défoncé ? Si tu avais été dans ton état normal, tu aurais pu les sauver… mes parents seraient encore vivants.

Valéric revoit tout. Sa mémoire est une scène de théâtre dont les rideaux se sont ouverts. La fillette au visage noirci qui se jette dans ses bras, qui hurle, qui le mord, qui lui arrache une mèche de cheveux et qui voudrait lui arracher les yeux.

Le commandant secoue la tête, frénétiquement, il n'a pas d'autre choix pour nier, pour jurer qu'il ne porte aucune responsabilité.

— Tu aimerais te défendre ? Me livrer ta version ? Après tout, pourquoi pas… Mais ne te fais aucune illusion, nous sommes seuls au monde ici, et je t'ai déjà condamné. Ton procès est terminé, depuis des années.

Elle pointe le harpon, se penche et arrache d'un geste sec le sparadrap.

— Tu te trompes, Jolène ! lance Valéric avant que la policière ne se soit relevée. Personne n'aurait pu sauver tes parents ! Ne te fie pas à tes souvenirs, tu avais huit ans, tu étais choquée, paniquée, mais… Je te donnerai l'accès aux dossiers des experts, des assurances, des pompiers. Tu les liras comme je les ai lus. Ils sont formels. Tes parents étaient déjà morts asphyxiés quand tu m'as prévenu. Dès que tu as donné l'alerte, les pompiers sont intervenus, sans perdre la moindre seconde. Tout est écrit, tout est consigné !

Jolène sourit, aucunement convaincue.

— Pour qui me prends-tu ? Pourquoi crois-tu que je suis devenue flic sur cette île ? Bien entendu, j'ai consulté tous ces dossiers. Et bien entendu, ils disculpent les autorités de toute responsabilité. Aucune faute, aucun coupable. Je sais comment ça marche. Tout le monde se protège, tout le monde se soutient, sur cette île comme ailleurs. Tu n'en veux qu'une preuve ? Une seule ? À aucun moment, dans le compte rendu de la police, ton état d'ébriété n'est mentionné !

— Parce que ça n'avait rien à voir avec l'incendie ! explose Valéric. Parce que ça n'a eu aucune conséquence ! Parce que j'ai pris les bonnes décisions ce matin-là, même si, oui, j'avais bu toute la nuit alors que j'étais d'astreinte. Parce que je n'avais jamais été ivre en service avant, ni après. Parce que…

— Parce que ton père venait d'être jeté en prison par ta faute. Je connais ton histoire. Ta mère qui te rejette. Ta culpabilité tardive… crois-tu que ça constitue des circonstances atténuantes ? Un chauffard alcoolique qui renverse un gosse reste un assassin, peu importe pourquoi il a bu.

— Enfin merde, Jolène, je n'ai renversé personne. J'ai fait mon boulot. Ni moi ni personne n'aurait pu sauver tes parents.

— Oh si. Des tas de gens… qui ne sont plus là pour témoigner. Et tu as fui cette île, toi aussi. Un aveu supplémentaire ! Tu fuyais la faute que tu avais commise ici !

Valéric comprend que la partie est perdue d'avance. Il avait oublié cet incendie depuis longtemps. Jamais il n'avait ressenti le moindre sentiment de culpabilité. Il n'a quitté la Guadeloupe que pour échapper à l'étau familial…

Il a beau se débattre, ses liens sont toujours aussi serrés. Madou, à ses côtés, n'a pas repris conscience. Elle respire, paisiblement, pour l'instant.

— Et maintenant ? demande le commandant.

Il n'a posé la question que pour gagner du temps. La réponse se trouve devant ses yeux : le soleil se lève plein est. Les premiers rayons se faufilent entre les tiges de canne à sucre.

Une mortelle aube dorée.

Jolène a posé son pistolet harpon et ouvert la boîte d'allumettes de sûreté. Ils ne sont entourés que de paille et d'herbes sèches. Dès qu'une tige s'enflammera, toute la plaine flambera.

Sa vengeance… Même lieu, mêmes acteurs… même mort atroce !

— Tu as été si facile à tromper, Valéric. Vous avez été tous si faciles à manipuler. La petite Origane a pris le prénom de Marjolaine… Ce n'était pourtant pas difficile à deviner. La marjolaine est l'autre nom de l'origan, tous les jardiniers le savent. Je vous ai fait croire que j'avais des origines portugaises, comme la fameuse Belle Greene[1], pour masquer ma goutte de sang noir, née d'une mère blanche mais d'un père et d'un grand-père métis. Il m'a suffi de choisir un mari en fonction de son patronyme, Dos Santos, et de lui demander l'autorisation de garder son nom de famille après notre divorce. Pourquoi aurait-il refusé ?

« Évariste est un acteur très doué. Lui non plus n'a jamais accepté la mort de son fils et de sa belle-fille. Il m'a aidée à retrouver le nom de ceux qui les ont laissés mourir. C'est lui qui m'a proposé d'incarner le rôle du quimboiseur, le dernier de sa vie, il se sait condamné. Il savait qu'il pourrait embobiner sa petite-fille, la si droite et si forte Célanie, mais jamais elle n'aurait accepté de tremper dans notre combine. Il est vrai qu'elle n'a perdu qu'un oncle et une tante… et une

1. Célèbre directrice américaine de la Morgan Library, qui se fit passer pour portugaise afin de cacher ses origines noires.

cousine qu'elle n'a jamais revue. La pauvre ! Pour gagner du temps, j'ai fait détourner les soupçons sur elle. N'était-elle pas la coupable idéale, une fois mon tour de magie révélé ? J'ai dû aussi éliminer ce pauvre Joshua. Amiel a eu l'idée de le contacter, refuser aurait semblé louche. Après tout, c'était une garantie supplémentaire. Le service informatique de la DZPJ, malgré toutes mes précautions, était peut-être capable de remonter jusqu'à l'IP de mon ordinateur. Si un informaticien pouvait retrouver la trace de ce portable, autant que ce soit ce geek tombé du ciel et pas la lieutenante Fontanel. Tu as été si naïf ! Tu as soupçonné tout le monde. Damienne Santamaria, Célanie Le Cram et même ta Marie-Douce. Sauf moi. Après tout, commandant, peut-être es-tu tout simplement… incompétent !

Jolène sort une allumette et la gratte. Valéric reconnaît la boîte de Survie Tempête, des allumettes qui prennent feu partout, y compris en plein vent ou sous la pluie, et résistent plusieurs secondes sous des conditions extrêmes avant de s'éteindre.

— Personne ne te pleurera.

Elle jette le bâton enflammé dans l'herbe sèche. Une étincelle suffit, elle le sait. Le vent se chargera du reste. Une plaine entière incendiée. En quelques secondes.

Valéric se débat désespérément. Jolène attend.

La petite flamme danse au milieu de l'herbe, lèche les brindilles, les mordille, insiste, s'étire…

Avant de s'éteindre dans un fin filet de fumée.

Jolène peste. En gratte aussitôt une seconde. La jette, mais vise cette fois un amas de paille sèche. Il n'a pas plu depuis des semaines. Les tiges coupées ne demandent qu'à s'enflammer, le feu qu'à se propager…

Rien ne se produit pourtant !

La seconde allumette finit par se consumer elle aussi, sans déclencher l'incendie.

Jolène s'énerve.

Elle saisit une poignée d'allumettes, les enflamme toutes d'un même geste, puis dépose son bouquet incandescent sur un lit de paille. Elle l'alimente de tout ce qu'elle trouve, bois, branches, herbes, feuilles, tout ce qui brûle.

Tout ce qui ne peut pas ne pas brûler !

Et qui, pourtant, ne brûle pas.

Déjà, à nouveau, le feu s'éteint.

Jolène se retourne vers Valéric.

Magie ? Sorcellerie ? Elle n'y a jamais cru, pas davantage que son grand-père magicien. Mais comment des herbes aussi sèches, par plus de vingt degrés, avec un vent parfait… peuvent-elles refuser de s'enflammer ?

Elle hésite à faire flamber toute la boîte. À aller chercher un bidon d'essence dans le Tiguan. À…

Le sourire du commandant la dissuade.

— Tu as commis une erreur, Jolène. Une seule. Tu m'as dévoilé trop tôt la scène finale.

Jolène entend des pas derrière elle, des pas encore lointains. Elle jette aussitôt les allumettes et s'empare du pistolet harpon. Tant pis pour l'incendie, Valéric payera quand même.

Le commandant continue de s'exprimer d'une voix calme.

— Lorsque j'ai découvert le corps de Victorius Quatre-Bras, les pièces du puzzle ont commencé, une à une, à s'emboîter. Après ma visite à Évariste, je ne savais toujours pas *qui* tuait, mais je savais *pourquoi*, et surtout *où* !

Jolène pointe son harpon. Des ombres contournent l'habitation.

— J'ai pris ma décision, poursuit Valéric, avant de savoir si l'affaire me serait retirée ou non. Sans t'en parler. Va savoir pourquoi. L'intuition ? À cause de ta nervosité, de plus en plus flagrante à mesure que l'enquête avançait ? Puisque c'est moi, depuis le début, qu'on cherchait à piéger, je devais servir d'appât, jusqu'au bout. Je n'avais pas prévu que Marie-Douce me suivrait… Ton oncle avait parlé d'un incendie, j'ai pris quelques précautions.

Une trentaine de silhouettes surgissent entre les tiges de canne à sucre. La plupart en uniforme, presque toutes équipées de casques et de gilets pare-balles. Des policiers, des pompiers. Jolène reconnaît ses collègues, les agents Musard et Levif, les brigadiers Dijoux et Fiston, et bien entendu Amiel. Elle repère aussi Raphaël Duplessis, un des secouristes présents en 2003 ; elle a lu sa déposition dans les dossiers. Ils ont même convié le sous-préfet, Valentin Lecocu, la cravate tremblante coincée sous son gilet en Kevlar.

Tous à la fête !

Jolène se cramponne à son harpon.

— J'ai demandé à un vieil ami d'ignifuger la zone, explique Valéric. J'ignorais qui était l'assassin, mais j'étais certain qu'il ne passerait pas à l'action avant l'aube, et qu'il ne serait pas sur place pendant que les policiers fouilleraient l'habitation.

Jolène accuse le coup. Ses jambes fléchissent, mais pas son bras. Elle n'a qu'à appuyer sur la détente. Elle sent le poids du regard d'Amiel sur elle. Lui n'y est pour rien. Lui, elle l'aimait bien.

— Que crois-tu ? plaide le commandant. Que je n'ai pas essayé d'évaluer ma responsabilité ? J'ai posé dix fois la question aux pompiers, et ils m'ont à chaque fois répondu la même chose : ils ont été prévenus trop tard, personne n'aurait pu sauver tes parents !

— Tu mens !

Jolène a crié.

— Non, il dit la vérité !

Raphaël s'est avancé.

Amiel marche à ses côtés, désarmé. Dix pompiers et policiers, derrière eux, hochent la tête. Jolène se redresse, leur unanimité lui confirme qu'elle ne s'est pas trompée.

Tous complices !

La version de l'Histoire choisie par ceux qui sont au pouvoir finit toujours par devenir la seule vérité. Quand les témoins ont disparu. Elle doit rendre justice avant. Elle doit rééquilibrer la balance.

— Non ! hurle une voix, peut-être celle de Raphaël, ou de Dijoux, de Fiston, ou même de Valentin Lecocu.

— Jo, non ! supplie Amiel.

Jolène sourit. Une dizaine de fusils HK G36 sont braqués sur elle.

Le soleil se lève sur le champ de canne à sucre.

La dernière aube dorée.

Elle revoit un poème, un matin, affiché sur le mur blanc d'une chambre d'hôpital. Elle a huit ans.

— Il n'est pas question de livrer le monde aux assassins d'aube, récite-t-elle.

Elle tend son bras et crispe son doigt sur la détente.

Vingt balles la fauchent avant que son index se replie.

La vie-mort

La mort-vie

UN MOIS PLUS TARD

88

Préfecture de Pointe-à-Pitre, 6 h 07

— Léopold ? Quelle surprise ! Tout va bien, mon surdoué ? Tu te la coules toujours aussi douce sur ton île ?

Le sous-préfet à la sécurité répond par un sourire crispé. S'il a appelé d'urgence en visioconférence, à l'aube, son ancien camarade de l'ENA, Valentin Lecocu, promotion Zola 2008-2010, ce n'est pas pour subir ses blagues de potache. Léopold distingue, derrière Valentin, un lagon turquoise cerné par les palmiers.

— Ça me fait plaisir d'avoir de tes nouvelles ! continue Valentin avec entrain. T'es un sacré petit veinard… Quand je pense qu'avant d'être muté, j'ai occupé ton poste à La Pointe pendant… euh… onze mois… mais que j'ai eu le temps de me cogner les cinq morts de la harponneuse, le blocage de l'île par le LKP, les délires du site Akansyel de Madou Lénervé, les petits secrets du commandant Kancel que j'ai viré puis réintégré en moins de vingt-quatre heures, la crise d'ado de Marceau, la quasi demande de divorce d'Anne-So… et que toi tu arrives comme une fleur pour t'asseoir dans mon fauteuil. Que tu n'as plus qu'à faire valser tes mocassins et écarter les doigts de pied pour les faire bronzer…

« Putain, vieux frère, tu ne vas pas me croire, mais cette île de fous me manque ! Tiens, la preuve, rien que ce fond d'écran… Parce que franchement, ici, aux Andelys, c'est calme ! C'est la sous-préfecture la plus proche de Paris que j'aie trouvé ! Anne-So tenait à reprendre ses expos d'aquarelles, mais va trouver des galeristes à Nouméa ou Wallis-et-Futuna ! Et toi, ça va ? Solange s'adapte ? Tes gosses ne sont pas trop chamboulés ?

— Ça va… c'est juste que…

— Holà, stop ! fait Valentin en se penchant.

La moitié de son visage disparaît, juste avant que le lagon et les palmiers s'évanouissent, et que le véritable décor dans lequel il se trouve ne le remplace. Un vaste méandre de la Seine dominé par les impressionnantes murailles blanches d'un château en ruine.

— Je ne veux rien savoir de plus, continue Valentin. Marceau a failli se faire harponner pendant la Tekno Party de la plage de la Perle, Anne-Sophie est restée bloquée pendant deux heures avec son Caddie au centre commercial Milenis, j'ai dû enfiler un gilet pare-balles, enfin, pare-flèches, pour aller neutraliser cette foutue cinglée de harponneuse.

— Wouah ! commente Léopold, sincèrement impressionné.

— D'accord, j'ai reçu le ruban bleu de la médaille d'Outre-mer des mains du ministre, une jolie prime de risque et ma demande de mutation est remontée très vite au sommet de la pile, mais jouer les héros une fois m'a suffi !

— Je comprends… et tu crois que…

— Tu veux un conseil, Léo ? Si tu veux comprendre quelque chose à cette île, oublie tout ce que t'as appris rues Saint-Guillaume et Sainte-Marguerite. Et ne crois à rien de ce qu'on te racontera ! Mais fais toujours croire à ceux qui y croient que tu les crois. Je te laisse, je dois accueillir deux ministres à la chambre de commerce, c'est l'avantage d'être à une heure de Paris, ils peuvent faire l'aller-retour dans la journée, avec pause syndicale de deux heures dans un resto étoilé !

Le méandre de la Seine et le château en ruine disparaissent.

Fais toujours croire à ceux qui y croient que tu les crois, se répète Léopold Depicardie, le nouveau sous-préfet à la sécurité de la Guadeloupe. Il n'y a qu'un énarque pour formuler un conseil pareil. Il n'a rien compris, mais il apprécie.

89

Pointe des Châteaux, midi

Raphaël gare sa voiture sur le long parking de sable qui borde la pointe des Châteaux. Le plus beau paysage de l'île. Un bout du monde de pierre et de poussière, enfoncé comme une épine dans la mer. Le pompier laisse traîner son regard sur les aiguilles de calcaire plantées dans les vagues, sur la croix blanche élevée quarante mètres au-dessus, sur la silhouette longue et plate de la Désirade au large.

— Tu es certain de vouloir y aller ? demande-t-il en coupant le moteur.

Amiel, sur le siège passager, réajuste sa chemise dans le miroir de courtoisie.

— Et toi ? Tu es certain de vouloir que j'y aille ?

Ils échangent un sourire embarrassé, le genre d'encouragement intimidé censé rassurer l'autre et qui ne parvient qu'à davantage l'inquiéter. Ils sortent ensemble de la voiture, ferment les deux portières dans le même mouvement, contournent le capot pour se retrouver côte à côte, les yeux perdus dans le lointain, avant d'enfin oser les poser plus près d'eux, derrière la rangée de romarins et d'amandiers, sur la plage des Salines.

Du parking, il est impossible de ne pas remarquer les chaises et les nappes blanches, de ne pas sentir les odeurs de langoustes et de vivaneaux grillés, de ne pas entendre le chanteur de zouk, de ne pas distinguer entre les feuillages les dizaines de silhouettes bruyantes qui conversent, brochettes et verres de punch à la main.

— Oui, répond Raphaël avec assurance. J'en suis certain.

Ils s'observent mutuellement et se trouvent beaux. Raphaël a enfilé une chemise de lin col mao, et Amiel une tunique à lacets. À la fois élégants et décontractés. Selon la mère de Raphaël, ils sont près de deux cents invités, une immense fête de famille autour d'un barbecue géant, une cousinade qui rassemble presque tous les Blancs-Matignon des Caraïbes.

Raphaël prend la main d'Amiel. Ils marchent, droit devant, franchissent le parking de sable, la route de terre, la pelouse menant à la mer ; ils écartent de leur seule main libre les branches basses des romarins et entrent sur la plage comme dans une arène.

Ils ne sont pas deux cents, ils sont le double, le triple peut-être ; des familles, des couples, des meutes d'ados, des essaims d'enfants, presque tous blancs.

Et autant de paires d'yeux braquées sur eux !

Le silence s'est imposé dès qu'ils sont apparus.

Et autant de regards tels des centaines de poignards.

Amiel n'a qu'une envie. S'arrêter. Tourner les talons. Fuir. FUIR !

Il sent pourtant la main qui le tire, une main forte, déterminée. Une main à laquelle on ne peut échapper.

Une main qui ne lui laisse pas d'autre choix que d'avancer.

Qui lui fait croire qu'avec elle, il pourrait traverser l'océan.

Traverser la foule au moins, une foule hostile, mais au fond, si inoffensive. Qu'a-t-elle à leur opposer, à part la dureté d'un regard ? La stupidité d'un préjugé ? La rigidité de leurs certitudes ?

Ils poursuivent leur marche en avant, fièrement, d'un pas assuré, à ce rythme précis et coordonné que seuls maîtrisent les amoureux.

Et la foule s'ouvre devant eux.

90

Ravine du Bois-Malher, Bouillante, 18 h 01

Valéric a ouvert la porte et les fenêtres, poussé les meubles, étendu les draps, les nappes et les rideaux. Les derniers rayons de soleil pénètrent dans la case et transforment la poussière en galaxie d'étoiles.

Grand ménage !

Il lui reste peu de temps, à peine quatre heures. Quatre heures alors qu'il n'a pas touché à un balai ou à un chiffon depuis un mois. Il a habité dans la case de la rue du Bois-Malher comme dans un mausolée, sans rien toucher. Un étranger entré par effraction dans un temple sacré. La présence de sa mère, partout. La sienne, nulle part.

Le commandant reste quelques secondes à admirer la mer, la plage de Malendure, les kayaks qui reviennent de la réserve Cousteau, puis, d'un pied rageur, met en marche l'aspirateur.

Aspirer les galaxies d'étoiles l'aide à penser. Tout comme rechercher sous les meubles de nouvelles voies lactées, ou de simples toiles d'araignée, lui permet de réfléchir en toute sérénité.

Il a repassé des dizaines de fois les images de l'incendie de l'habitation Wagram, il y a vingt et un ans, réécouté les cris de la petite Origane. Les autres témoins, Jacob et Janet, Audrey et Ludovic, Chaïma et son père, ne se sont jamais manifestés. Il a essayé de se souvenir de chacune de ses décisions, de minuter chacune de ses réactions... Aurait-il pu agir autrement ? Sauver Marcel et Marité Pigeon ? Non ! Tous ceux qu'il a interrogés, gendarmes, médecins, pompiers, l'ont rassuré, qu'il ait été saoul en ce jour d'astreinte n'a rien changé, et c'est précisément pour cela que tous l'ont couvert. Parce que Valéric était un bon flic, que ça ne lui était jamais arrivé, ni avant, ni après, et que même avec deux grammes d'alcool dans le sang, il a assuré. Comment aurait-il pu prévoir l'engrenage infernal que ce secret déclencherait ?

Valéric avale une nouvelle pluie d'étoiles. Petit à petit, la case reprend vie. Il a décidé de chasser les fantômes. Ou du moins de cohabiter avec eux. Il n'a pas jeté à la poubelle les souvenirs de sa mère, les photos, les paniers, les moulins à café, mais il les range... et avec le reste il s'arrange.

Il observe avec fierté le bouquet d'oiseaux de paradis posé sur la table et la corbeille de fruits frais à côté de l'évier. Des couleurs contre le gris, des saveurs contre l'ennui, des odeurs pour effacer le parfum de mort. Une case accueillante, aux teintes exotiques, presque romantiques, tout l'inverse de la tanière d'un vieux racoon solitaire.

Ce soir, il reçoit !

Ses deux enfants, Rose et Gabin, atterrissent à Pointe-à-Pitre par le vol de 22 heures.

Ils vont enfin découvrir la Guadeloupe ! Depuis leur enfance en Normandie, ils se sont tellement questionnés sur cette île, sur leurs racines... Sans jamais rien oser demander. En se contentant du coin de voile que leur père avait levé : il avait quitté la Guadeloupe avant leur naissance. Sa famille et lui étaient fâchés.

Peut-être Valéric leur parlera-t-il maintenant. Rose et Gabin ont dix-huit et vingt ans. Pourquoi mentir aux enfants quand ils sont grands ?

Valéric s'attaque à une pile de livres. Des manuels de cuisine, des recueils de poésie créole, des catalogues de cartes postales anciennes. Les dépoussiérer d'abord, les ranger dans la chambre ensuite. Il saisit le premier, un épais album de photos, et une pluie de papiers tombe à ses pieds.

Des articles de journaux !

Valéric s'accroupit, surpris. Les articles tiennent parfois sur une page entière, mais se réduisent le plus souvent à des entrefilets. Il y en a une trentaine, tous ont été minutieusement découpés.

Le policier en saisit un, manque de tomber à la renverse.

Les Informations dieppoises, 20 mai 2008 : *Coup de filet sur le port de commerce !*

La brigade judiciaire de Dieppe, dirigée par le commandant Valéric Kancel, a démantelé un important trafic de stupéfiants, impliquant aussi bien des transporteurs que des employés et…

Valéric ramasse tous les articles qui lui tombent sous la main, les survole, il en connaît déjà le contenu. L'arrestation d'un forcené à Arques-la-Bataille, une série de cambriolages à Luneray, le déminage d'un obus de la Seconde Guerre mondiale à Criel-sur-Mer…

Une série de faits divers, d'affaires dont il a eu la responsabilité. Son nom est apparu souvent dans la presse normande en vingt ans. À partir d'une simple recherche sur Internet, il n'était pas difficile de les retrouver, de les imprimer, mais…

… mais sa mère n'avait pas d'ordinateur ! Elle ignorait tout d'Internet. Elle n'a jamais quitté son île, n'a jamais lu les journaux, par quel miracle pouvait-elle s'intéresser aux *Informations dieppoises* ou au *Courrier cauchois* ? Par quel tour de magie a-t-elle pu récupérer ces articles ? Et pourquoi collectionner tous ceux qui parlaient de lui ?

Il continue machinalement de les ramasser.

— Parce qu'elle t'aimait, répond une voix dans son dos.

Une voix qui semble avoir lu dans ses pensées.

— Parce qu'elle était fière de toi, insiste la voix.

Madou !

Madou qui entre comme si la porte n'avait été laissée ouverte que pour elle.

Madou qui jette un regard intrigué sur le vase fleuri et les fruits.

— J'appréciais beaucoup ta mère. Elle était seule, elle s'ennuyait, elle buvait… Quand je le pouvais, je l'aidais. Tout le monde s'entraide ici, tu le sais. Elle m'a raconté son histoire, un soir.

« Son mari en prison. Son fils unique, parti en métropole. Il lui était impossible de pardonner sa trahison… même si, dans le secret de son cœur, elle avait toujours su que son fils avait raison. Qu'il l'avait sauvée, qu'il l'avait débarrassée de l'homme qui aurait fini par la tuer.

« J'étais journaliste, elle m'a d'abord demandé de chercher ton adresse, de chercher où tu habitais, juste pour savoir. Quand je lui ai montré le premier article, trois lignes qui parlaient d'un de tes exploits, avoir arrêté un conducteur en excès de vitesse, je crois, j'ai compris à quel point elle t'admirait. J'ai créé une alerte à ton nom sur Google, et pendant des années, je lui ai imprimé les articles qui parlaient de toi. Tous les mercredis, au marché, elle me demandait s'il y en avait un nouveau. Tu étais son unique univers, son héros, sa lumière…

Valéric continue de ramasser les entrefilets. Tête baissée pour que Madou ne voie pas ses larmes couler. Pourquoi est-il si difficile d'afficher sa fierté ?

Madou a l'élégance de détourner les yeux, de se pencher sur la corbeille de fruits, de voler une cerise-pays.

— Tu comprends pourquoi j'ai misé sur toi pendant cette enquête ? Je savais que tu étais un bon flic !

Le commandant lui offre un regard brillant de pluie.

— Aux yeux de ma mère tout au moins…

Ils restent un moment silencieux, à méditer sur l'objectivité d'une mère sur les talents de son fils unique, tout comme celle du *Courrier cauchois* sur les exploits du policier le plus haut gradé du canton. Madou s'est approchée pour croquer une seconde cerise. Elle observe avec méfiance le bouquet d'oiseaux de paradis.

— Je te dérange ? Tu attends quelqu'un ?

— Oui.

Le regard de Madou s'assombrit, tout éclat d'améthyste éteint. Elle a trop le sens de l'autodérision pour chercher à dissimuler sa désillusion.

— Dommage. J'ai cru que les fleurs étaient pour moi…

Valéric hésite une seconde, touché par la sincérité de sa déception.

— Mes deux gosses. Je dois aller les chercher à l'aéroport.

Les diamants mauves des yeux de la journaliste se rallument aussitôt.

— Dans combien de temps ?

— Trois heures vingt.

— Parfait ! Laisse tout ouvert. Viens !

Le soleil se couche au large de la plage de Malendure. Dans un lit d'or. Sur la ligne d'horizon, les alizés caressent les deux mamelons sombres des îlets Pigeon. Valéric et Madou marchent côte à côte. Ils s'arrêtent aux premières vagues. Leurs deux ombres disparaissent, avalées par le sable noir.

Le soleil fuyant gomme peu à peu le reste, comme si les deux silhouettes étaient dessinées au crayon.

Il efface leurs pieds et leurs jambes d'abord, puis leurs mains qui pendent bêtement, stupides de ne pas oser se toucher. Leurs hanches, leur taille, leur poitrine.

Le ciel vire du pourpre au noir. Les alizés soufflent sur une dernière braise, un dernier éclat de soleil entre ciel et mer.

Leurs deux visages se rapprochent. La nuit leur coupe déjà le cou.

Valéric trouve la force de plaisanter. La dernière phrase du condamné.

— On… on ne va pas s'embrasser ici ? Dans ce décor de carte postale, comme dans le pire des pires clichés !

— Tais-toi !

Leurs lèvres se joignent alors que le soleil disparaît.

La nuit leur accorde une ultime seconde, le temps que leurs deux profils se fondent.

Avant de recouvrir la fin de l'histoire d'un pudique voile d'obscurité.

Les pages intérieures de ce livre sont imprimées
sur le papier Classic en 65g
de la société Stora Enso

storaenso

Composition et mise en pages
Nord Compo à Villeneuve-d'Ascq

Imprimé en France par
CPI Brodard & Taupin
en avril 2025

N° d'impression : 3060795